O CHEFÃO

VI KEELAND

O CHEFÃO

Tradução
Andréia Barboza

essência

Título original: *Bossman*

Publicado em acordo com Bookcase Literary Agency e Brower Literary e Management.

Preparação: Thais Rimkus
Revisão: Alice Camargo e Olivia Tavares
Diagramação: Bianca Galante
Capa: Adaptada do projeto original de Farmhouse Design
Imagens de capa: Farmhouse Design

DADOS INTERNACIONAIS DE CATALOGAÇÃO NA PUBLICAÇÃO (CIP)
ANGÉLICA ILACQUA CRB-8/7057

Keeland, Vi
O chefão / Vi Keeland; tradução de Andreia Barboza. - São Paulo: Planeta do Brasil, 2018.
304 p.

ISBN: 978-85-422-1264-8
Título original: Bossman

1. Literatura norte-americana 2. Literatura erótica I. Título II. Cantarino, Andreia

18-0069 CDD 813.6

MISTO
Papel produzido a partir de fontes responsáveis
FSC® C019498
FSC
www.fsc.org

Ao escolher este livro, você está apoiando o manejo responsável das florestas do mundo

2021
Todos os direitos desta edição reservados à
Editora Planeta do Brasil Ltda.
Rua Bela Cintra 986, 4º andar – Consolação
São Paulo – SP – 01415-002
www.planetadelivros.com.br
atendimento@editoraplaneta.com.br

Se quiser saber onde seu coração está,
repare para onde sua mente vai quando vagueia.

1

Reese

Que desperdício de pernas lisas e depiladas.

— Jules? É a Reese. Onde você se meteu? *Preciso* de você. Estou no *pior* encontro da minha vida. Estou quase dormindo. Já pensei em bater com a cabeça na mesa algumas vezes para me manter acordada. A menos que você queira me ver sangrando e machucada, preciso que me ligue fingindo uma emergência. Me liga de volta. *Por favor*. — Finalizando a chamada, bufei, frustrada do lado de fora do banheiro feminino, no corredor escuro que havia nos fundos do restaurante.

Uma voz firme atrás de mim me surpreendeu:

— A menos que, além de chato, ele também seja um idiota, vai saber.

— O quê? — questionei.

Quando me virei, dei de cara com um homem encostado na parede. Seus olhos estavam apontados para baixo, conferindo uma mensagem de texto em seu celular. Ele continuou sem levantar o olhar.

— É um dos foras mais antigos... a ligação de emergência. Você poderia ao menos se esforçar um pouco mais. Leva cerca de dois meses para conseguir uma reserva neste lugar e não é barato, linda.

— Talvez *ele* devesse se esforçar mais. Está com um furo gigante na jaqueta, debaixo do braço, e não fez nada além de falar sobre a mãe a noite toda.

— Já considerou o fato de que sua atitude esnobe pode deixá-lo nervoso?

Meus olhos quase saltaram do meu rosto.

— Vamos falar sobre atitudes esnobes? Você ouve minha ligação, me dá opiniões *não solicitadas*... e tudo isso enquanto olha para o celular. Nem fez contato visual comigo enquanto estava falando.

Os dedos do idiota pararam no meio da mensagem. Então, eu o observei enquanto ele levantava a cabeça, os olhos seguiam um caminho lento que começou em meus tornozelos, subiram por minhas pernas nuas e continuaram na barra da saia antes de seguir por meu quadril, finalmente repousando alguns segundos em meus seios antes de encontrar meu rosto.

— Sim, isso aí. Aqui em cima. Estes são meus olhos.

À medida que ele se afastou da parede e ficou em pé, a pouca claridade que incidia no corredor refletiu sobre ele, iluminando seu rosto. Pude vê-lo com clareza pela primeira vez.

Sério? Não era o que eu esperava. Com essa voz rouca, profunda e cheio de atitude, supus que encontraria alguém mais velho, provavelmente usando um terno horrível. Mas o cara era lindo. *Jovem e lindo*. Vestido todo de preto – simples, mas havia certa elegância em sua aparência. Os cabelos castanho-dourados estavam despenteados daquele jeito sexy de *quem não dá a mínima*, mas ainda pareciam perfeitos. Feições masculinas fortes: maxilar quadrado e protuberante, com uma barba por fazer na pele bronzeada, o nariz reto proeminente e olhos grandes e sexys, sonolentos, cor de chocolate. E que me encaravam sem parar.

Sem deixar de me olhar, ele levantou os braços pela lateral do corpo e os colocou acima da cabeça.

— Quer conferir se não vou assaltar você antes de decidir se sou digno de conversar?

Tudo bem, ele era lindo, mas, definitivamente, um idiota.

— Não é necessário. Sua atitude já deixou bem claro, sei que não vai fazer isso.

Abaixando os braços, ele riu.

— Como quiser. Tente aproveitar o resto da noite, linda.

Bufei, mas olhei aquele idiota bonito uma última vez antes de voltar para meu encontro.

Martin estava sentado, com as mãos cruzadas, quando voltei para a mesa.

— Desculpe — eu disse. — A fila estava grande.

— Isso me lembrou de uma história engraçada. Uma vez, eu estava em um restaurante com minha mãe e quando ela foi usar o banheiro feminino...

Sua voz desapareceu enquanto eu olhava para o celular desejando que tocasse. *Maldita seja, Jules. Onde você está quando eu realmente preciso de você?* Por volta da metade da história – pelo menos acho que era a metade –, notei o idiota do banheiro passando pela mesa. Ele sorriu para mim depois de dar uma olhada em meu acompanhante sem noção e em minha expressão desinteressada. Curiosa, eu o segui com os olhos para ver com quem estava.

Era de se imaginar.

Loira oxigenada, bonita de um jeito sacana, com os peitos saltando para fora do decote do vestido curto. Ela arregalou os olhos quando seu acompanhante voltou. E eu... revirei os meus. No entanto, não consegui deixar de olhar para a mesa deles de tempos em tempos.

Quando as saladas chegaram, Martin estava falando sobre a recente cirurgia de apêndice de sua mãe, e eu fiquei particularmente entediada. Talvez meus olhos tenham se demorado um pouco mais que o necessário na outra mesa, pois o cara do banheiro me pegou olhando para ele. Do outro lado do restaurante, ele piscou, arqueou uma sobrancelha e inclinou o copo em minha direção.

Idiota.

Uma vez que fui pega, por que me preocupar em esconder que estava olhando? Com certeza, ele era mais interessante que o cara que me acompanhava. E ele também não ficou com vergonha de me encarar.

Quando um garçom parou em sua mesa, vi que apontou em minha direção e falou alguma coisa. Martin ainda estava contando uma história sobre sua querida mamãe quando olhei para conferir o que o cara atraente do outro lado do salão estaria apontando. Assim que me virei, percebi que o idiota e a acompanhante estavam de pé. Lendo seus lábios, entendi o que ele estava falando... acho que algo sobre se juntar a um velho amigo. Então, de repente, eles estavam caminhando em direção a nossa mesa.

Ele vai dizer algo a Martin sobre o que ouviu?

— Reese. É você?

O que é isso?

— Hummm... sim.

— Uau, quanto tempo! — Ele passou a mão no peito. — Sou eu, Chase.

Antes que eu entendesse o que estava acontecendo, o idiota – que, aparentemente, se chamava Chase – se inclinou e me puxou para um abraço de urso. Enquanto eu estava em seus braços, ele sussurrou:

— Entre na brincadeira. Vamos deixar sua noite mais animada, linda.

Pasma, eu só pude olhar quando ele voltou sua atenção para Martin e estendeu a mão.

— Sou Chase Parker. Reese e eu nos conhecemos há muito tempo.

— Martin Ward. — Meu acompanhante cumprimentou.

— Martin, você se importa se nos juntarmos? Faz muitos anos que não vejo a Docinho. Adoraria matar as saudades. Você não se importa, não é?

Embora tenha perguntado, Chase, definitivamente, não esperou pela resposta. Em vez disso, puxou uma cadeira para sua acompanhante e a apresentou.

— Esta é Bridget...

Ele olhou para ela como se pedisse ajuda, e a moça terminou a apresentação:

— McDermott. Bridget McDermott. — Sorriu, sem se intimidar pela nova dinâmica de encontro de casais nem pela óbvia incapacidade de Chase lembrar seu sobrenome.

Martin, por outro lado, pareceu desapontado com o fato de agora sermos um quarteto, embora eu estivesse certa de que ele nunca reclamaria. Ele olhou para Chase, que estava se sentando.

— Docinho?

— Era como costumávamos chamá-la. Por causa da barra de chocolate Reese's, com recheio de manteiga de amendoim. Meu doce favorito.

Uma vez que Chase e Bridget estavam sentados, houve um silêncio constrangedor. Surpreendentemente, foi Martin quem o quebrou:

— E como vocês dois se conheceram?

Embora meu acompanhante tenha feito a pergunta olhando para nós dois, eu queria deixar claro para Chase que era ele quem estava na berlinda. Foi ele quem decidiu começar esse joguinho.

— Vou deixar que Chase conte sobre como nos conhecemos. Na verdade, é uma história bem engraçada. — Coloquei os cotovelos sobre a mesa, cruzei as mãos e apoiei a cabeça sobre elas, voltando toda a atenção para Chase enquanto piscava com um sorriso malicioso.

Ele não se intimidou e não levou mais de alguns segundos para inventar uma história.

— Bem, não foi como nos conhecemos que foi engraçado. Na verdade, foi o que aconteceu depois. Meus pais se separaram quando eu estava na oitava série e tive que mudar para uma escola nova. Fiquei muito infeliz até conhecer a Reese, no ônibus, na primeira semana. Ela era linda, e percebi que eu não tinha amigos em volta para me zoarem se a chamasse para sair e ela dissesse não. Apesar de ser um ano mais velha, eu a convidei para o baile da oitava série. Fiquei chocado quando ela aceitou. — Ele sorriu. — De toda forma, eu era jovem, possuía um nível saudável de testosterona e coloquei na cabeça que ela seria a garota em quem daria meu primeiro beijo. Todos os meus amigos da antiga escola já haviam beijado e, por isso, achei que era minha vez. Então, quando o baile estava acabando, levei a Docinho para fora do ginásio decorado com balões e crepom para conseguir um pouco de privacidade. Claro, como era minha primeira vez, eu não tinha ideia do que esperar. Mas fui em frente, direto no alvo, e comecei a chupar o rosto dela. — Chase fez uma pausa e piscou para mim. — Contei certo até aqui, não é, Docinho?

Não consegui respondê-lo. Eu estava muito atordoada ouvindo a história. Mas, novamente, meu silêncio não pareceu incomodá-lo, porque ele foi em frente com aquela narrativa extraordinária.

— Bom, é aqui que a história fica boa. Como eu disse, não tinha experiência, mas fui com tudo, lábios, dentes, língua. Depois de um minuto, o beijo parecia muito molhado e eu estava tão empolgado que continuei. Por fim, quando estávamos precisando de ar, já que eu quase engoli o rosto dela, percebi o motivo de estar parecendo tão molhado. Reese teve uma hemorragia nasal no meio do beijo, e nossos rostos estavam cobertos de sangue.

Martin e Bridget riram, mas eu fiquei sem reação.

Chase estendeu a mão e tocou meu braço.

— Vamos, Docinho. Não fique envergonhada. Esses foram alguns dos bons momentos que tivemos. Lembra?

— Quanto tempo vocês ficaram juntos? — perguntou Martin.

Quando Chase estava prestes a responder, me aproximei e toquei seu braço da mesma maneira condescendente com que ele tocou o meu.

— Foi pouco. Nos separamos logo após *aquele outro incidente*.

Bridget bateu palmas e pulou sentada na cadeira como uma criança animada.

— Quero ouvir!

— Pensando bem, não tenho certeza de que deveria contar a respeito disso. — refleti. — É o primeiro encontro de vocês?

Bridget assentiu.

— Bem, não quero que você presuma que Chase ainda tem o mesmo problema. Faz muito tempo desde o *incidentezinho*. — Eu me inclinei na direção dela e sussurrei: — Eles adquirem mais controle à medida que envelhecem. *Normalmente*.

Em vez de ficar chateado, Chase parecia satisfeito com a história. Orgulhoso. Na verdade, o resto da noite transcorreu praticamente da mesma maneira. Chase contou mentiras elaboradas sobre nossa adolescência, sem medo de se envergonhar no processo, e continuou divertindo todo mundo. Acrescentei detalhes quando não estava muito chocada com as porcarias que ele inventava.

Odiava admitir, mas estava começando a gostar do idiota, mesmo com as histórias sobre o nariz sangrento e o "infeliz incidente com o enchimento de sutiã". No fim da noite, pedi café para não termos que ir embora – que mudança desde nossa conversa no corredor do banheiro.

Fora do restaurante, Martin, Chase e eu entregamos nossos tickets ao manobrista. Eu preferia controlar o começo e o fim de um primeiro encontro, então combinei de me encontrar com Martin direto no restaurante. Claro que Bridget estava de carona com Chase, como em um encontro normal. E ela estava praticamente se esfregando por toda a lateral do corpo dele, se agarrando ao braço enquanto esperávamos os carros. Quando meu Audi vermelho apareceu primeiro, não tinha certeza de como me despedir de... bem... nenhum deles. Peguei as chaves e me demorei com a porta aberta.

— Belo carro, Docinho. — Chase sorriu. — Melhor que aquele pedaço de lixo que você dirigia na época, hein?

Eu ri.

— Acho que sim.

Martin deu um passo à frente.

— Foi um prazer conhecer você, Reese. Espero que possamos repetir a dose.

Em vez de esperar que ele me beijasse, eu o abracei.

— Obrigada pelo jantar, Martin. Foi ótimo.

Quando me afastei, Chase deu um passo à frente, me puxando para um abraço. Diferentemente do cumprimento amigável que ofereci a Martin... Ai, com ele foi tão bom. Então, Chase fez a coisa mais estranha: enrolou meu longo cabelo em sua mão algumas vezes e o segurou, usando-o para puxar minha cabeça para trás. Seus olhos encararam meus lábios quando olhei para ele e, por um breve segundo, pensei que ele poderia me beijar.

Mas ele se inclinou e beijou minha testa.

— Vejo você na reunião do ano que vem?

Assenti, quase sem equilíbrio.

— Hum... com certeza. — Olhei para Bridget depois que ele me soltou. — Prazer em conhecê-la, Bridget.

Sem vontade, entrei no carro. Sentindo como se alguém estivesse me olhando, ergui o olhar enquanto colocava o cinto de segurança. Chase me observou com atenção. Era como se ele quisesse dizer algo, mas, depois de uns instantes, seria estranho ficar sentada ali esperando.

Respirando fundo, fui embora com um último aceno, questionando por que eu sentia como se deixasse algo importante para trás.

2

Reese (quatro semanas depois)

Cento e trinta e oito, cento e trinta e nove, cento e quarenta. A última telha do teto – a que ficava no canto do quarto, no lado mais próximo da janela – tinha quebrado. *Isso é novidade*. Eu precisava chamar alguém para arrumar antes que atingisse minha contagem diária e começasse a me causar estresse em vez de aliviá-lo.

Ainda estava deitada no chão do quarto depois de desligar o telefone com Bryant, um cara que conheci na semana passada, no supermercado – dessa vez, não foi em um habitual encontro no bar, coisa que nunca parecia ser tão boa mesmo. Ele ligou para me dizer que estava preso no trabalho e chegaria uma hora atrasado para nosso segundo encontro. Por mim, tudo bem, pois eu estava cansada e sem vontade de me levantar. Respirando fundo, fechei os olhos e me concentrei no som de minha própria respiração. Inspirando, expirando, inspirando, expirando. Quando finalmente me acalmei, me levantei do tapete, retoquei a maquiagem e me servi uma taça de vinho antes de pegar o notebook.

Dei uma olhada nas vagas de emprego no setor de marketing em Nova York na página Monster.com durante cinco minutos antes de ficar entediada. Então, entrei no Facebook. Como sempre. *Porque procurar trabalho é uma merda*. Percorrendo as postagens de meus amigos, vi as mesmas coisas de sempre: fotos de comida, filhos, da vida que queriam que acreditássemos que tinham. Suspirei. Uma foto de um cara com quem estudei no ensino médio ao lado do berço do filho recém-nascido apareceu na *timeline*, e meus olhos foram direto para o homem com quem *não estudei* no ensino médio: Chase Parker.

No último mês, pensei nele com mais frequência do que queria admitir. Coisinhas estranhas fizeram com que Chase voltasse a meus pensamentos: a barra de chocolate Reese's comprada por impulso no caixa da mercearia – sim, comprei. Uma foto de Josh Duhamel na revista *People* que vi na sala de espera do dentista – Chase poderia facilmente se passar por seu irmão, e *talvez* eu tenha arrancado aquela página. O vibrador na mesa de cabeceira – não cheguei a fazer nada, mas pensei a respeito. Quer dizer, eu tinha arrancado a página da revista e tudo mais.

Desta vez, quando o homem apareceu em meus pensamentos, antes que eu me desse conta, digitei *Chase Parker* na barra de pesquisa do Facebook. Meu suspiro foi audível quando o rosto dele apareceu. A palpitação que senti no peito era patética. *Deus, ele é ainda mais lindo do que me lembrava*. Cliquei para ampliar a foto. Ele estava vestido casualmente, usando uma camiseta branca, jeans com um rasgo no joelho e tênis preto. Ele estava bonito. Depois de passar um minuto inteiro olhando seu rosto sexy, dei zoom e notei o emblema na camiseta: academia Iron Horse. Havia uma dessas no quarteirão do restaurante em que nos encontramos. Pensei se ele morava nas proximidades.

Infelizmente, não descobri. Seu perfil não era público. Na verdade, a única foto que eu podia ver era aquela. Se quisesse ver mais alguma coisa, eu precisaria enviar uma solicitação de amizade e esperar que ele me aceitasse. Embora estivesse tentada a fazer isso, resolvi deixar para lá. Provavelmente, ele pensaria que eu estava louca por adicionar um cara que achava que eu era esnobe – e que me falou isso –, que conheci enquanto estávamos com outras pessoas um mês atrás.

Mas isso não me impediu de tirar um *print* da foto para vê-la de novo mais tarde. Depois de alguns minutos sonhando acordada com o homem, me repreendi mentalmente. *Você precisa encontrar um emprego. Precisa encontrar um emprego. Só tem mais uma semana de trabalho pela frente. Saia agora do Facebook.*

Funcionou. Durante os cinquenta minutos seguintes, procurei por anúncios de alguma coisa – qualquer coisa – que soasse remotamente relacionada a marketing ou minimamente interessante. Sabia que não deveria contar apenas com as duas entrevistas que havia agendado até então, mas não havia muita coisa disponível. No momento em que a campainha tocou, me senti esvaziar como um balão na busca de um emprego que substituísse o que tive durante os últimos sete anos e, até recentemente, amava.

O beijo de Bryant quando abri a porta foi um bom jeito de mudar meu humor. Era nosso segundo encontro. E, com certeza, tinha potencial.

— Que ótimo jeito de dizer oi — suspirei. — Pensei nisso o dia todo. — Sorri para ele. — Entra. Estou quase pronta. Só preciso pegar a bolsa e pegar meu celular, que está carregando.

Ele apontou para a porta da frente depois de fechá-la.

— Invadiram sua casa ou algo assim? Por que tantas trancas?

A porta da frente tinha uma tranca normal e mais três fechos. Normalmente, eu era sincera e explicava que me sentia mais segura com todas aquelas fechaduras, mas Bryant não era como a maioria dos caras. Ele estava tentando me conhecer de verdade e, se forçasse um pouco mais, como eu achava que ele faria, eu seria obrigada a me abrir sobre algumas coisas para as quais eu ainda não estava preparada. Então, menti.

— O síndico do prédio é especialista em segurança.

Ele assentiu.

— Ah, isso é bom.

Quando eu estava no quarto, terminando de me arrumar, gritei para ele:

— Se quiser, tem vinho na geladeira.

— Estou bem, obrigado.

Quando saí, ele estava sentado no sofá. Meu notebook ainda estava aberto na página das vagas de emprego.

— E aí, que filme vamos ver? — falei enquanto colocava os brincos.

— Achei que poderíamos decidir quando chegarmos lá. Tem um do Vin Diesel que quero ver. Mas, como já cheguei uma hora atrasado, não vou discutir se você não for fã.

Sorri.

— Que bom, porque não sou. Estava pensando em algo como o novo filme do Nicholas Sparks.

— Castigo pesado pelo atraso. Foi só uma hora, não três dias — provocou.

— Fica de lição.

Bryant se levantou enquanto fui fechar o notebook.

— A propósito, quem é o cara no fundo de tela?

Franzi a testa.

— Que cara?

Ele deu de ombros.

— Alto. Com um cabelo desarrumado que ficaria ridículo em mim. Espero que não seja um ex-namorado por quem você está secretamente interessada. Parece que ele saiu de uma sacola da Abercrombie.

Sem ter ideia do que ele estava falando, abri o notebook de novo para dar uma olhada. *Merda*. Chase Parker me cumprimentou. Quando salvei a foto da página do Facebook, devo ter configurado sem querer como fundo de tela. Fiquei nervosa ao ver aquele rosto deslumbrante de novo. No entanto, Bryant estava esperando uma resposta.

— Hummm... é meu primo.

Foi a primeira coisa que surgiu em minha cabeça. Depois que falei, percebi que era um pouco estranho ter a foto de um primo como fundo de tela. Então, tentei consertar com mais mentiras, algo bem diferente do que eu costumava fazer.

— Ele é modelo. Minha tia me mandou fotos recentes e me pediu opinião sobre qual eu gostava mais, então baixei. Jules estava babando nelas e colocou uma aí. Não entendo nada de tecnologia, não consegui tirar.

Bryant riu e pareceu aceitar a resposta.

Qual é a relação entre Chase Parker e histórias inventadas?

Na quinta-feira, eu teria a primeira entrevista na parte manhã e a segunda estava marcada para a tarde. No metrô lotado, o ar-condicionado não funcionava. Então, é claro, isso significava que o único trem em funcionamento não era expresso.

Gotas de suor escorriam por minhas costas enquanto eu estava parada entre outros passageiros. O homem grande à direita usava uma camiseta com as mangas cortadas e segurava na barra à frente. Meu rosto estava perfeitamente alinhado com sua axila peluda, e seu desodorante estava vencido. Do outro lado, as coisas também não estavam muito boas. Mesmo que a mulher não estivesse fedida, ela espirrava e tossia sem cobrir a boca. Eu precisava sair daquele vagão.

Felizmente, cheguei à entrevista com alguns minutos de antecedência e consegui passar no banheiro para me arrumar. O suor e a umidade mancharam minha maquiagem, e meu cabelo estava bagunçado e cheio de frizz. *Julho na cidade de Nova York*. Parecia que o calor ficava ilhado entre todos os edifícios altos.

Remexendo a bolsa, peguei alguns grampos, uma escova e consegui prender minhas mechas castanhas em um coque elegante. Teria que dar um jeito na maquiagem com lenço umedecido, pois não tinha nem pensado em levar lápis de olho. Tirei o paletó e percebi que havia transpirado na camisa de seda. Merda. Teria que ficar com o casaco durante toda a entrevista.

Uma mulher entrou enquanto eu estava com o braço dentro da camisa com uma toalha de papel úmida, limpando o suor. Pelo espelho, ela viu o que eu estava fazendo.

— Me desculpe. Estava muito quente no metrô, e tenho uma entrevista — expliquei. — Não quero aparecer suada e fedida.

Ela sorriu.

— Já passei por isso. Precisa pegar um táxi quando o clima está úmido assim e você tem uma entrevista de emprego realmente importante.

— Sim. Com certeza vou fazer isso à tarde. É do outro lado da cidade e é o trabalho que de fato quero, então vou fazer o melhor possível, até parar na farmácia e comprar desodorante.

Depois de me apressar e me limpar, fiquei sentada na recepção por mais de uma hora antes de ser chamada para a entrevista. Isso me deu tempo para me acalmar e também verificar os catálogos mais novos de produtos. Definitivamente, eles precisavam de uma nova campanha de marketing. Anotei algumas coisas que eu mudaria, caso a oportunidade se apresentasse.

— Senhorita. Annesley? — Uma mulher sorridente me chamou da porta que levava ao escritório interno. Vesti o paletó e a segui. — Sinto muito por fazê-la esperar. Tivemos uma pequena emergência com um dos maiores fornecedores. — Ela se afastou assim que chegamos a um escritório grande, de canto. — Sente-se. A senhora. Donnelly virá em seguida.

— Ah, tudo bem. Obrigada. — Eu tinha achado que ela era a entrevistadora.

Poucos minutos depois, a vice-presidente da Flora Cosmetics entrou. Era a mulher do banheiro, aquela que me viu lavar as axilas. Ótimo. Fiquei feliz por ter feito aquilo sem desabotoar a camisa. Tentei me lembrar da conversa que tivemos. Não achei que tinha sido sobre algo além do clima da cidade.

— Vejo que está mais calma. — Seu tom era bastante formal e nem um pouco amigável como havia sido no banheiro.

— Sim, sinto muito por isso. O calor realmente me pegou hoje.

Ela arrumou alguns papéis em uma pilha na mesa e disparou a primeira pergunta sem qualquer conversinha:

— Então, senhorita Annesley, por que está em busca de um novo emprego? Aqui diz que você atualmente está empregada.

— Sim. Trabalho na Fresh Look Cosmetics há sete anos. Comecei na empresa quando terminei a faculdade. Durante esse tempo, saí do marketing interno e fui promovida a diretora da área. Vou ser sincera, sou muito feliz lá. Mas sinto como se já tivesse chegado ao topo da Fresh Look, e é hora de procurar outras oportunidades.

— Topo? Como assim?

— Bem, a Fresh Look ainda é uma empresa familiar e, embora eu admire e respeite Scott Eikman, fundador e presidente, a maioria dos cargos de nível executivo é assumida por membros de sua família. Um desses cargos foi preenchido por Derek Eikman. Nós dois concorríamos à vaga de vice-presidente e ele foi promovido. — Dizer isso em voz alta deixava um gosto amargo em minha boca.

— Então pessoas menos merecedoras são promovidas por parentesco? E é por isso que você quer sair?

— Acho que grande parte do motivo é esse, sim. Mas também é hora de eu seguir em frente.

— Não é possível que os membros da família Eikman conheçam melhor o negócio, uma vez que cresceram nesse mundo? Talvez eles sejam realmente mais qualificados do que outros funcionários...

Qual é o problema com esta mulher? Nada dessa coisa de nepotismo é novidade. Droga, metade dos executivos do Walmart ainda tem parentesco com Sam Walton, e ele morreu há duas décadas.

Definitivamente, não era a hora de acrescentar que eu havia bebido demais na última festa de fim de ano da empresa e dormido com o então diretor de vendas, *Derek Eikman*. Foi uma vez só, um erro provocado por bebedeira, com um colega de trabalho, depois de uma seca de um ano. Eu percebi que tinha sido um erro dez minutos depois que terminou. Mas não percebi quão errado tinha sido até dois dias depois, quando o idiota anunciou o noivado com a namorada com quem estava havia sete anos. Ele me disse que era solteiro e livre. Depois, quando entrei em seu escritório para tirar satisfações, ele me disse que ainda poderíamos *transar*, apesar de estar noivo.

O homem era um idiota, e não havia como trabalhar para ele agora que fora promovido a vice-presidente. Além de ser um porco mentiroso, não sabia *nada* de marketing.

— No caso, estou realmente confiante de que era a melhor candidata.

Ela me deu um sorriso falso e cruzou as mãos na mesa. *Eu disse algo para chateá-la no banheiro?* Achava que não, mas a pergunta seguinte certamente me fez lembrar.

— Então me diga: que entrevista você tem à tarde que faz a empresa parecer superior? Quer dizer, como especialista em marketing, eles devem fazer algo diferente para que você considere *pegar um táxi*.

Ah. *Merda*. Esqueci completamente que eu havia dito a ela que pegaria um táxi para a próxima entrevista – já que aquele era o trabalho que eu *realmente* queria.

Não existia uma forma de me tirar do buraco em que me meti. Apesar de qualquer coisa, eu achava que havia me saído bem profissionalmente, mas podia dizer que ela já estava decidida a meu respeito.

Quando a entrevista estava chegando ao fim, um homem mais velho abriu a porta e enfiou a cabeça para dentro.

— Querida, você vem jantar amanhã à noite? Sua mãe está me pressionando para que eu faça você concordar.

— Pai, hummm... Daniel, estou no meio de uma entrevista. Podemos falar sobre isso mais tarde?

— Claro, claro. Desculpe. Passe em minha sala mais tarde. — Ele sorriu educadamente para mim e bateu no batente, se despedindo.

Minha boca se abriu quando me virei novamente para a entrevistadora. Eu já sabia a resposta, mas perguntei de qualquer maneira:

— Daniel Donnelly, presidente da Flora Cosmetics, é seu pai?

— Sim. E eu gostaria de pensar que *conquistei* a vice-presidência do departamento de marketing porque sou qualificada, não por ser a filha dele.

Muito bem, certo. Como hoje mandei bem mal duas vezes, não vi por que prolongar a dor. Fiquei de pé.

— Obrigada por seu tempo, senhora Donnelly.

Minha tarde só melhorou depois disso. Estava saindo do táxi, com ar-condicionado, já em frente ao prédio em que a entrevista das duas horas estava agendada, quando meu telefone começou a vibrar. A empresa por qual eu estava entusiasmada para ser entrevistada – aquela pela qual basicamente arruinei a primeira entrevista – ligou para cancelar e avisou que a vaga já havia sido preenchida.

Ótimo. *Perfeito.*

Pouco depois, recebi um e-mail de recusa da Flora, agradecendo a chance de me entrevistar, mas me avisando que eles buscavam alguém com outro perfil. *E não eram ainda nem duas da tarde.*

Depois de um banho rápido, meu plano era esperar dar umas cinco horas e encher a cara. *Grandes planos.* Eu havia perdido um dia de folga durante minhas últimas semanas de trabalho por essa porcaria. Podia me divertir também.

Estava deitada no chão do quarto, no meio da rotina de contagem de telhas, quando o celular tocou. Me inclinando em direção à cama, apalpei o colchão até encontrá-lo. Ao ver o nome de Bryant piscar na tela, quase não atendi por causa do meu humor, mas mudei de ideia no último toque.

— Oi. Como foram as entrevistas? — perguntou.

— Parei no caminho de casa e peguei mais duas garrafas de vinho. Adivinha?

— Não foi bom, né?

— Pode-se dizer que não mesmo.

— Sabe o que devemos fazer a respeito disso?

— Com certeza. Ficar bêbados.

Ele riu como se eu estivesse brincando.

— Estava pensando em algo tipo malhar.

— Fazer exercício?

— Sim, ajuda a eliminar o estresse.

— Assim como o vinho.

— É, mas, com o exercício, você se sente bem no dia seguinte.

— E, com o vinho, não me lembro do dia anterior.

Ele riu.

— De novo, eu não estava brincando.

— Se você mudar de ideia, vou para a Iron Horse.

— Iron Horse?

— Fica na 72nd avenue. Sou sócio de lá. Tenho passes para convidados, caso interesse.

Fazia mais de um mês desde aquele estranho encontro com Chase Parker. De repente, me encontrei repensando álcool *versus* exercício, porque o homem usava uma camiseta dessa academia na foto do Facebook.

— Sabe de uma coisa? Tem razão. Eu deveria me exercitar para relaxar. Afinal, posso me embebedar mais tarde, caso não funcione.

— Agora você está falando minha língua.

— Te encontro lá. Daqui uma hora?

— Até já, então.

Eu realmente deveria ir ao médico para que examinassem minha cabeça. Sequei o cabelo e coloquei minha roupa de ginástica mais sexy para malhar com um cara ótimo com quem comecei a sair há pouco tempo, mas nenhum dos esforços era realmente para ele. Em vez disso, eu tinha a esperança descontrolada de ver um cara que vestia uma camiseta com o nome dessa academia, um cara que achava que eu era esnobe e que namorava loiras esculturais com decotes enormes, não alguém de um metro e cinquenta e dois, com quadril largo, mesmo que com uma cintura bem fina.

Quarenta minutos de elíptico, e eu estava lamentando ter ido malhar em vez de beber. Bryant puxava ferro do outro lado da academia, e eu deveria ter ficado feliz pelo fato de um cara legal ter me convidado para sair. Em vez disso, fiquei sem fôlego, desapontada e com sede. *Ainda bem que coloquei duas garrafas de vinho para gelar.*

Quando terminou, ele se aproximou e me perguntou se eu queria nadar. Não havia levado roupa de banho, mas disse que lhe faria companhia na área da piscina. Enquanto Bryant se trocava e tomava uma ducha, andei na esteira. A velocidade lenta me permitiu ler o monte de e-mails que chegaram. Um deles era de uma empresa de recrutamento indicando que haviam encontrado um trabalho perfeito para mim no exterior, no Oriente Médio, e perguntando se eu estava interessada em fazer uma videoconferência. Achei aquilo engraçado porque havia muitas palavras com erros ortográficos e de gramática.

Depois que Bryant se trocou, caminhamos para a área da piscina juntos. Li o e-mail para ele enquanto ele abria a porta.

— Na verdade, diz nos requisitos de qualificação que deve ser "sóbrio, sensato e não excessivamente dramático". Será que eles têm problemas com mulheres de TPM no Iêmen? — Olhando para o telefone enquanto caminhava, trombei com alguém.

— Desculpe, não estava olhando para... — Congelei.

A visão de Chase naquele lugar era quase o suficiente para me derrubar. Tinha uma esperança secreta de vê-lo, mas nunca achei que conseguiria. *Quais eram as chances*? Olhei de novo para me certificar de que não era uma miragem. Não era. Ele estava bem ali, em carne e osso. *E que carne*. Parado lá, sem camisa e molhado, usando nada além de uma sunga. Ele me fez gaguejar. Literalmente.

— Ch... Ch... Ch — Não consegui pronunciar seu nome.

Claro, Chase não perdeu a piada. Ele sorriu e se inclinou em minha direção.

— Você faz uma bela imitação de trem, Docinho.

Ele se lembra de mim.

Balancei a cabeça, tentando me afastar. Mas foi inútil. Ele era tão alto e eu era tão baixa que não tive escolha a não ser encarar seu corpo. A água escorria por seu abdômen. Fiquei hipnotizada, observando-o inspirar e expirar enquanto as gotas deslizavam pelas linhas marcadas de seu tanquinho. Droga.

Pigarrei e finalmente falei:

— Chase.

Senti orgulho por conseguir essa proeza. Ele estava com uma toalha pendurada no pescoço e a levantou para secar o cabelo que estava escorrendo, revelando ainda mais carne. Seus músculos peitorais eram esculpidos e perfeitos. *Ah, meu Deus... é isso... puta merda.* É isso. Seus mamilos estavam frios e eretos, e um deles tinha... tinha... um *piercing*.

— Bom ver você, Reese. Não nos víamos havia dez anos e agora nos encontramos duas vezes no mês.

Levei um minuto para perceber que ele estava se referindo aos anos falsos do ensino médio. Sua sagacidade me retirou daquela névoa de pensamentos.

— Sim. Não é muita sorte?

— Conheço você — falou Bryant.

Esqueci completamente que ele estava ao lado. Droga, me esqueci por um minuto de que qualquer pessoa existia na Terra. Franzi a sobrancelha. Os dois realmente se conheciam?

— Você é o primo da Reese. O modelo.

Merda! Merda! Merda! Queria me enfiar num buraco e morrer.

No entanto, Chase, sendo Chase, lidou bem com isso. Ele me olhou com curiosidade enquanto falava com Bryant.

— Isso mesmo. Sou primo dela. Sobrinho mais novo da tia Bea. E você é...?

Bryant estendeu a mão, e Chase a apertou.

— Bryant Chesney. — Então, ele se virou para mim. — Achei que o nome da sua mãe era Rosemarie. O da minha mãe.

Chase conduziu a situação de forma suave.

— E é. Mas alguns de nós a chamamos de Bea. É um apelido. Minha mãe é alérgica a abelhas. Foi picada em um churrasco de família uma vez. Seu rosto inchou e as crianças passaram a chamá-la de Bea depois disso.

Sério, o homem tem que ser um mentiroso profissional. Ele era muito bom nisso, e eu também estava ficando.

Bryant assentiu, e parecia que tudo fazia sentido.

— Bem, prazer em conhecê-lo. Vou deixar vocês dois conversarem enquanto nado um pouco.

Assim que Bryant se afastou, Chase o deteve.

— Como você sabia quem eu era? Tia Bea anda mostrando minhas fotos de novo?

— Não. Ainda não conheci ninguém da família da Reese. Vi sua foto no notebook dela.

— Minha foto?

— É, no fundo de tela do MacBook da Reese.

Esqueça o buraco que eu queria fazer para me esconder um minuto atrás. Agora, fechei os olhos e rezei para que a Terra me engolisse e nunca me cuspisse para fora. Ou pelo superpoder de rebobinar a Terra, voltar no tempo mesmo. Fiquei completamente imóvel e contei até trinta com os olhos bem fechados. Quando acabou, abri um olho para ver se Chase havia desaparecido.

— Ainda estou aqui. — Ele sorriu.

Cobri o rosto com as mãos.

— Estou tão envergonhada.

— Não fique. Não somos primos de sangue, então não é estranho que você sonhe comigo à noite.

— Eu *não sonhei* com você à noite!

— Então é só durante o dia, enquanto você olha minha foto no notebook?

— Foi um acidente. Não queria colocar como fundo de tela.

Ele cruzou os braços.

— Certo. Vou acreditar nisso.

— Pode acreditar, porque é verdade.

— Mas como, exatamente, a foto *foi parar* lá? Não me lembro de você tirar uma foto minha durante nosso encontro de casais.

— Encontro de casais? — resmunguei.

— Falando nisso, o que aconteceu com Édipo? Deu um fora? Devo admitir, mesmo que tenha tentado sair do encontro do jeito errado, não estava errada sobre ele. Chato pra cacete.

— Era mesmo.

— E quem é esse novo tonto com quem você está?

— Tonto? Você nem o conhece.

— Me deixou aqui com a garota dele. Tonto.

— Ele acha que somos primos!

— Eu lhe disse, não somos primos de sangue.

— Sim, mas... — Eu ri. — Você é bizarro, sabia?

— Não sou mais bizarro que uma mulher que, de alguma forma, tirou uma foto de um completo estranho e a colocou no MacBook para que o namorado visse.

— Ele não é meu namorado. — Não sei por que disse isso. Era meio que verdade, mas não. — Bem, nós saímos duas vezes.

— Ah... então você ainda não dormiu com ele.

Ainda não, mas como ele sabia?

— Por que você acha isso?

— Porque você não é o tipo de garota que dorme com caras no primeiro nem no segundo encontro.

— Como sabe?

— Eu sei.

— Qual é exatamente o tipo de garota que dorme com um cara em um primeiro encontro?

— Ela envia sinais, se veste de uma determinada maneira, faz contato com o corpo. Você conhece o tipo. Sei que conhece.

— Como Bridget?

Aquela mulher transou com ele no fim da noite. Mas ele não disse nada. E eu achei que foi estranhamente cavalheiresco ele não concordar a respeito dela nem confirmar as minhas suspeitas.

— Mas então... como você *conseguiu* tirar uma foto minha?

Falei a verdade. Bem, quase toda.

— Procurei você no Facebook depois da noite no restaurante. Queria agradecer por me salvar e tornar a noite divertida.

— Você me mandou uma mensagem?

— Não. Não mandei. Isso meio que... parecia estranho eu ir atrás, então mudei de ideia.

— E gostou tanto da foto que a salvou?

— Fui marcar a página no caso de mudar de ideia e, em vez disso, salvei a foto.

Senti meu rosto ficar vermelho. Sempre fui uma mentirosa terrível. Minha mãe costumava dizer que eu era mais fácil de ler do que um livro.

Surpreendentemente, Chase assentiu. Não esperava que ele me deixasse escapar com tanta facilidade.

— Vem sempre a essa academia? Nunca vi você aqui.

— Não. Bryant vem. E aí ele me convidou. Tive um dia ruim e planejei tomar vinho para aliviar o estresse. Mas ele sugeriu que eu viesse malhar em vez disso.

— Eu disse. Tonto. Definitivamente, não era o que eu teria sugerido para aliviar o estresse se eu fosse o Brandon.

— Bryant.

— Que seja.

— Então, o que *você* sugeriria?

— Nada. — Ele mudou de assunto. — E por que seu dia foi tão ruim assim?

— Duas entrevistas de emprego. Ferrei com a primeira antes mesmo de entrar no escritório, e a segunda me dispensou assim que cheguei ao prédio.

— Você está desempregada?

— Ainda não. Mas vou ficar na próxima sexta-feira. Provavelmente pedir demissão antes de encontrar outro emprego não foi a escolha mais inteligente nessa época.

— O que você faz?

— Eu era a diretora de marketing da Fresh Look Cosmetics.

— Mundo pequeno. Conheço bem Scott Eikman, presidente da Fresh Look. Jogamos golfe de vez em quando.

— Oito milhões e meio de pessoas em nossa cidadezinha, e meu namorado falso do ensino médio/primo que não é de sangue joga golfe com o dono da empresa em que trabalho? Isso é bizarro.

Chase riu.

— Scott está se aposentando no ano que vem, certo?

— Sim. Vai se mudar para a Flórida. Ele tem dois filhos que provavelmente assumirão o controle. — *Argh. Derek.* Queria que *ele* se mudasse para a Flórida. Ou para a Sibéria.

Chase e eu estávamos de pé na frente da porta da piscina desde que trombamos um no outro. Um homem bateu no vidro e mostrou um refrigerante Dr. Pepper, balançando-o no ar.

Chase levantou dois dedos em resposta, depois explicou:

— Fizemos uma aposta. Ganhei dele em velocidade recorde. Esse é meu prêmio.

Franzi a testa.

— Um Dr. Pepper?

— É bom. Não desdenhe, senão vou levar no próximo churrasco de família.

Depois de mais um minuto, o amigo bateu de novo. Dessa vez, acenou com a mão para Chase como se dissesse "por que está demorando tanto?".

Chase assentiu.

— Preciso ir. Temos um jantar em meia hora, e ainda tenho que tomar banho.

Tentei esconder a decepção.

— Bem, foi bom encontrar você, primo.

Nossos olhos ficaram presos um no outro por um minuto. Assim como no fim da noite no restaurante, Chase parecia querer dizer alguma coisa. Mas, em vez disso, olhou por cima do ombro para onde Bryant estava nadando e, então, me puxou para um abraço, envolvendo meu rabo de cavalo em sua mão e puxando minha cabeça para trás para eu olhar seu rosto.

Seus olhos se demoraram em meus lábios antes que ele beijasse minha testa.

— Até mais, prima.

Ele deu alguns passos em direção à porta do vestiário antes de parar e voltar.

— Tenho uma amiga que é recrutadora. Quer que eu te coloque em contato com ela? Talvez ela possa te ajudar a encontrar alguma coisa.

— Claro, eu adoraria. Não estou tendo muita sorte sozinha. Obrigada.

Entreguei meu celular a ele, que gravou seu número. Em seguida, Chase enviou uma mensagem de texto para o próprio telefone para que tivéssemos o contato um do outro. Então, se foi. Senti sua falta no mesmo instante. As chances de encontrá-lo uma segunda vez naquela cidade provavelmente eram as mesmas de ser atingida por um raio.

Levaria menos de uma semana para eu descobrir que raios caem duas vezes no mesmo lugar.

3

Chase (sete anos antes)

Olhei para o rosto ampliado de Peyton enquanto bebia uma garrafa de água. O anúncio cobria oito andares do edifício da esquina em frente ao novo escritório.

— Pare de procrastinar e volte ao trabalho. — A Peyton em tamanho natural entrou em meu escritório, largou o estojo com seu violão no sofá e se juntou a mim na janela. — Não posso acreditar no tanto que essa coisa é grande. Você disse que seria um *outdoor*. Isso é um prédio inteiro. Aquela lasquinha no dente da frente está com quase um metro de largura agora.

— Adoro essa lasquinha.

— Eu odeio. O cara daquela reunião por telefone com quem falei ontem me disse que preciso arrumar isso e perder cinco quilos. — Ela colocou a mão na boca. — Preciso colocar lâmina, verniz ou algo assim.

— Você não precisa consertar nada, e ele é um idiota de mau gosto.

Ela suspirou.

— Não consegui o papel.

— Viu? Eu disse. Ele tem mau gosto.

— Você está sendo tendencioso porque eu transo com você.

— Não. — Eu a puxei para perto. — Fiquei sentado vendo a droga de uma ópera porque você transa comigo. Digo que você é uma boa musicista porque já assisti a todos os shows em que você tocou desde a faculdade, mesmo quando estava escondida no poço da orquestra. E desde que você começou a atuar, vi todas as apresentações off-Broadway.

— Off-off-Broadway.

— Off-Broadway não é qualquer apresentação que não esteja na Broadway?

— Não. Off-Broadway é uma apresentação em Manhattan com menos de quinhentas pessoas. Off-off-Broadway é aquela apresentação que fiz no café do Village.

— Você estava ótima.

Peyton me encarou com expressão cética.

— Em que parte atuei?

— Na parte da garota sexy.

— Interpretei a mãe que estava morrendo de tuberculose. Você estava com o nariz enfiado nas palavras cruzadas o tempo todo.

Ah. Aquela peça.

— Posso ter perdido algumas partes dessa. Em minha defesa, tinha acabado de descobrir palavras cruzadas. Vamos lá... palavra de oito letras para algo que entra seco e duro, mas sai molhado e mole? Estava ocupado contando as letras de "pau", "pinto", "pênis" e "mastro" uma dúzia de vezes antes de descobrir que a resposta era "chiclete".

— Você é um pervertido.

Dei um beijinho nela.

— Onde vamos jantar, Lasca?

Ela cobriu a boca, mas sorriu.

— Não me chame assim. Eu comeria num tailandês. Que tal aquele lugarzinho no Chelsea onde fomos no mês passado?

— Eu topo.

Dei uma última olhada para meu novo quadro de avisos quando apaguei as luzes e fechei a porta do escritório. Do lado de fora, virei à esquerda para ir para a estação de metrô mais próxima, mas Peyton virou à direita.

— Podemos pegar o trem três na Broadway desta vez? — perguntou. — Quero parar no Little East.

— Claro.

Peyton passou a ser voluntária em bancos de alimentos e abrigos quando estávamos na faculdade. E eu adorava que ela fosse apaixonada por ajudar as pessoas. Mas esse lugar tinha uns tipos violentos e transitórios. Não era incomum que brigas acontecessem algumas vezes por semana. Tentei falar sobre segurança. Infelizmente, ser voluntária era uma das poucas coisas de que ela não abria mão.

Quando Peyton tinha cinco ou seis anos, o pai fracassado sumiu, deixando a mãe com ela e outras duas crianças. Eles quase não conseguiam pagar as despesas com dois salários e, apenas com o da mãe, a família se viu forçada a decidir entre comida e aluguel. Ela escolheu o aluguel, o que significava que eles costumavam ir ao banco de alimentos local durante algum tempo.

Um dos visitantes mais frequentes no abrigo estava sentado na frente quando chegamos.

— Ei, Eddie — disse Peyton.

Já conhecia esse cara. Provavelmente só tinha uns trinta e poucos anos, mas as ruas o fizeram envelhecer. Ele parecia inofensivo o suficiente. Peyton tinha um vínculo especial com o cara – ele falava mais com ela do que com a maioria das pessoas.

— O que aconteceu com a sua cabeça? — Me inclinei com cuidado para manter a distância de que ele precisava.

O homem estava com um corte grande perto da têmpora.

— Como isso aconteceu, Eddie? — perguntou Peyton.

Ele deu de ombros.

— Garotos.

Nos últimos tempos, ocorreram alguns incidentes com adolescentes batendo em sem-teto nas ruas durante a noite. Eddie não costumava dormir em abrigos. Os lugares estavam quase sempre lotados, e ele tinha problemas com muita gente perto.

— O abrigo novo na rua 41 está aberto — falei. — Passei lá outro dia. Não deve estar lotado, já que é novo e o clima está quente.

— Sim. — Para mim, ele nunca dava uma resposta com mais de uma palavra.

— Acho que você deveria ir à polícia, Eddie — disse Peyton.

Mesmo depois de todo o tempo que ela já tinha passado nesses lugares, ela ainda não entendia. Sem-teto não iam à delegacia. Atravessavam a rua quando viam policiais.

Eddie balançou a cabeça furiosamente e puxou as pernas para o peito.

— Parece grave. Provavelmente você vai precisar levar uns pontos. Os garotos que fizeram isso vieram a esse abrigo? — perguntou Peyton.

Novamente, Eddie balançou a cabeça.

Depois de alguns minutos, eu a chamei para entrar para fazer o que tinha que fazer e o deixamos sozinho. Quando entramos, o gerente do abrigo, Nelson, estava limpando a mesa do jantar.

Peyton imediatamente começou a interrogá-lo.

— Sabe o que aconteceu com a cabeça do Eddie?

Ele parou o que estava fazendo.

— Não. Eu perguntei. Recebi a resposta de sempre, "nada". Você é a única com quem ele fala mais do que "por favor" e "obrigado".

— Sabe onde ele dorme à noite?

Ele balançou a cabeça, em negativa.

— Sinto muito. A cidade tem mais de quarenta abrigos, sem contar armações de loja em baixo de trilhos de trem ou qualquer outro lugar que eles arrumem. Pode ser em qualquer lugar.

Peyton franziu a testa.

— Certo.

— Sei que não é fácil, mas não há como ajudar aqueles que não querem ajuda. Ele sabe que é bem-vindo aqui.

— Eu sei. — Ela apontou para a despensa nos fundos. — Esqueci de pegar a lista de inventário. Tenho uma audição amanhã, então faço isso de casa.

Enquanto Peyton se afastava, olhei ao redor. O lugar tinha sido pintado recentemente, e cada voluntário doou um cartaz emoldurado com sua citação motivacional favorita. Havia uma dúzia de quadros pretos na longa parede da cafeteria. O primeiro dizia: "Mesmo ao fim da noite mais sombria, o sol nascerá novamente".

— Este é seu? — perguntei quando Peyton voltou com uma pasta.

— Não. — Ela me deu um selinho. — Pode ler todos outra hora, e vou lhe dar uma recompensa se você adivinhar qual é o meu. Mas quero falar com Eddie de novo antes que ele vá embora. — Ela puxou minha mão. — Então, vamos.

Eddie já não estava mais lá, embora não tenha sido difícil encontrá-lo. Eles estava caminhando no meio do quarteirão. Ele mancava com a perna direita e tinha um saco de lixo pendurado no ombro esquerdo.

Peyton o viu um pouco antes de ele virar à esquina.

— Vamos segui-lo. Quero ver aonde ele vai.

— Não vamos, não.

— Por quê?

— Porque é perigoso. E é uma invasão de privacidade. Não vamos seguir uma pessoa sem-teto.

— Mas, se soubermos onde ele dorme à noite, talvez a polícia possa ajudar.

— Não.

— Por favor...

— Não.

— Certo.

Eu deveria saber que ela não desistiria tão rápido.

4

Reese

Meu celular tocou bem cedo hoje de manhã e, de repente, eu tinha um almoço inesperado me deixando ansiosa. Chase havia comentado de uma amiga recrutadora, mas deixou de fora o fato de que a mulher, Samantha, recrutava para a Indústria Parker, empresa da qual *ele era o dono*. Fiquei intrigada no mesmo minuto e, admito, um pouco decepcionada quando ela sugeriu que nos encontrássemos em um restaurante. Mesmo que o lugar fosse de fácil acesso – ficava a poucas estações da Fresh Look –, não haveria chance de esbarrar com Chase porque não nos encontraríamos em seu escritório.

No entanto, o almoço foi bastante esclarecedor. Passamos duas horas em um restaurante e demos uma longa caminhada pelo parque. Depois de falar sobre meus antecedentes e sobre o que eu procurava em um emprego, a conversa se voltou para a Parker Industries.

— Chase realmente inventa os próprios produtos? — perguntei. Talvez eu devesse ter passado um tempo pesquisando sobre o cara no Google em vez de ter feito isso no Facebook.

— Antigamente, sim, mas ele tem toda uma equipe de pesquisa e desenvolvimento. Ainda assim, a maioria das ideias é dele. Acredite ou não, esse cara bonito é a pessoa mais inteligente que já conheci.

— Qual foi o primeiro produto que ele inventou?

— A cera para depilação Gatinha Mimada.

Parei onde estava e disse:

— Quê?

Samantha riu.

— Agora que é licenciada em cinquenta países, é embalada como Cera Divina. Mas, na época da faculdade, era a cera Gatinha Mimada.

— Ele *inventou* a Cera Divina? Ouvi dizer que é fantástica.

— Pois é. Na faculdade, ele morava em uma república com vários fisiculturistas. Alguns eram bem esforçados. No segundo ano, começaram a competir em concursos de fisiculturismo e precisavam se depilar. Os caras costumavam enlouquecer com a dor. Chase trabalhou no laboratório químico da universidade durante algum tempo e descobriu como incorporar um agente que amortece a pele. Então, depois de aplicar a cera no corpo, os caras não sentiam nada.

— E transformou-se em uma marca conhecida também por mulheres?

— Demorou um tempo. Na Brown, a notícia de que um cara gato podia fazer depilação sem dor se espalhou, e isso evoluiu para a Gatinha Mimada. Ele ia para repúblicas e fazia uma superapresentação – *e* ficava com a garota mais bonita enquanto estava lá. Era inacreditável. — Samantha riu. — Ele sempre foi um colírio para os olhos e um pouco arrogante por causa da inteligência. As mulheres adoram essa combinação.

Ah, é verdade.

— Surpreendente. E depois?

— No penúltimo ano, ele já estava fornecendo cera e fazendo qualquer outra coisa para Dakota Canning, herdeira de Canning & Canning.

— A empresa farmacêutica da Fortune 100?

— Exatamente. Acho que a Dakota contou ao pai sobre a cera, e as coisas simplesmente se desenrolaram. Eles assinaram um contrato de licenciamento de seis meses e passaram a embalar. Quando Chase se formou na Brown, ele já havia ganhado seu primeiro milhão.

— Isso é realmente inacreditável.

— Sim. Ele é como o Zuckerberg das vaginas – tem uma dúzia de outros produtos quimicamente desenvolvidos. A maioria é do segmento de saúde e beleza, mas também há um creme para queimadura que regenera a pele e diminui a dor, e só precisa ser aplicado uma vez ao dia. A maioria precisa de múltiplas aplicações, e tocar a pele depois de uma queimadura grave é doloroso e aumenta as chances de infecção.

— Incrível.

— É mesmo. Só não diga a ele que contei isso. — Ela sorriu com suavidade. — Então, como vocês se conheceram? Ele mencionou um encontro duplo, mas não entrou em detalhes. Tirar qualquer coisa sobre a vida pessoal desse homem é como entrar no Fort Knox. E nos conhecemos desde o ensino fundamental.

— Na verdade, é uma história bizarra. Eu estava em um encontro ruim e me escondi do lado de fora do banheiro do restaurante para deixar uma mensagem para que minha amiga me ligasse fingindo que houve uma emergência. Chase me ouviu e basicamente me chamou de esnobe. Depois que voltei para o encontro, ele se aproximou com a sua acompanhante e se juntou a nós.

— Ele conhecia o seu acompanhante?

— Não. Ele fingiu que éramos velhos amigos e se juntou a nós, então contou algumas histórias elaboradas sobre nossa adolescência de mentira. Algumas eram tão detalhadas que quase senti que eram verdadeiras.

— Isso é a cara do Chase. No ensino médio, ele fez um trabalho de redação para minha amiga Peyton. Ele entregou para ela antes de uma aula de inglês, então Peyton não teve tempo de ler. O orientador a chamou na manhã seguinte, porque a professora de inglês ficou preocupada com seu bem-estar. Ele escreveu uma história louca sobre ela ser atacada por um javali durante uma viagem de acampamento com os pais, que estavam muito bêbados para ajudá-la. A maneira como Chase detalhou a viagem até a sala de emergência do hospital e todos os pontos parecia muito verdadeira para não ser real.

— Sim! Foi exatamente o que ele fez comigo. Contou uma história louca sobre nosso primeiro beijo na oitava série e como meu nariz começou a sangrar bem no meio do beijo. Era tão exagerado que pareceu crível.

Ela balançou a cabeça e sorriu.

— Há uma linha tênue entre ser genial e desequilibrado.

Quando chegamos à saída da rua do parque, Samantha estendeu a mão.

— Foi muito bom conhecer você, Reese. Fiquei curiosa quando Chase me ligou ontem à noite para pedir que te ajudasse a encontrar alguma coisa. Geralmente, ele não mistura vida pessoal com negócios. Mas entendo por que ele está ocupado com você agora. Você é realista, inteligente, engraçada de um jeito rápido – se parece muito com ele, na verdade.

— Ah... não estamos... não temos um relacionamento pessoal. Só aquele estranho encontro duplo e depois nos vimos novamente na academia ontem.

Ela olhou para mim com ar cético.

— Bem, então você deve ter causado uma boa impressão nele. Geralmente, não me faz procurar vagas no mercado.

Franzi a testa.

— Procurar vagas no mercado?

— Parei de atuar assim há três anos. Agora só recruto para a Parker Industries.

— Ah... Chase disse que conhecia uma recrutadora, e eu presumi que você também era recrutadora corporativa, mas não exclusiva da empresa dele.

— Eu costumava trabalhar no mercado, mas fico feliz com a empresa. Fiz muitos contatos na indústria de produtos femininos por causa da Parker Industries. Vou dar uma sondada para ver quem está contratando. Conheço alguém que talvez esteja em busca de um gerente de produto. É uma posição de nível mais baixo que a sua, mas é publicidade e marketing do começo ao fim, então você faria uma campanha de *rebranding* completa. No entanto, eles querem alguém para começar o mais rápido possível. Você tem interesse?

— Meu último dia na Fresh Look é sexta-feira que vem, e ainda não tenho nada em vista. Não sou do tipo que gosta de ficar à toa, então definitivamente consideraria algo assim.

— Ótimo. Me dê um ou dois dias e vou ver o que posso fazer.

~

Nesta noite, eu teria meu terceiro encontro com Bryant – quarto, se contasse a tarde na academia. Ele me convidou para jantar em sua casa e ver um filme, e eu sabia que, como estaríamos a sós, as coisas poderiam progredir fisicamente entre nós. Demos alguns beijos quentes, mas era tudo que tinha acontecido até então.

Durante o banho, pensei se estava pronta para transar com ele. Eu não era puritana, longe disso, nem tinha uma lista de obstáculos a ser seguida por um cara para me levar para a cama. Tive primeiros encontros que acabaram em sexo e relações de quatro meses que nunca avançaram até esse ponto. Para mim, valia o que parecia certo. Ao depilar as pernas, tentei descobrir exatamente o que sentia por Bryant. Ele é um cara legal – trinta e um anos, sem filhos nem ex-namorada –, bonito, com um ótimo trabalho como gerente de investimentos mútuos e sem medo de demonstrações de afeto. No entanto, enquanto eu deslizava a lâmina sobre a coxa, me vi pensando em outra pessoa. *Chase Parker*.

Tentei dizer a mim mesma que era por causa das histórias que Samantha havia me contado no almoço. Por ele ter inventado a cera e pelo fato de eu depilar as pernas. Era por isso que eu estava pensando nele no chuveiro em vez de pensar em meu encontro. Quando lavei o corpo, pensei no piercing em seu mamilo. Talvez eu tenha deixado que minha mão permanecesse em meus seios enquanto os enxaguava. *Eles precisam ser lavados, afinal*. E eu só pensei em Chase quando fechei os olhos porque estava curiosa sobre como aquele belo rosto ficaria se eu pegasse aquele piercing entre meus dentes e o puxasse. Parei a mão antes que ela deslizasse para outro lugar, mas não foi muito fácil. Eu estava com Chase na cabeça e deveria estar pensando em outra pessoa.

No caminho para a casa de Bryant, parei e comprei uma garrafa do vinho que eu sabia que ele gostava. Quando ele abriu a porta, foi gentil.

— Você está incrível — ele disse e, em seguida, me deu um bom beijo de boas-vindas.

Ouvi um barulho vindo da cozinha, e ele me disse para segui-lo. Observei o apartamento. Era *clean* e moderno; tinha até obras de arte nas paredes. A maioria de meus namorados anteriores achava que decorar significava pendurar uma TV de sessenta polegadas na parede. *Progresso*.

Bryant levantou a tampa de uma panela e a colocou de lado. Abrindo uma caixa de rigatoni, sorriu.

— Faço dois pratos: rigatoni com vodca e frango à parmegiana. Você comeu massa primavera na primeira vez que saímos, então pensei que rigatoni era a aposta mais segura.

Era tocante que ele tivesse lembrado o que comi.

— Posso ajudar?

— Pegue duas taças ali. — Seu queixo apontou para um armário à esquerda enquanto jogava a massa na água fervente. — Há uma garrafa de vinho já aberta na geladeira. Você pode servir. — Ele me observou enquanto eu enchia as taças.

— O que foi?

— Quero dizer uma coisa, mas pode soar meio assustador.

— Bem, agora você *tem* que falar. — Tomei um gole de vinho e estendi a taça para ele.

— Tudo bem. Hoje no banho, não consegui parar de pensar em você e no quanto você é linda.

Aquilo deveria ter feito com que me sentisse bem, mas fez eu me sentir uma merda completa. Enquanto o cara ótimo com quem eu estava saindo pensava em mim, eu estava me tocando e pensando em outro homem.

Forcei um sorriso.

— Que fofo. Obrigada.

Ele se aproximou e afastou uma mecha de cabelo para trás de minha orelha.

— Estou falando sério. Gosto de você. Você é inteligente, linda e determinada. Sei que é cedo, mas sinto que o que está acontecendo entre nós é uma coisa boa de verdade. Tem futuro.

Engoli em seco. Também gostava dele. Mas algo me impedia de mergulhar de cabeça. Suas palavras eram o que todas as mulheres de vinte e oito anos queriam ouvir de um cara legal. No entanto, eu ainda não estava pronta.

Ele percebeu isso em meu rosto e, se afastando, perguntou:

— Estou assustando você, não é?

Odiava fazê-lo se sentir mal porque eu realmente gostava dele.

— Não... não exatamente. Eu também gosto de você. Só... só acho que devemos ir mais devagar. Não tive muita sorte no que se refere a relacionamentos e sou um pouco tímida, acho.

Ele assentiu. E, embora sorrisse, eu podia dizer que estava desapontado com a resposta. Droga, até eu fiquei desapontada com a minha resposta. Estava tentando me convencer a ficar louca por ele.

Mas estava faltando aquele sentimento louco que eu deveria ter sentido. Logo no início, as borboletas deveriam bater suas asas coloridas quando ele disse essas coisas ou me olhou daquele jeito ao abrir a porta. Eu estava determinada a tentar. Parecia valer a pena.

Embora Bryant tenha dito que concordava, que deveríamos levar as coisas devagar, um amortecedor foi lançado no resto da noite. Ainda assim, fiquei aliviada por não ter que decidir sobre dormir com ele se as coisas seguissem nessa direção. Percebi que ainda não estava preparada. À medida que a noite avançava, me perguntei se algum dia estaria.

5

Reese

— Eu realmente preciso começar a pegar táxis — resmunguei enquanto subia as escadas do metrô e seguia em direção ao prédio em que eu já deveria estar, se o trem não tivesse parado por vinte minutos.

Minha entrevista era às onze e já eram onze horas. Talvez trocar de roupa *oito vezes* nessa manhã não tenha ajudado a pontualidade. O edifício Maxim era um moderno arranha-céu todo de vidro com mais de cinquenta andares. No saguão, enorme e elegante, levei um minuto até descobrir onde ficava o diretório da empresa – tudo era prateado, brilhante. Uma vez lá, procurei pela Parker Industries e passei o dedo no vidro para encontrar a localização correspondente. *Trigésimo terceiro andar*.

Correndo para os elevadores, vi que um deles estava prestes a fechar, então enfiei o pé para detê-lo. Funcionou, mas quase arrancou meus dedos no processo.

— Merda. Argh.

As portas se abriram, e eu entrei mancando, sem perceber que o salto fino havia ficado preso na pequena abertura do trilho da porta. Com o calcanhar preso, meu corpo continuou, mas meu pé não, e eu vacilei, caindo para a frente. Um braço me segurou e me impediu de cair de cara no chão.

— Puta merda — resmunguei, percebendo que meu sapato estava completamente fora do pé e preso no elevador.

— É bom ver você, Reese.

Levantei a cabeça e vi, pela primeira vez, quem exatamente me impediu de cair.

— Só pode estar brincando comigo. Quantas impressões ruins uma pessoa pode causar em outra?

Depois de me estabilizar, Chase se ajoelhou e tirou o sapato preso no elevador. Em seguida, bateu em minha panturrilha, indicando que eu levantasse a perna, e colocou o sapato de volta em meu pé.

— Com certeza não foi uma impressão ruim — disse, permanecendo de joelhos por mais tempo que o necessário. — Você tem ótimas pernas.

— Obrigada... por soltar meu sapato, quero dizer.

Ele parou e ergueu as sobrancelhas.

— Você não está me agradecendo por elogiar suas pernas?

Fiquei vermelha e me senti aliviada quando ele voltou a atenção para o painel de botões.

— Qual andar?

— Hummm... Trinta e três?

A empresa dele ocupa mais de um andar?

— Você está indo para a Parker Industries? Está aqui para encontrar a Sam?

— Sim. E Josh Lange.

— Josh?

— Sim. É ele quem vai me entrevistar, certo? O vice-presidente de marketing?

— Certo. Sim. Josh é o vice-presidente de marketing. — Ele concordou, mas tive a sensação de que Chase não sabia que eu estava ali para uma entrevista.

Ficamos em um silêncio desconfortável. Quando as portas se abriram, ele estendeu o braço para que eu saísse primeiro, e caminhamos juntos até as portas duplas de vidro da Parker Industries. A recepção estava vazia.

— Por que não se senta e eu aviso que você está aqui? — perguntou.

— Obrigada.

Um ou dois minutos depois de entrarmos, a recepcionista voltou para a mesa.

— Oi. Me desculpe, tive que fazer algumas cópias. Espero que você não esteja esperando há muito tempo.

— Imagina. Na verdade, entrei com Chase, e ele ficou de avisar Samantha Richmond e Josh Lange que estou aqui.

— Você deve ser Reese Annesley. Sam me pediu que a levasse para a sala de reuniões quando chegasse. — Ela acenou para mim. — Vamos, eu mostro o caminho.

A sala de reuniões tinha uma mesa de mogno comprida, com várias cadeiras ao redor. As paredes do corredor eram de vidro, como um aquário, mas as persianas estavam parcialmente fechadas. Depois que entrei, passei meu brilho labial e um pouco de batom Rebel, da MAC, por cima. Quando terminei, ouvi a voz de Chase do outro lado do vidro.

— Não acho que seja uma boa ideia contratar Reese.

Meu coração se apertou. Obviamente, ele não me viu. Reconheci a voz de Samantha quando ela respondeu.

— Por quê? Temos uma vaga, e ela seria perfeita.

— Não concordo.

— Isso é besteira.

— Não complique as coisas, Sam. Apenas não a contrate.

Eu não podia vê-la, mas imaginei que ela cruzava os braços.

— Me dê um motivo.

— Estou dizendo que não.

— Não.

— Não?

— Isso mesmo. Não. Você a está descartando porque ela é bonita e está atraído por ela. Isso é tão errado quanto descartar alguém porque a pessoa é velha ou tem certa cor de pele.

— Você está completamente equivocada.

— Tudo bem. Então me dê uma boa razão para não a contratar. Ela é perfeita para o trabalho e pode começar imediatamente. Com Dimitria saindo de licença-maternidade em breve, o momento não poderia ser melhor. O marketing já está desfalcado, e Josh estava mesmo planejando contratar alguém para a equipe de marca. Ela pode pegar alguns dos projetos da Dimitria e começar os novos depois.

— Que seja. Faça o que quiser, Sam.

A voz de Sam tornou-se mais distante.

— É o que pretendo fazer.

Ela deve ter começado a se afastar. Fechei os olhos. Com certeza eu não queria trabalhar em um lugar onde não era desejada. Mas precisava agradecer a consideração de Samantha antes de ir embora. Decidindo que a entrevista seria um desperdício de tempo de todos, fiquei de pé e caminhei de volta para a recepção. Pediria para que a recepcionista chamasse Samantha para mim. Claro que Chase estava seguindo pelo corredor assim que saí da sala de reuniões. Me virei rapidamente e segui na outra direção, sem saber onde daria.

— Reese? Onde você vai?

— Por que você se importa? — Continuei andando.

Ele me alcançou e começou a me acompanhar.

— Qual é o problema?

Fiquei irritada por ele agir como se fosse inocente, então parei e o encarei.

— *Ouvi* você da sala de reuniões. Estou indo embora.

Ele fechou os olhos.

— *Merda*.

— Sim. *Merda*. Foi assim que você me fez sentir.

Comecei a andar de novo, e Chase segurou meu cotovelo e me conduziu a um escritório vazio, fechando a porta. Ele deslizou a mão pelos cabelos. *Seu cabelo estúpido e sexy*.

— Sinto muito. Fui um idiota.

— Sim. Foi mesmo. Um grande idiota.

Chase baixou a cabeça e riu.

— Você e Sam vão se dar bem.

— Acho que você não sabia que Samantha me chamou aqui para a entrevista hoje, não é?

Ele balançou a cabeça.

— Não, não sabia.

— Bem, não quero estar onde não me querem. Por favor, agradeça a Samantha por mim.

— Não é o que você está pensando.

— Nem sei no que estou pensando. Você me deixa confusa.

Chase me olhou nos olhos por um momento.

— Confie em mim, estou tentando fazer o que é certo.

— Confiar em você? Você tem um excelente histórico de *dizer a verdade* quando está perto de mim, não é?

Ele me encarou.

Eu o encarei de volta.

— Tudo bem. Certo. Você quer a verdade?

Cruzei os braços.

— Essa seria uma mudança revigorante.

Ele deu um passo para mais perto de mim.

— Estou atraído por você. Atraído *de verdade*. Desde a primeira vez que nos vimos. Tentei manter o respeito, considerando que você estava comprometida. Agora chega. Se trabalhar aqui, vou tentar levar você para a cama.

Abri a boca para responder. Então, fechei. Em seguida, abri de novo.

— Não posso acreditar que você me disse isso.

Ele deu de ombros.

— Você queria a verdade. Eu disse.

— Percebe que eu teria que concordar com a situação? E que isso não aconteceria se você fosse meu chefe, então não seria um problema.

— Ah. Bem, então... Parece que não teríamos um problema, afinal de contas. Eu estava preocupado à toa. Vou dar em cima, e você vai me cortar.

— E... Além disso, estou saindo com alguém.

— Baron. Nós já nos conhecemos. O tonto.

— Bryant. E ele não é tonto.

— Então estamos acertados. Sam estava certa. Você deve trabalhar aqui, se Josh quiser. Não será um problema.

Ele se inclinou um pouco mais para perto. Eu me mantive na mesma posição. *Ai, ele é tão cheiroso.*

— Então, tudo bem? Peço desculpas. Você vai arrasar na entrevista e será contratada. E eu vou tentar levar você para a cama, e você não vai aceitar.

Não pude deixar de rir. O homem era absurdo. Ele estendeu a mão.

— Combinado?

— Provavelmente estou ficando louca, mas por que não? Estarei desempregada em poucos dias. — Peguei a mão dele, mas em vez de apertá-la, ele a levou para a boca e a beijou. Senti seu toque por todo o meu corpo. *Pronto, estou com problemas.*

Ele sorriu, mostrando os dentes e revelando uma covinha que eu não tinha notado até então. Foi bom ele não ter mostrado antes. *Um perigo.*

— Tudo o que precisamos é fazer com que você seja contratada. Quer informações?

— Claro.

— Diga a Josh que ele parece Adrien Brody. Ele adora isso.

Sorri com cautela.

— Bom saber.

— E para Sam... nunca diga que você é fã dos Mets, mesmo que seja. Os Yankees são os melhores.

Semicerrei os olhos, com desconfiança.

— Você acha que beisebol surgirá na entrevista para uma vaga de marketing?

— Nunca se sabe.

— Por que eu acho que você está debochando de mim?

— Outra coisa, Josh não está dando em cima você. Ele tem uma contração muscular nos olhos. Durante a primeira semana dele aqui, pensei que ele estava dando em cima de mim.

— Ok. — Eu ri.

Chase me acompanhou de volta à sala de reuniões, onde Sam conversava com um homem que presumi ser Josh – já que parecia muito Adrien Brody.

— Fui mostrar o banheiro feminino para a candidata — disse Chase.

Na sequência, ele me apresentou a Josh. Depois que todos nos cumprimentamos e nós três nos sentamos na sala de reuniões, Chase ficou parado na porta de entrada. Ele levantou a mão.

— Bom rever você, Reese. Boa sorte na entrevista.

— Gostaria de ficar, Chase? — perguntou Sam.

— Não. Estou bem. Tenho certeza de que vocês dois dão conta.

— Alguma pergunta ou comentário antes de ir? — acrescentou ela.

— Acho que não. — Chase se virou para sair, mas depois parou. — Na verdade, tenho algumas perguntas rápidas. Você se importa, Reese?

Sem problemas.

O que ele estava fazendo?

— Ótimo. Equipe de beisebol favorita?

Olhei para ele, questionando se deveria confiar naquele homem. Ele parecia se divertir quando não respondi de imediato. Respirei fundo, dando uma chance.

— Acho que gosto dos Yankees.

— Boa escolha. — Chase piscou para Samantha, cujo rosto havia se iluminado. — Outra pergunta.

Eu sabia exatamente o que era, antes mesmo que ele perguntasse, mas entrei no jogo.

— Josh se parece com alguma uma celebridade para você?

Eu me virei para Josh e fingi deliberar por um momento, depois me virei de volta para Chase.

— Adrien Brody, exceto pelos óculos.

Sam olhou para Chase como se ele estivesse louco, e Josh se sentou mais ereto.

— Boa sorte no restante da entrevista, Reese.

6

Reese

Ainda estava escuro lá fora quando cheguei à Parker Industries na manhã da segunda-feira seguinte. Considerando que as luzes do edifício estavam apagadas e as portas estavam trancadas, percebi que talvez estivesse um pouco adiantada para o primeiro dia. Depois de ficar alguns minutos em frente ao prédio esperando alguém aparecer, decidi tomar um café no Starbucks. Ficava ao lado do restaurante em que conheci Chase.

Embora parecesse que ninguém estava pronto para trabalhar, havia uma longa fila para o café. Fui para o fim da fila, como um bom soldado, e comecei a ver os e-mails no celular. Um toque em minhas costas me assustou, mas foi a voz sussurrando sobre meu ombro que me fez arrepiar.

— Também sou o fundo de tela do seu iPhone?

Pulei.

— Você me assustou.

— Desculpe. Não pude deixar passar a oportunidade de espiar. Como minha foto está em seu notebook e tudo o mais, a obsessão pode ser intensa.

Me virei e estendi o celular para ele.

— Posso ver semelhanças, mas a foto, definitivamente, não é sua.

Chase pegou meu celular.

— O que diabos é isso?

— É a Tallulah.

— Isso é de verdade?

— É claro que é de verdade. É feia *mesmo*, não é?

— É um gato?

— Sim. É um Sphynx. Um gato sem pelos.

Com certeza, o animal de estimação mais feio que já vi. A cabeça era pequena demais para o corpo, e a cara lembrava a do diabo. A pele enrugada, pálida e cor de carne fazia com que ele parecesse um peru antes de ir para o forno.

— Meu padrasto comprou de aniversário para minha mãe porque ela tem alergia, mas queria muito um animal de estimação. Acontece que não é ao pelo que ela é alérgica, mas à proteína presente na saliva e na pele dos animais. Então ela deixou essa coisa comigo enquanto tenta encontrar um novo dono. Ele pagou dois mil dólares por esse filhote feio.

— Você percebe a ironia aqui, certo? — perguntou Chase.

— Ironia?

— Você tem um gatinho sem pelos e hoje vai começar a trabalhar para uma empresa da qual o produto principal é...

Cobri a boca.

— Meu Deus! Só você acharia ironia nisso.

— O que dizer? Depilação é algo lindo e me fez ganhar muito dinheiro. Esse gato deveria ser mascote da empresa.

Eu ri.

— Vou manter isso em mente para meu primeiro projeto de marketing.

— Mudando de assunto, o que está fazendo aqui tão cedo? — Ele olhou para o relógio.

Foi então que percebi que ele estava vestido com roupas de corrida, não de terno e gravata, como o vi na semana passada.

— Queria começar cedo.

— O prédio não abre antes de seis e meia. Sabe, eu ia correr. Mas vou mostrar como entrar quando ainda está fechado.

— Tudo bem. Posso esperar abrir. Não quero interromper seu exercício.

— Odeio correr. Vou aproveitar qualquer desculpa para não fazer isso. Mostrar como entrar no escritório para uma mulher bonita está no topo da lista de desculpas. — Ele piscou. — Especialmente para aquela que, mais cedo ou mais tarde, vai dormir comigo.

Caramba, como ele é arrogante. E, aparentemente, isso realmente me atrai.

A fila havia andado um pouco, mas eu não notei, já que tinha me virado para conversar com Chase. Ele ergueu o queixo para apontar a distância entre mim e a pessoa à frente, depois colocou a mão na parte inferior de minhas costas e me guiou. Seu toque parecia muito natural.

Quando chegou a nossa vez no caixa, ele me disse para escolher primeiro.

— Quero um café preto de torra escura, *venti*.

Chase sorriu e acrescentou:

— Dois, por favor.

Ele insistiu em pagar. Em seguida, com os dois cafés na mão, caminhamos por um quarteirão, dando a volta no prédio, indo para os fundos. Chase bateu em um conjunto de portas de aço sem identificação. Um homem abriu uma delas e nos cumprimentou.

— Senhor P., como vai?

— Nada mal, Carlo. E você?

— Não posso reclamar, não posso reclamar. Minha esposa é uma vaca, mas não posso culpá-la por isso. Ela é casada com um cara gordo e preguiçoso. — O homem com o uniforme da manutenção acariciou a barriga de cerveja e sorriu.

— Carlo, esta é Reese Annesley. Hoje é o primeiro dia dela na Parker Industries.

— É um prazer conhecê-la, senhorita A. — Ele limpou a mão na camisa e a estendeu para mim enquanto falava com Chase. — Vai fazer um novo catálogo? Sabe que essa é a minha época favorita do ano.

— Não nesta semana. Reese não é modelo, embora seja bem bonita. — Chase piscou para mim de novo, e senti um frio na barriga.

Ele é seu chefe, sua patética. Talvez eu *devesse* transar com Bryant logo, pois isso poderia afastar a tensão.

Chase digitou um código no interfone e as portas para o elevador de serviço se abriram.

— O código é 6969.

— Como vou me lembrar disso? — provoquei.

Quando entrei, Chase colocou o braço ao redor de minha cintura.

— Não quero que você caia de novo.

— Espertinho.

— Sou seu chefe agora. Não pode me chamar assim.

Olhei para o relógio e sorri.

— Ainda não estamos em horário comercial, espertinho.

— É assim que vai funcionar?

— É, sim.

— Funciona para ambos os lados, então. Antes e depois do horário, posso dizer o que quer que esteja em minha cabeça. Talvez você queira repensar esse jogo. — Ele apertou o trinta e três e se aproximou. — Quer saber no que estou pensando agora? Posso fechar os olhos e descrever em detalhes, se quiser.

De repente, o elevador ficou muito pequeno. E quente. Quente demais.

Assim que as portas estavam prestes a se fechar, um homem de terno impediu e se juntou a nós. Ele resmungou algo ininteligível e apertou o vinte e dois.

Chase se afastou um pouco e limpou a garganta.

— Vai precisar usar a porta de serviço antes das seis e meia e depois das oito.

— Tudo bem.

Nos minúsculos limites do elevador de serviço acolchoado, ele ficou longe o suficiente para que parecesse normal, mas próximo a ponto de eu sentir seu cheiro. E ele tinha um cheiro incrível, amadeirado e de limpeza, o que me fez pensar... Ele provavelmente não se levanta e toma banho para correr depois. Então, esse é seu cheiro natural? *Droga.* Por algum motivo estranho, tive uma visão de Chase no meio de uma floresta, cortando carvalho. Ele estava usando calça jeans – com o botão aberto, claro – e botas de trabalho, sem camisa.

Estar perto dele me fez perder a cabeça.

— Por acaso você tem uma cabana na floresta?

Ele parecia achar graça.

— Não. Preciso de uma?

— Deixa pra lá.

Assim que chegamos, Chase deu uma volta rápida comigo. Enquanto caminhávamos, senti a paixão que ele tinha por sua empresa enquanto me dava uma breve visão geral de cada departamento. O Chase paquerador foi embora, dando lugar ao CEO Chase Parker, de quem eu gostei muito.

Ele era tão inteligente e apaixonado que nem percebi que passamos mais de uma hora no laboratório de desenvolvimento de produtos, até que as pessoas começaram a chegar para o dia de trabalho. Chase me mostrou todos os produtos e me contou a história de cada um. Quando chegou ao último, a Cera Divina, deixou de lado alguns dos detalhes que Sam havia me contado – ou seja, como a cera Gatinha Mimada o manteve ocupado pela maior parte da faculdade.

— Você deveria levar um de cada para casa e experimentá-los — disse.

— Já comprei alguns no fim de semana e me mimei um pouco. Quero usar cada um deles antes de fazer qualquer coisa de marketing relacionada a eles.

— E?

— Acho interessante que produtos tão adoráveis sejam desenvolvidos por um homem.

— O que posso dizer? Estou em contato com o meu lado feminino.

— Hummm... Ouvi dizer que você usou seus produtos para entrar em contato com o lado feminino na faculdade.

Chase levantou a sobrancelha.

— Vejo que tenho que manter você longe da Sam.

— Mas ela é uma fonte de conhecimento.

Sua mão voltou para a base de minhas costas e me guiou pelo laboratório de desenvolvimento de produtos.

— Esse é o problema.

Depois, caminhamos lado a lado para o departamento de marketing.

— Há quanto tempo vocês se conhecem?

— Desde o ensino fundamental.

— Uau. Há tanto tempo quanto nós, hein?

— Sim, mas não era o rosto dela que eu estava chupando naquele corredor do lado de fora do ginásio.

Um rapaz saiu do primeiro escritório no departamento de marketing assim que nós entramos. Ele era bonito e parecia o tipo fofo "acabei de sair da fraternidade e consegui meu primeiro emprego de verdade".

Chase parou e me apresentou.

— Reese, esse é Travis. Ele é da TI para o marketing. Cuida de todos os SEO e da otimização da web.

Ele apertou minha mão com um sorriso bobo.

— Por favor, diga que ela trabalha aqui.

— Trabalha.

— Porra, eu amo meu trabalho.

— Ama, né? Bem, controle a animação e vá ler a página catorze do manual do funcionário.

— Página catorze?

— A política de *não assediar colegas de trabalho*.

Travis ergueu as mãos e riu.

— Tudo bem. Nada de assédio. Talvez só alguns elogios sobre o quanto ela é bonita.

Era o tipo de escritório em que todos brincavam, mesmo com o chefe.

Chase se inclinou para mim enquanto continuávamos pelo corredor e sussurrou:

— Pare de se preocupar. A política de assédio aplica-se apenas a empregados, não ao proprietário. Conferi hoje de manhã.

O grande escritório no fim do corredor era de Josh. Ele estava sentado com uma mulher grávida quando chegamos. Ela se sentou na cadeira e acariciou a barriga redonda.

— Encontrei sua nova funcionária tentando entrar antes que o sol nascesse nesta manhã — anunciou Chase. — Melhor canalizar essa energia para algo bom. — Ele olhou para a mulher que presumi ser a que sairia de licença-maternidade. — Parece que Dimitria está prestes a explodir.

Ela parecia desconfortável, apertando e soltando uma daquelas bolas de estresse cheias de gel enquanto falava.

— Por que você não inventou um produto que impede as mulheres grávidas de fazerem um pouco de xixi cada vez que espirram ou riem? Ou um produto que faça diminuir o inchaço nos tornozelos? — Ela apontou para os pés. — Estes sapatos são da minha mãe. Nada mais me serve. Nem mesmo meus próprios sapatos.

Chase balançou a cabeça.

— Você tem medo de alguma coisa, Reese?

— Medo? Você quer dizer algo como aranhas e coisas assim?

Quanto tempo você tem?

— Sim, algo que faça com que saia correndo de forma irracional porque te assusta pra caramba.

— Não gosto muito de pombos. Chego a atravessar a rua para evitá-los.

Chase assentiu.

— Meu medo é mulher grávida. Então, vou começar logo aquela corrida, antes que fique muito quente lá fora.

Dimitria jogou a bola de estresse em Chase, atingindo-o no ombro.

— Finalmente entendi para que servem essas porcarias.

Cera Divina. No fim do dia, me sentei em meu novo escritório e girei o frasco do produto na mesa algumas vezes. Amanhã eu participaria da primeira reunião oficial de estratégia, já que o departamento de marketing estava começando um importante projeto de reposicionamento de marca para o principal produto da Parker Industries. Precisava me colocar no lugar de um consumidor que fazia depilação em casa. O único problema é que eu não fazia a minha própria depilação. Então, marquei um horário para às oito, naquela mesma noite, com a minha esteticista. Ela faria minha depilação à brasileira, usando sua cera de costume e a Divina para que eu pudesse comparar.

A maior parte do pessoal do departamento de marketing já tinha ido embora, e eu estava mordiscando uma barrinha de proteína e tomando um refrigerante que peguei na máquina da copa quando Chase apareceu à porta. Estava usando roupas de trabalho. Ele soltou a gravata enquanto falava.

— Dr. Pepper, hein?

Não bebia esse refrigerante havia anos, mas, quando vi na máquina hoje, me lembrei de quando o encontrei na academia e ele me confessou o quanto gostava.

— Meu primo gosta muito disso — falei, meio sem pensar. — Resolvi experimentar.

Ele sorriu daquele jeito "sou gostoso pra caramba e não estou nem disfarçando". *Nossa, pare com isso.*

— Gosta de trabalhar até tarde?

— Trabalho melhor à noite — falei.

As sobrancelhas de Chase franziram.

— Já está tarde, então não sou mais o chefe. Não foi assim que você me disse que funcionaria hoje de manhã?

Encostei na cadeira.

— Já passou das seis. Diga o que tem em mente.

Ele se moveu para se sentar na minha frente e me lançou seu melhor sorriso malicioso.

— Só vou dizer que trabalho melhor à noite também.

— Tenho certeza que sim. Embora eu estivesse me referindo a ideias publicitárias. Acho que sou mais criativa à noite. Às vezes, depois que me deito e apago as luzes, surge alguma ideia para algo em que tentei me concentrar o dia todo.

— Sou muito criativo quando apago as luzes e me deito na cama. Talvez devêssemos tentar juntos algum dia. Provavelmente produziríamos resultados surpreendentes, duas vezes mais criativos e tudo mais.

Balancei a cabeça, mas sorri, me divertindo.

— Você é um pesadelo para o RH, não é? Aposto que faz Samantha trabalhar pesado.

— Na verdade, geralmente não sou. Você continua me provocando, então não consigo não reagir. É meio inapropriado, considerando que sou seu chefe.

Arregalei os olhos.

— Não estou provocando. É você quem...

— Relaxa. Estou brincando. Não acho inapropriado. Continue assim.

— Você passou o dia todo inalando produtos químicos?

O sorriso de Chase era contagioso.

— Até que horas vai ficar? — perguntou ele.

— Tenho um compromisso às oito. Pensei em sair por volta desse horário, considerando que fica no caminho para casa.

— Jantar com Braxton?

— *Bryant*. E não. Tenho um compromisso com cera. — Segurei o potinho da Divina. — Pensei em fazer uma pesquisa de produto.

— Eu deveria ir junto.

— Fazer depilação?

— Ver você ser depilada. — Os olhos dele brilhavam. — Pesquisa, sabe?

Quando Samantha, de repente, apareceu na porta, ela nos deu um sorriso estranho.

— Esperei em seu escritório por dez minutos. Ainda vamos comer alguma coisa?

Chase olhou para mim.

— Vamos ao Azuri's comer falafel. Quer ir com a gente?

— Obrigada, adoraria. Mas tenho um compromisso.

Mais tarde, naquela noite, depois de desligar o telefone com Bryant, estava deitada no escuro, repassando o dia, quando meu telefone tocou. Não reconheci o número e a mensagem parecia enigmática. Dizia:

"Você e Tallulah são gêmeos?".

Levei um minuto para descobrir. Por um momento, esqueci que havia dado meu número a Chase para que entregasse a Samantha naquele dia quando nos encontramos na academia. Fechei os olhos e sorri comigo mesma; de repente, perdi o sono.

7

Reese

Estava só no segundo dia, mas já amava meu novo emprego. Um cargo que reacendeu algo que eu não sentia havia muito tempo. Nem tinha percebido a falta que essa motivação me fazia. Paixão. Mal podia esperar para trabalhar quando acordei nesta manhã. Isso também havia acontecido no trabalho antigo, mas para onde aquele sentimento tinha ido? A Parker Industries me fez sentir viva de novo.

Passei a manhã toda ouvindo a equipe em uma sessão de estratégias de marketing. As pessoas construíam pensamentos conjuntos para encontrar a melhor ideia em vez de competirem entre si. Como eu era nova, ouvi mais que falei.

Quando voltamos do almoço, Josh estava de pé no quadro branco. Ele começou a rabiscar palavras aleatórias que as pessoas gritavam, e então Chase entrou pelos fundos da sala. Ele ficou em silêncio, observando. Sentindo que seus olhos estavam em mim, olhei para trás algumas vezes. Em todas elas, seu olhar estava sempre à espera do meu.

Havia dois lugares vazios na sala. Um deles era a meu lado. Depois de alguns minutos, Chase caminhou silenciosamente pela lateral da sala e se acomodou na cadeira à minha direita. Trocamos um olhar de canto, e em seguida Josh pausou o que estava escrevendo e limpou a garganta.

O que as mulheres querem, foi essa a frase que ele rabiscou no quadro com grandes letras pretas.

— Antes de recomeçar, vamos falar sobre o que sabemos. — Ele enumerou os fatos com os dedos, começando com o seu polegar. — Primeiro, 96% de nossos clientes são mulheres. Segundo, os hábitos de compra das mulheres são diferentes dos apresentados pelos homens; terceiro, 91% das mulheres, na pesquisa que fizemos no ano passado, disseram que os anunciantes não as entendem. — Ele segurou o mindinho quando começou o quarto ponto. — Quarto, os homens compram suas necessidades. As mulheres compram suas necessidades. *O que as mulheres querem?* Se vamos vender um produto, comecemos do começo.

Ele apontou para os cavaletes montados nos dois lados da sala.

— Vamos nos dividir em duas equipes. Temos dois quadros brancos. Vamos fazer com que as coisas fiquem interessantes, ok? As mulheres vão trabalhar juntas no lado direito da sala, e os homens, à esquerda. Quero um mínimo de cinco desejos em cada lista. Quanto mais, melhor. Serei o líder da turma dos homens. — Ele olhou para Chase, que acenou uma única vez. — Chase será o da equipe das mulheres.

Ele se inclinou em minha direção e sussurrou:

— Seu cheiro é incrível, é como a praia no verão. — Ele respirou profundamente. — Coco, talvez madressilva, com um pouco de citrino.

Balancei a cabeça e sussurrei de volta:

— Obrigada. — Então, apontei para o relógio. — Inadequado para o horário de expediente.

— Ah, é? Adrien Brody precisa de um aumento. Estou prestes a conseguir um roteiro do que motiva você e posso até chamar isso de trabalho. Às vezes, adoro o que eu faço.

Depois que a sala foi reorganizada e todos nós estávamos acomodados, Chase sugeriu que cada uma de nós tirássemos cinco minutos para fazer a própria lista, então poderíamos ver o que o grupo escolheu igual. Ele tentou espiar a minha algumas vezes, mas cobri meu bloco de anotações e sorri. Depois que as canetas pararam de escrever, ele se levantou, pegou a caneta, destampou e rabiscou *o que as mulheres querem* com uma linha grossa, sublinhando.

— Claro, já conheço a resposta para isso, mas, como sou um facilitador, vou deixar que vocês deem o seu melhor. — Ele sorriu, fazendo piada, e lá estava a porcaria da covinha de novo.

Vá embora! Você é como kriptonita para meu cérebro.

Num primeiro momento, os desejos eram os típicos: dinheiro, amor, segurança, aventura, saúde, beleza, diversão, simplicidade. As mulheres do grupo discutiram algumas coisas, mas a maioria das anotações estavam cheias de riscos que tínhamos listado no quadro ou desconsiderado. Eu estava quieta, e a minha lista tinha alguns itens ainda não mencionados. Chase olhou e tentou, de cabeça para baixo, ler o que eu havia escrito.

— O que você quer, Reese? Alguma coisa diferente na sua lista?

Mordi o lábio inferior enquanto olhava para o bloco de anotações.

— Reconhecimento, estabilidade, poder, família. — Marcando cada um, encontrei outro. Hesitei, mas olhei para cima e disse: — Orgasmos.

Apontando para o amor no quadro branco, Chase perguntou:

— Orgasmos não estariam aqui?

Inclinei a cabeça.

— Os dois não são necessariamente relacionados para a maioria das mulheres, acredite ou não.

— Justo. — Chase adicionou orgasmos à lista. Claro, ele escreveu aquilo com o dobro do tamanho das outras necessidades. Ele também acrescentou família, estabilidade e reconhecimento à lista. — Poder? O que isso significa? Força?

— Não, significa a capacidade de influenciar o comportamento dos outros.

— Para que você tenha poder, precisa tirá-lo das outras pessoas? Então você quer ser uma ditadora? As mulheres querem ser ditadoras?

— Não. Você está levando o conceito de poder ao extremo. Um ditador governa por força e opressão. As mulheres querem governar por influência. Nós gostamos de um toque mais suave.

— Não acho que as mulheres queiram poder *em tudo*.

Abbey, uma das gerentes de marca, gargalhou com a declaração de Chase.

— Isso porque você é homem.

— Nosso objetivo é chegar à raiz do que as mulheres querem para que possamos conectar o nosso produto a esse desejo. Então, sejamos sinceros. Há momentos em que uma mulher quer ceder o controle a um homem. — Chase apontou para o grande "O" no orgasmo. — No quarto. Muitas mulheres gostam de um amante dominante.

As mulheres murmuraram e balançaram a cabeça

— Isso é verdade — eu disse. — Mas podemos querer manter o poder lá. É a mulher que decide quando é hora de fazer sexo em um relacionamento. É a nossa influência que controla se o ato acontece ou não. Mesmo quando a mulher é submissa ao parceiro, ela ainda mantém o poder. Ela tem uma palavra segura, e isso lhe dá todo o controle. Ela tem o *poder* e a *influência*, mesmo estando fisicamente submissa.

Eu mexia em uma das minhas pulseiras, hábito que eu tinha quando ficava nervosa, e, quando olhei para cima, vi Chase encarando meus pulsos. Ele limpou a garganta e tapou o marcador rapidamente.

— Bom trabalho, pessoal. Acho que a lista está completa. Tenho que correr para um compromisso. Estou ansioso para ver qual desejo será o centro da campanha de reposicionamento.

Eram oito da noite, e a equipe de limpeza estava passando o aspirador, então não ouvi Chase caminhar pelo corredor até ele estar na porta.

— Catorze horas por dia. Você está me deixando mal.

Ele tinha trocado o terno por bermuda e camiseta.

Ah, que coxas grossas e musculosas!

Meu cabelo estava preso com alguns lápis no alto da cabeça. Vi o olhar interrogativo em seu rosto enquanto observava.

— Esqueci o elástico de cabelo. No fim do dia, preciso prender.

Seus olhos observaram meu decote. Senti um frio na barriga pela forma como ele parecia incapaz de parar de olhar.

— E aí, qual foi o consenso hoje? — perguntou. — A estratégia para a campanha de reposicionamento? O que as mulheres querem?

— Ainda não terminamos. Reduzimos a três itens e vamos traçar ideias para ver aquele que nos leva na direção certa.

— Quais?

— Poder, aventura e orgasmos.

— Bem, sabemos que esses três combinados foram bons com esses livros *Cinquenta tons de cinza*.

— É verdade.

Ele inclinou a cabeça.

— Você leu?

— Sim.

— E?

— Adorei. As mulheres adoram uma fantasia.

Seus olhos não deixavam os meus.

— Não estamos mais no horário de expediente, certo?

Olhei para o relógio.

— Diria que sim.

— Você gosta desse tipo de coisa?

O fato de eu ficar vermelha de vergonha respondeu à pergunta. Evitei encará-lo e só olhava para baixo, torcendo minha pulseira.

— Acho que não. Mas nunca tentei. — Me forçando a olhá-lo, perguntei: — E você?

— Não é algo em que eu já tenha pensado. Mas pude ver o apelo em amarrar uma mulher e tê-la vulnerável diante de mim. Um elemento de poder para ambas as partes, de certa forma.

Seus olhos focaram em minha garganta quando engoli em seco.

— Talvez, vendo minha marca rosa em sua pele clara... Em sua bunda, no interior de suas coxas... — Ele fez uma pausa, olhando para os meus pulsos. — Amarrada, com os olhos vendados, talvez um brinquedo ou dois.

— Isso porque você nunca pensou no assunto, não é?

— Não pensei. — Ele esperou até que nossos olhos se encontrassem. — Não consegui fazer merda nenhuma pensando em seus pulsos finos e no quanto eu estava ansioso para vê-los amarrados na cabeceira da minha cama um dia.

Naquele momento, meu celular começou a vibrar. Olhei para baixo, vi o nome, e meus olhos se moveram entre Chase e o iPhone. Ele não me daria privacidade.

— Com licença, só um segundo — falei e atendi. — Alô...? Sim, quase terminei. Por que não nos encontramos lá? Ok. Vejo você em meia hora.

— Encontro?

Vou beber alguma coisa com Bryant.

O maxilar de Chase retesou. Ele assentiu.

— Tenha uma boa noite, Docinho.

8

Reese

Fiz sexo mentalmente.

Só que não era com Bryant que eu queria fazer isso.

Tomamos dois drinques. Contei tudo sobre o novo emprego, e ele *de fato ouviu*. Agora estávamos no bar, e ele colocou sua mão em meu joelho.

— Estava pensando... o que você acha de irmos ao Jersey Shore no fim de semana? Um fim de semana na praia, jantar em uma barraca que vende cerveja gelada e mariscos? Um amigo tem uma casa em Long Beach e não vai usá-la.

Eu adorava praia, e um bar especializado em mariscos e que serve cerveja gelada eram a minha cara. No entanto, eu não tinha certeza se deveria aceitar. Precisava de um pouco mais de tempo para pensar.

— Posso responder em alguns dias? Acabamos de iniciar esse grande projeto no trabalho, e eles talvez queiram que eu trabalhe no fim de semana. Não tenho certeza.

Como de costume, Bryant levou numa boa.

— Certo. Claro.

Depois disso, encerramos a noite mais cedo, pois teríamos que acordar praticamente de madrugada. Quando entrei no apartamento, Tallulah, aquela droga de gata feia, me assustou. O som de minha coleção de trancas se tornou seu chamado pavloviano pessoal para ação. A sala de estar estava escura, exceto por dois olhos verdes brilhantes olhando diretamente para mim. Ela estava empoleirada no encosto do sofá, me esperando.

— Deus, você é feia demais — eu disse, quando acendi as luzes.

— Miau.

— Eu sei, eu sei, você não tem culpa. — Passei as unhas em suas costas. Parecia tão estranha sem nenhum pelo. — O que acha de eu comprar um daqueles suéteres para gatos? Talvez algo elegante e preto? Ou, quem sabe, com pelo falso, hein? Gostaria disso, sua feia? Você precisa de um pelo para esse corpo que parece um peru.

— Miau.

Eu a carreguei enquanto fazia meu ritual, abrindo todos os armários e portas, olhando atrás das cortinas e debaixo da cama. Depois de encontrar tudo vazio, tomei um banho rápido, hidratei o corpo e me deitei na cama. Tallulah pulou e se acomodou no travesseiro ao lado.

Depois de catorze horas em um novo emprego, seguido por dois martínis, eu deveria estar cansada. Mas não. Estava... *excitada*. Meu problema poderia ter sido facilmente resolvido. Tudo o que eu tinha que fazer era convidar Bryant para ir até minha casa, e ele teria cuidado de minhas necessidades com prazer. No entanto, escolhi ficar sozinha.

Tallulah ronronou perto de mim, em seguida bateu na minha cara com a pata. Quando a ignorei, ela repetiu o gesto. Na segunda vez, levei a pata ao nariz. Cedendo, alcancei sua barriga cor-de-rosa e a cocei novamente. Ela rolou de costas, entregando-se ao carinho. As patas esticadas e apoiadas na lateral do corpo pareciam asas. Ela realmente lembrava um peru. Me esticando até o criado-mudo, peguei o celular e tirei algumas fotos que pretendia enviar por e-mail para minha mãe de manhã, mas então me lembrei da mensagem que Chase havia me enviado a respeito da gata na outra noite.

Digitei uma mensagem, anexando a foto.

Reese: Tenho certeza de que ela é gêmea do peru de Natal que está no freezer de algum supermercado por aí.

Passou menos de um minuto, e meu celular tocou com uma mensagem recebida.

Chase: Girei o telefone algumas vezes antes de me dar conta do que estava olhando. Essa gata é feia pra caramba.

Reese: HAHA. Ela tomou conta de mais da metade da minha cama. E também é muito exigente e me bate com a pata na cara se eu parar de fazer carinho.

Chase: Vocês duas estão dividindo a cama nesta noite?

Ele sabia que eu ia encontrar Bryant depois do escritório.

Reese: Sim. Só eu e minha gatinha feia.

Chase: Bom saber.

Reese: Bem, bons sonhos.

Chase: Pode contar com isso agora. Boa noite, Docinho.

Jules, minha melhor amiga, me encontrou para o café da manhã no dia seguinte, antes do trabalho. Foi o período mais longo que fiquei sem vê-la desde que começamos na Fresh Look, no mesmo dia, há sete anos.

— Aquele lugar está uma droga sem você. — Ela fez beicinho quando nos sentamos perto da janela com os nossos cafés.

— Claro que está. Você não tem com quem fofocar.

— Almocei com a Ena, da mídia, no outro dia e contei sobre o novo vibrador que comprei. Vai demorar uma vida para ela se recuperar do choque.

— Algumas pessoas ficam tensas com esse tipo de informação.

Ela deu de ombros.

Jules é a pessoa mais aberta e menos estressada que já conheci. Seus pais eram hippies de verdade, e ela cresceu com a vibração do amor compartilhado em sua casa. Uma vez, ela me contou que os pais tinham quartos separados para quando o outro tivesse companhia. Contar detalhes sobre comprar um novo vibrador parecia inofensivo quando se crescia com pais que transavam com vários parceiros.

— Bem, não que você precise, já que tem o Bryant, mas a Lovehoney acabou de lançar um novo Jessica Rabbit, três vezes mais potente e que é muito melhor do que meus dois últimos parceiros. Na verdade, ele encontra seu clitóris.

— Preciso dar uma olhada nisso.

— Não me diga que Bryant é um fracasso?

Bebi o café.

— Não sei. Ainda não transamos. Mas ele é bastante atento, em geral. É um bom sinal, eu acho.

— Não está se sentindo conectada a ele ou alguma coisa está acontecendo?

O fato de meus pensamentos terem se voltado imediatamente para Chase deixou claro que tinha mais a ver com outra coisa. Alguém mais, na verdade.

— Ele é ótimo. De verdade.

— Mas…

— Não sei. Algo tem me impedido de levar nosso relacionamento adiante.

— Algo ou alguém? — Jules me conhecia muito bem.

— Lembra que contei que conheci um cara no restaurante quando estava num encontro com Martin?

— O gostoso que inventou várias histórias?

— Ele mesmo. Eu meio que me encontrei com ele de novo.

— Como assim?

— Bem, encontrei com ele várias vezes.

— Onde?

Hesitei e depois respondi com uma pergunta, como se testasse a resposta.

— No escritório...?

Jules colocou o café na mesa, entre nós.

— Ele trabalha no novo escritório? Você só pode estar brincando comigo. Já sabe o que aconteceu na última vez que transou com um colega de trabalho.

— Chase não é exatamente um colega de trabalho. — Assim que disse isso, meu chefe entrou na cafeteria.

Bem, tecnicamente não era meu chefe. Era chefe do meu chefe. Eu não tinha certeza se isso melhorava ou piorava as coisas. Piorava, tenho certeza.

Jules e eu estávamos num canto, então eu esperava que ele não nos visse. Não que eu não gostasse de olhar para aquele homem toda vez que surgisse uma oportunidade, mas sabia que Jules não seria discreta. Ele entrou, ficou na fila e, em segundos, se virou e olhou ao redor. Brevemente me perguntei se estava me procurando, embora não tivesse muito tempo para pensar, porque, de repente, ele veio em nossa direção.

Ao contrário do que aconteceu no primeiro dia, quando o encontrei no café, hoje ele já estava usando terno. E, *merda*, parecia ainda mais gato do que o normal. Seu cabelo ainda estava molhado e bagunçado daquele jeito que demonstrava que ele não se importava, mas que ficava ótimo, destacando-o dos outros homens de terno. Ele usava camisa social azul-clara e gravata da mesma cor, só que um pouco mais escura. Estava pendurada no pescoço como se ele a tivesse jogado ali e saído depressa. Não havia dúvida, em minha cabeça, que a camisa era feita sob medida, devido à maneira como se esticava em seu peito largo, mas sem apertar. Ela insinuava as linhas esculpidas que eu conhecia, mas não as exibia totalmente.

Enquanto *eu* tentava olhar discretamente para ele, Jules o comeu com os olhos.

— Bom dia. — Ele sorriu para mim e acenou com a cabeça para minha amiga. — Como você e a gatinha feia passaram a noite? Ela deixou você dormir um pouco?

— Sim. Talvez eu deva mantê-la como minha companheira de cama.

— Vergonhoso.

Jules arqueou a sobrancelha.

— Gatinha feia? E quem é este bonitão falando com a gente? — Como eu disse, Jules veio de uma casa *muito* aberta. Ela não tinha filtro. Se pensasse algo, aquilo simplesmente escapava pelos lábios pintados de rosa.

Chase nos abençoou com seu sorriso cheio de covinhas sensuais e estendeu a mão para Jules.

— Chase Parker. Reese e eu trabalhamos juntos.

Jules se virou para mim, com os olhos arregalados.

— Chase como *Chase* de quem estávamos falando?

Ele arqueou a sobrancelha.

— Falando bem, espero.

— Olhe para você! O que poderia ser ruim? — perguntou.

Chase riu e balançou a cabeça.

— Querem mais café? Tenho uma reunião agora cedo e preciso correr depois de tomar minha dose de cafeína.

— Estamos bem. Mas obrigada.

— Vejo você no escritório mais tarde então.

— Será o destaque do dia — provoquei.

Chase mal havia se afastado quando Jules começou.

Ela levantou a mão, me mostrando a palma.

— Não precisa explicar porque perdeu o interesse em Bryant. Esse homem é delicioso. Você conhece minha teoria de que os homens bonitos não são tão bons na cama como os feios, porque nunca precisaram se esforçar para isso?

— Sim. O que tem?

— Só de olhar para aquele homem, posso dizer que *ele* é a exceção.

— Você sabe que ele é bom de cama só de olhar e por aquela conversinha?

Ela ficou séria.

— Sem sombra de dúvida, eu sei.

Jules estava louca, mas eu tendia a concordar com ela. Sabia, pela personalidade de Chase, que ele se aperfeiçoaria em tudo o que focasse. Ele também era naturalmente agressivo, então soava correto dizer que deveria ser dominante na cama. Suspirei.

— Ele também é inteligente.

— Coitado. Bonito, inteligente e bom de cama. O que ele faz no novo emprego? Deixe-me adivinhar: vendas. O que quer que ele esteja vendendo, eu compro.

— Acho que pode-se dizer que ele faz um pouco de tudo.

Jules achou que tinha entendido. Ela balançou a cabeça.

— Assistente administrativo? Tudo bem. Você tem um bom emprego. Pode sustentá-lo.

— Ele é o CEO. Chase Parker é *dono* da Parker Industries. E não da mesma forma que o babaca do Derek Eikman algum dia será da Fresh Look. Chase criou tudo sozinho. Ele inventou a maioria dos produtos e dirige a própria empresa.

— Ah, meu Deus. Tudo bem, tudo bem. Deixe-me pensar. — Ela tocou o queixo algumas vezes. — Então, você obviamente não deve dormir com ele porque nós sabemos como isso pode acabar, dado seu momentinho de insanidade temporária com Derek. Ao mesmo tempo, não há absolutamente nenhuma razão para que *eu* não devesse pular na cama com aquela máquina. — Jules balançou as sobrancelhas.

— Máquina?

— Estou tentando uma nova frase para desempenho. Ficou bom?

— Não.

— Bem, isso poderia funcionar para nós duas. Na verdade, funciona para nós quatro. Pense nisso: se eu dormir com ele, você vai achar que é muito estranho fazer a mesma coisa. Você não é o tipo de pessoa que explora o mesmo lugar em que amigos já fincaram bandeira. Então, ele vai se tornar fora dos limites para você. Mais cedo ou mais tarde, você vai olhá-lo como se fosse uma obra de arte que você admira, não um bife suculento que quer comer, e isso vai liberar seu apetite por outro alimento, como Bryant. Isso vai fazer com que vocês dois fiquem felizes. E, claro, Chase e eu ficaremos extremamente felizes por ter a melhor transa de nossas vidas. — Ela deu de ombros. — Problema resolvido. De nada.

Eu ri.

— Sinto falta de ter você por perto o tempo todo.

— Eu também. Aquilo perdeu a graça. Algum dia vamos abrir nossa própria agência. Contrataremos apenas mulheres poderosas como gerentes e homens gostosos como assistentes.

— Acho que vai ser legal.

— O que você vai fazer com Bryant e o chefão?

— Preciso dar uma chance real a Bryant. Minha vida amorosa nunca foi repleta de solteiros elegíveis. Tive apenas um relacionamento que durou mais de dois meses nos últimos cinco anos. E você sabe como terminou. Alec era um cara legal, mas ainda estava tão ligado à ex que me chamava de Allison toda vez que estávamos na cama; em geral, durante o clímax.

Suspirei.

— Bryant parece mesmo ser um ótimo cara e sem essas questões do passado mal-resolvidas. Eu deveria dormir com ele e acabar com o problema.

— Isso é o que eu gostaria que meu namorado pensasse ao transar comigo pela primeira vez. *Acabar com o problema.*

9

Chase (sete anos antes)

Havia três dias que Eddie estava desaparecido do local em que costumava ficar. Após o almoço, Peyton me fez andar pelo bairro com ela para ver se o encontrava. Depois de ver aquele corte na cabeça dele na semana passada, tive um mau pressentimento. Peyton também deve ter tido. Ao virar a esquina, uma sensação de alívio me tomou quando o vi. Só que ele não estava sozinho. Estava sendo incomodado por dois policiais. O mais alto, oficial Canatalli, de acordo com o distintivo em seu peito, havia acabado de dar um chute nos pés de Eddie.

— Boa tarde, oficiais — falei. — Nova batida?

O policial, que não era muito mais velho que eu, olhou para Peyton com malícia, esticando os ombros e estufando o peito.

— Algum problema?

— Nenhum. Só estou acostumado a ver o oficial Connolly neste quarteirão. Trabalho ali na esquina. — Inclinei a cabeça para Eddie. — Este é o Eddie.

Peyton acrescentou:

— Eddie é um amigo meu. Sou voluntária na Little East Open Kitchen, um restaurante comunitário local em...

— Sei onde é. Uma coisinha como você não deveria estar perto desse tipo de gente. É perigoso. Você poderia se machucar.

Fechei os olhos, sabendo como Peyton responderia.

— *Eles* são perigosos? Você não acha que é uma declaração generalizada? Seria como falar que *todos* os italianos são mafiosos, oficial *Canatalli*.

Tentei amenizar o rumo da conversa.

— Ultimamente, Eddie está sendo incomodado por alguns adolescentes. Daí esse corte na cabeça. Peyton foi à delegacia denunciar, mas não fizeram nada a respeito.

— Mais uma razão pela qual ele não deveria estar na rua. Estávamos apenas dizendo que era hora de seguir em frente. O sargento quer que a rua esteja limpa. — O policial chutou o pé de Eddie mais uma vez, e a perna dele recuou quando se afastou para proteger a cabeça.

— Eddie não gosta que encostem nele. Ele prefere que as pessoas fiquem a alguns metros de distância.

— Assim como eu. É por isso que não me sento na calçada, de onde alguém vai me enxotar se eu não me levantar.

Recruta idiota.

— Vamos, Eddie. Vem comigo. — Peyton estendeu a mão.

Eddie olhou para mim e depois para os oficiais. Me olhou de novo antes de aceitar a mão para se levantar. Ele ergueu o saco de lixo preto sobre o ombro. O saco estava cheio e, depois de subir dois degraus, um buraquinho no fundo rasgou e tudo o que ele possuía começou a cair na calçada. Os policiais, impacientes, reclamaram. Eles não tinham compaixão.

Peyton pegou o estojo do violão que estava sobre seu ombro, se ajoelhou e o colocou na calçada, tirando o instrumento de dentro.

— Aqui, Eddie. Use isso. O estojo só faz peso mesmo. — Ela transpassou a faixa do violão sobre seu ombro, e Eddie finalmente se curvou e enfiou tudo no estojo.

Quando caminhamos de volta para meu escritório, sussurrei para Peyton:

— O que vamos fazer com ele?

Ela deu de ombros e me deu aquele sorriso doce a que eu não resistia.

— Não sei, mas há muito espaço naquele escritório novo.

10

Reese

Passei o dia todo ocupada com o trabalho, embora isso não tenha me impedido de pensar no chefe em horários aleatórios. Esse assunto, aliás, ajudou a organizar o meu dia. Trabalhar em um slogan para a Cera Divina. *Sonhar com o chefe*. Pesquisar palavras-chaves de SEO. *Sonhar com o chefe*. Almoço. *Sonhar com o chefe*. Com todo o tempo que perdi, não era de admirar que eu ainda estivesse no trabalho às oito da noite.

Quando ouvi passos se aproximando da porta, meu coração acelerou, imaginando que poderia ser Chase. Escondi meu desapontamento agindo de maneira bem animada.

— Olá, Josh!

— Trabalhando até tarde de novo, hein?

— Tenho muita coisa para aprender e quero participar. A equipe é incrível. Todos conhecem muito bem os produtos.

— Eles são bons, sim. Mas, às vezes, um novo olhar sobre as coisas vence a experiência. Chase me disse que dois dos três conceitos com os quais estamos trabalhando partiram de você.

— Foi um esforço de equipe.

Ele sorriu calorosamente.

— Vou embora. Não fique até muito tarde.

— Pode deixar.

Assim que ele se afastou, pensei em algo que estava evitando perguntar.

— Ei, Josh. Você acha que vamos trabalhar neste fim de semana? Um... amigo me convidou para viajar, mas não tinha certeza se você estava planejando fazer algo com a equipe ou não. Lindsey mencionou que às vezes o pessoal trabalha nos fins de semana quando tem um grande projeto acontecendo.

— Acho que não. Mas vou verificar com Chase amanhã, ver se ele tem algum plano. Ele gosta de nos tirar do escritório quando fazemos *brainstorming* no fim de semana.

— Certo. Obrigada. Boa noite.

Alguns minutos depois, tinha acabado de desligar o notebook e estava arrumando a mesa quando Chase entrou. Ele estava com roupas de ginástica: short solto e uma camiseta desbotada do Mets. *Ele estava sexy*. Percebi que, na verdade, eu achava que esse homem ficava bem em qualquer coisa.

— Você usa essa camiseta perto da Samantha?

— Uso *por causa* dela. A deixa irritada.

— Vocês dois têm uma dinâmica interessante.

— Como foi o restante do café com sua amiga? Falaram mais sobre mim depois que fui embora?

— Só estava contando a ela a história de como nos conhecemos, foi isso. Não deixe que essa história suba à cabeça. — Claro, o que conversamos *teria* inflado o ego dele, mas ele não precisava saber disso.

— Que decepcionante. Achei que você teria falado sobre como achava seu chefe gato.

— Josh é bonito, embora Adrien Brody não faça muito meu tipo.

— Espertinha.

— Está indo para a academia?

— Sim. Não consegui correr nessa manhã por causa da reunião que tive logo cedo. Está indo embora?

— Sim. Vou encontrar a gatinha feia. Acho que ela fica chateada quando a deixo sozinha por muitas horas. Ela me espera perto da porta e me assusta com seus brilhantes olhos verdes.

Chase bateu o dedo contra o batente da porta, como se estivesse pensando em algo.

— Não vai ver Brian hoje à noite?

— *Bryant*. E não, nesta noite, não. Seremos apenas eu e a gatinha feia. — A menção a Bryant me lembrou novamente do fim de semana. — A propósito, sabe me dizer se vamos trabalhar neste fim de semana?

— Trabalhar neste fim de semana?

— O departamento de marketing, quero dizer. Lindsey disse que, às vezes, durante um grande projeto, todos saem do escritório para fazer *brainstorming*.

— Ainda não sei.

— Certo.

— Tem planos para o fim de semana ou algo assim?

— Na verdade, não. Bem... mais ou menos. Um amigo me perguntou se eu estaria livre.

Ele olhou para mim por alguns segundos e semicerrou os olhos.

— Algo bom?

— Long Beach Island.

Eu estava bem segura de que ele queria saber se meus planos eram com Bryant, então continuava sendo vaga. E ele, intencionalmente, continuou tentando. Era quase um jogo.

— Tem casa lá?

— Não. É de um amigo de um amigo ou alguma coisa do tipo.

Ele semicerrou os olhos novamente, me encarando, mas mesmo assim não baixei a guarda.

— Fim de semana de garotas?

Balancei a cabeça.

Ele assentiu.

— Nos vemos pela manhã. Não fique até muito tarde.

— Ok. Boa noite.

Chase se virou como se fosse embora, depois voltou.

— Pensando bem, sabe de uma coisa? Acho que precisaremos trabalhar neste fim de semana.

Sorri, com alegria, embora não tivesse certeza de por que sorri quando ele arruinou o meu fim de semana na praia. Talvez porque eu realmente não quisesse ir com Bryant. Ou talvez porque o pensamento de trabalhar com Chase durante o fim de semana fosse mais emocionante do que um fim de semana romântico com o cara com quem eu estava saindo. De qualquer forma, estava *um pouco* ansiosa *demais* para trabalhar.

Depois que saí do escritório naquela noite, parei num restaurante perto e comprei um sanduíche de almôndegas com parmesão, sabendo que ficaria com preguiça de cozinhar quando chegasse em casa. Entre longas horas no escritório, refeições noturnas displicentes e não frequentar a academia, eu definitivamente ganharia peso se não fizesse algo a respeito.

Talvez eu devesse me inscrever em uma nova academia. A Iron Horse era legal. E Bryant provavelmente gostaria da minha presença lá. Mas quem eu estava enganando? Eu mesma. Já passei metade do dia olhando para cima, procurando certo alguém pelo escritório. Com certeza, não precisava de mais distrações com esse homem.

Meu celular vibrou quando atravessei a rua a caminho do metrô. O nome de Bryant apareceu na tela. Sabendo que eu só tinha um minuto antes de perder o sinal, apertei o botão ignorar, pensando que ligaria de volta quando chegasse em casa.

Do lado de fora da estação, um homem de cabelos longos e grisalhos estava sentado no concreto. Ele tinha uma barba comprida. Sua pele era escura e grossa, provavelmente de longas horas queimando ao sol. Mas era o azul-claro de seus olhos que chamou minha atenção quando ele olhou para cima. Não tenho ideia do motivo e mesmo sabendo que, muito provavelmente, ele vivia na rua, achei que não se parecia com alguém nessa situação. Parecia suave e triste, não bêbado ou assustador, como muitas das pessoas de quem, crescendo em Nova York, aprendi a me afastar. Ele tinha um estojo de violão apoiado ao lado, com a tampa aberta, mas estava cheio de roupas ordenadamente organizadas. Ofereci um sorriso e continuei. Ele devolveu o gesto, mas rapidamente desviou o olhar, como se não estivesse me olhando.

No meio da escada do metrô, me lembrei do enorme sanduíche de almôndegas. Voltando, o dividi em duas partes e entreguei metade ao homem com os olhos azuis tristes. Ele sorriu e assentiu.

Me senti bem e meu traseiro certamente não precisava de um sanduíche inteiro.

11

Reese

Eu havia esquecido que amava *happy hour*. Jules e eu costumávamos fazer isso todas as noites de quinta-feira quando começamos na Fresh Look, mas, com o passar do tempo, uma de nós sempre ficava trabalhando até tarde. Pedíamos desculpas e prometíamos fazer na semana seguinte, mas aí a outra estava em cima do prazo e não podia ir. No fim das contas, paramos de tentar planejar esse momento.

Mas os funcionários da Parker Industries sempre tinham tempo para *happy hour*, e eu consegui deixar o escritório em um horário razoável. Lindsey era a outra gerente de marca do departamento de marketing, e nós nos entendemos desde meu primeiro dia. Estávamos sentadas em um bar, bebendo martínis de chocolate Godiva e desfrutando de aperitivos gratuitos enquanto ela me colocava por dentro de todas as fofocas do escritório.

— A Karen, do financeiro, está noiva de um cara que costumava trabalhar com filme pornô.

— Pornô?

— Era uma coisa suave. Mas, se quiser ver o pau dele, é só dar um Google em John Summers.

— Seria bem estranho procurar o noivo de alguém do escritório no Google para ver pelado.

Lindsey franziu a testa.

— Não é circuncidado. É feio pra caramba. Mas é enorme. — Ela estendeu as mãos a cerca de trinta centímetros de distância uma da outra. — Como um bastão de beisebol. Agora, toda vez que olho para ela, me pergunto como encaixa. Quer dizer, ela é tão pequena...

— Você precisa conhecer a minha amiga Jules. É até estranho o tanto que você me faz lembrar dela.

Lindsey bebeu o resto do martíni e segurou o copo vazio para o barman.

— Me fale de você. Namorado, marido, esposa-irmã? O que está acontecendo em sua vida?

Responder deveria ter sido mais fácil.

— Tive quatro encontros com um cara que é realmente fofo. Nos falamos quase todos os dias.

— Que beleza, hein? Vocês são exclusivos?

Hã? Somos?

— Não falamos sobre isso. Mas não estou saindo com mais ninguém.

O barman veio com uma coqueteleira e encheu nossos copos. Lindsey me olhou por cima do dela enquanto tomava um gole.

— Você não está tão a fim dele.

— Por que você acha isso?

— Você não se animou quando falou sobre ele, o descreveu como "fofo", não tem certeza se são exclusivos e parece que a primeira vez que considerou a questão foi há trinta segundos. Isso significa que não se importa se ele não estiver envolvido. — Ela deu de ombros e disse, enfaticamente: — Você não está tão a fim dele.

Respirei fundo.

— Acho que você está certa. Ele é ótimo, de verdade. Mas falta alguma coisa.

— Não tem como forçar essas coisas.

Ela tinha razão. Embora pensar em romper com um cara como Bryant, que não era um tipo que a gente vê sempre na cidade de Nova York, fosse bastante deprimente. Eu precisava pensar em outra coisa.

— Me conta mais fofocas? E Samantha?

— Ela é praticamente o que você vê. Está na empresa há uns quatro anos, acho. Casada, ao que me consta sem filhos. Ela e o Chase têm um passado. Ouvi um rumor de que ela era a melhor amiga da namorada dele que morreu.

— A namorada dele *morreu*?

— Sim. Há anos. Acho que ela tinha só vinte e um na época. — Lindsey balançou a cabeça. — Trágico.

— Como ela morreu? Estava doente ou algo do tipo?

— Uma espécie de acidente, acho. Foi antes de eu entrar. Mas soube que Chase ficou perturbado por muito tempo. É por isso que ele licenciou todos os produtos em vez de distribuí-los. Muitas dessas licenças estão para expirar, e é por isso que comercializamos alguns deles pela primeira vez.

— Uau.

— Pois é. Mas ele parece estar muito bem agora. Geralmente, está de bom humor. — Lindsey sorriu. — Mas eu também ficaria, se me levantasse todas as manhãs e olhasse aquele rosto. O homem é gostoso de um jeito quase obsceno, se fizer seu tipo.

Eu ri.

— Não faz o seu?

— Aparentemente, gosto de careca, com barriga de cerveja e propensão a ficar desempregado. Estou com o Al desde os dezesseis anos.

— Ele ganhou peso?

Ela bufou.

— Na verdade, não. Ele sempre pareceu do mesmo jeito. Mas o homem pensa que eu sou a melhor, por razões que nunca vou entender. Me trata como uma princesa.

— Bom para você.

Algumas pessoas do setor de vendas entraram no bar e se juntaram a nós, terminando efetivamente minha sessão de fofocas com Lindsey. Depois disso, nos misturamos e conheci algumas pessoas novas. Mas não parava de pensar no que descobri sobre Chase. Ele perdeu alguém. Algo assim deveria ter um grande impacto na vida, não importa o quanto fosse inteligente e bem-ajustado.

Mesmo que esse tipo de coisa não despedace você, deixa rachaduras e pequenas fissuras que nunca são reparadas.

Embora o bar tivesse ficado mais movimentado até as nove, a multidão do escritório começou a diminuir. Lindsey foi para casa e só havia mais uma pessoa do marketing. Era hora de encerrar a noite. Tentei chamar a garçonete, mas ela estava distraída no outro canto do bar.

Um homem que claramente havia bebido muito chegou perto e puxou conversa enquanto se aproximava.

— Essa é a verdadeira cor do seu cabelo? — perguntou.

— Você não sabe que nunca deve perguntar a uma mulher sua idade, seu peso ou se ela pinta o cabelo?

— Não sabia. — Ele balançou para frente e para trás. — Então, pedir o telefone tem problema?

Tentei ser educada.

— Se ela não for casada e parecer interessada, acho que não tem.

Sentindo a necessidade de escapar, tentei novamente chamar a atenção da garçonete para fechar a conta. Ela levantou a mão para me avisar que tinha me visto, mas ainda estava ocupada fazendo bebidas do outro lado do bar. Eles realmente precisavam de outro barman para atender àquela quantidade de gente.

Como eu estava presa ali, de pé, o sujeito bêbado assumiu que eu estava interessada.

— Qual é o seu nome, ruiva? — Ele estendeu a mão e tocou o meu cabelo.

— Por favor, não encoste.

Ele levantou as mãos, fingindo que estava se rendendo.

— Você gosta de mulheres ou algo assim?

Esse cara era engraçado. Pela primeira vez desde que se aproximou, finalmente lhe dei toda a minha atenção, virando meu corpo para encará-lo antes de responder.

— Você assume que gosto de mulheres só porque não quero que me toque?

Ele me ignorou.

— Me deixe te pagar uma bebida, garota bonita.

— Não, obrigada.

Ele se inclinou para mais perto, cambaleando enquanto falava.

— Você é audaciosa. Gosto disso. O cabelo vermelho deve ser de verdade.

Uma voz por trás de mim me surpreendeu.

— Sai fora. — A voz de Chase era baixa, mas severa. Ele deu um passo e se inseriu parcialmente entre nós, de frente para o bêbado.

— Eu vi primeiro — resmungou o homem.

— Acho que não, amigo. Chupei o rosto dela no colégio. Dê o fora.

O bêbado resmungou algo, mas foi embora cambaleando. Chase se virou para encará-lo, parado onde estava. *Uau. Uma vista muito melhor.*

— Obrigada. Educação não estava funcionando.

Claro, assim que o bêbado deixou de ser um problema, a garçonete se aproximou para fechar a conta.

— O que posso pegar para você, Chase?

Ou talvez não.

— Quero um Sam Adams.

Ela se virou para mim.

— Quer que eu feche a conta, certo?

— Está indo embora? Acabei de chegar. Você tem que tomar algo comigo.

Eu queria. *Realmente* queria. Mas sabia que provavelmente deveria ir. Chase leu a hesitação em meu rosto.

— Feche a conta dela. Traga outro do que ela estiver bebendo e coloque na minha. Vamos passar para uma mesa, que é mais silencioso.

A garçonete seguiu, e eu balancei a cabeça em negativa, mesmo que estivesse sorrindo.

— Ninguém nunca diz não a você, não é? — perguntei.

— Não se eu tiver algo a dizer sobre isso.

Um minuto depois, Chase estava com as duas bebidas em uma das mãos e usou a outra para me guiar em direção a uma mesa nos fundos. Uma vez instalado, ele tomou a cerveja, me observando sobre a garrafa.

— Obrigado por me convidar hoje, a propósito.

Parei com a bebida no meio do caminho.

— Eu nem sabia que todos saíam às quintas-feiras. Sou nova. Você poderia ter me falado.

— Tentei. Fui até seu escritório, mas você já tinha ido embora.

Quando estava em minha mesa, pensei em parar no escritório de Chase para mencionar que todos estavam indo tomar alguma coisa. Mas, na minha cabeça, senti que gostaria de pedir-lhe mais do que apenas se juntar ao *happy hour*.

— Bem, nós dois estamos aqui agora — falei. — Você trabalhou até muito tarde nesta noite.

— Na verdade, eu tinha planos para o jantar.

Sua resposta fez com que me sentisse ansiosa... e talvez com um *pouquinho de ciúme*.

— Ah.

Senti seu olhar em mim, mas evitei seus olhos enquanto agitava minha bebida. Quando finalmente olhei para cima, seus olhos procuraram por algo nos meus.

— Com minha irmã, não era um encontro. É uma coisa que fazemos toda semana.

— Não estava perguntando.

— Não. Você não perguntou, mas ficou desapontada quando falei que tinha planos para o jantar.

— Não fiquei.

— Percebi como me olhou.

— Acho que sua vaidade às vezes prejudica seu julgamento.

— É mesmo?

— É.

— Então não despertaria sentimentos em você se eu lhe dissesse que me atrasei porque estava transando com alguém?

Minha mandíbula apertou, mas forcei uma expressão de indiferença e dei de ombros.

— Claro que não. Por que isso me incomodaria? Você é meu chefe, não meu namorado.

Surpreendentemente, Chase deixou pra lá e mudou de assunto.

— Está gostando da Parker Industries por enquanto?

— Adorando. Me lembra muito de quando comecei na Fresh Look. Todo mundo é tão cabeça aberta e está sempre em contato com pessoas que realmente usam os produtos. Embora a Fresh Look seja menor que a Parker, os investidores assumiram ao longo dos anos e começaram a controlar cada vez mais como a Fresh Look comercializava. Por fim, a gerência perdeu de vista para quem estávamos vendendo – o conselho de diretores ou as mulheres que usavam os cosméticos.

Chase assentiu, como se entendesse.

— Definitivamente, há um *trade-off* quando você sai em busca de dinheiro. Não quero desistir do controle de novo. Eu ficaria louco em ter que responder a um monte de engravatados que não fazem ideia do que é importante para as mulheres que compram meus produtos. É por isso que você saiu? Porque perdeu a capacidade de comercializar da forma como acreditava que precisava ser feito?

— Gostaria de poder dizer que sim. Mas, honestamente, não percebi o quanto me sentia reprimida até essa semana com Josh e sua equipe.

Chase olhou para mim por vários segundos.

— Às vezes, você não sabe o que está faltando... até encontrar.

Eu sabia, pela forma como meu corpo reagiu ao ver seu pomo de adão se movimentar, que estaria com problemas se não redirecionasse a conversa. Limpei a garganta e pisquei para afastar meu olhar do pescoço dele.

— E... como foi o jantar com sua irmã?

— Ela está grávida. Só falou sobre hemorroidas e seios vazando. Perdi o apetite.

Eu ri.

— É o primeiro filho?

— É claro que ela acha que é o primeiro bebê do mundo a nascer. Pude ver a dor nos olhos do marido quando ela falava.

— Tenho certeza que não foi tão ruim.

— Durante o jantar, ela gritou com ele por *respirar* muito alto. *Respirar*. Ele também não tinha permissão para pedir sushi no restaurante japonês para o qual fomos, porque ela não podia comer peixe cru.

— Não sei se você está inventando isso ou não, considerando sua propensão para contar histórias.

— Infelizmente para o meu cunhado, estou dizendo a verdade.

— Sua irmã mora aqui na cidade?

— No Upper East Side. Eles se mudaram do centro da cidade, de perto do trabalho do marido no ano passado, para ficarem perto do trabalho dela, no Guggenheim. Agora ela pode caminhar até o museu em três minutos, e o trajeto do marido é três vezes mais longo que antes. Então, é claro, ela saiu do trabalho assim que descobriu que estava grávida.

— Você está sendo duro demais com ela.

— Com certeza, ela dá motivos. — Ele terminou a cerveja. — Vou pegar outra. Quer mais uma?

— Eu não deveria.

Ele sorriu.

— Já trago.

Enquanto ele não voltava com as bebidas, pensei quem era exatamente Chase Parker. Nunca conheci um homem como ele. Era alguém que eu não conseguia decifrar, que não parecia se encaixar em nenhum tipo. Um homem de negócios que comandava uma empresa bem-sucedida, mas, ainda assim, parecia mais um astro de rock, com cabelos desgrenhados e a barba sempre por fazer. Ternos feitos sob medida cobriam um corpo esculpido e um mamilo com piercing. Namorava loiras peitudas e se juntava a estranhos para jantar, mas tinha um encontro semanal com a irmã. Mesmo sem levar em consideração o que soube hoje à noite pela Lindsey, o homem era um pacote complexo.

Ele voltou alguns minutos depois com bebidas na mão.

— Sentiu minha falta?

Sim.

— Você saiu?

— E aí, onde Becker está?

— *Bryant*. Não tenho certeza. Não tínhamos planos. Suponho que ele esteja em casa.

— Me fala dele.

— Por quê?

— Não sei. Tenho curiosidade, acho. Me pergunto por qual tipo de homem você se interessa.

Você.

— O que quer saber?

— O que ele faz para ganhar a vida?

— Atua na área financeira. Gerencia fundos de investimento e coisas do tipo.

— Qual é o filme favorito dele?

— Não faço ideia. Não estamos juntos há muito tempo.

— Ele ronca? — Ele tentou esconder o sorriso sorrateiro.

— Bridget ronca? — respondi.

— Não saberia. Ela não esteve em minha cama. E você? Tenho certeza de que eu não saberia se você ronca mesmo se tivesse ido dormir comigo.

— Por quê? Você tem sono pesado ou algo assim?

— Você não iria dormir.

Eu ri.

— Caí direitinho nessa armadilha.

— Você deveria se livrar de Baxter e ir direto para meu quarto.

Por que eu estava rindo quando ele me mandou largar do cara com quem eu estava saindo e pular na cama dele? Esse homem me fazia perder a noção.

— E aí... Você tem outro irmão, além da grávida? — perguntei.

— Se está tentando me fazer esfriar, é uma ótima maneira. Mencionar Anna.

Dei um gole na bebida.

— Bom saber.

— Somos só nós dois. E quanto a você? Algum irmão ou irmã?

— Só um. Owen. Ele é um ano mais velho. Mora em Connecticut, não muito longe de meus pais.

— São próximos?

— Não costumamos jantar uma vez por semana, mas, sim, gosto de pensar que somos. Owen é deficiente auditivo, então não é como se eu pudesse pegar o telefone para nos falarmos, mas trocamos mensagens de texto o tempo todo. E fazemos FaceConnect, para podermos digitar e nos ver. Quando éramos mais novos, éramos inseparáveis.

— Uau. Você conhece a língua de sinais?

— Na verdade, não. Owen perdeu a audição aos dez anos, por causa de uma lesão. Ele aprendeu leitura labial mais rápido que os sinais. Sou muito boa em ler lábios. Eu costumava colocar tampões de ouvido e fingir ser surda como ele.

— Sério? Me diga o que estou dizendo.

Chase falou alguma coisa sem emitir som. Entendi na primeira tentativa, mas brinquei um pouco com ele.

— Hummm... não tenho certeza. Tente de novo.

Novamente, seus lábios se moveram. Desta vez, ele acentuou cada palavra, mas continuou sem emitir som. *Você deveria ir para casa comigo*. Estava claro como o dia.

— Desculpa. Acho que estou enferrujada. — Sorri.

Chase inclinou a cabeça para trás com gargalhadas, e sua garganta vibrou.

Deus, o pomo de adão mexia mesmo comigo. Aquilo estava me provocando, pulando, se mostrando. Eu precisava sair do bar antes de fazer algo de que eu me arrependeria por uma infinidade de razões.

Terminando a bebida, fiquei de pé.

— Melhor ir embora. Está tarde. E gosto de chegar ao escritório cedo para causar uma boa impressão no chefe.

— Com certeza você já fez isso.

— Boa noite, Chase.

— Boa noite, Docinho.

12

Reese

No sábado, acordei ansiosa. Não de um modo tenso... Era mais como o tipo de ansiedade que eu sentia por ter um encontro muito esperado. Só que não era um encontro, eu estava trabalhando. *Num sábado.*

Depois de dar uma corrida para afastar essa sensação, tomei um banho frio para acalmar a cabeça. Deixei a água escorrer pelos ombros e fechei os olhos enquanto cantarolava. Sempre cantei para acalmar a mim e a Owen, mas quando percebi que estava cantando "Can't Get You Out of My Head", da Kylie Minogue, abri os olhos.

Claro que eles foram parar em um dos produtos da Parker que agora enchiam meu chuveiro e o banheiro. Eu realmente não conseguia tirar o homem da cabeça, já que ele estava em meus pensamentos, no trabalho, no chuveiro. O potinho de esfoliante Limpeza Divina estava atrás do xampu, capturando meu olhar. Pensei que era possível que houvesse significado mais profundo: Limpeza Divina, afastar a pele morta, afastar os pensamentos relacionados a ele.

Eu esfreguei o corpo por quase quinze minutos, tentando tirar Chase da cabeça. O novo esfoliante supostamente não só tirava a pele morta, mas também incluía algum composto químico que regenerava a pele. Quando terminei e me sequei, fiquei irritada com o fato de minha pele parecer incrivelmente macia em vez de em carne viva e livre do que eu estava tentando tirar.

Vesti um roupão curto e macio sobre meu corpo nu, deixando-o desamarrado, e fui para o quarto passar creme em minha pele regenerada e macia. Meu vibrador estava escondido nos fundos da mesa de cabeceira, na qual eu também guardava meu óleo corporal favorito.

Colocando a mão sobre ele, considerei me dar um pouco de satisfação. Eu poderia fazer isso? Funcionaria para tirar Chase da minha cabeça? Talvez eu precisasse exatamente disso. Fazia muito tempo desde que estive com um homem. Acho que cerca de oito meses.

Eu estava me dando um pouco de prazer, pensando em um cara bonito, porque estava sexualmente frustrada.

Mas por que não estava desesperada para alcançar o orgasmo pensando em Bryant? Ele era bonito. E fofo. E agradável. E me queria. E não era meu chefe, droga. Deixando o roupão cair, peguei meu *homem de pilha* da gaveta e me deitei na cama, fechando meus olhos.

Bryant. Bryant. Pense em Bryant.

Uma visão de Chase no dia em que o encontrei na academia surgiu em minha mente. *Ah, ele é lindo.*

Não. O que você está fazendo? Bryant. Pense em Bryant. Bryant. Bryant. Bryant. Bryant, que me comprou flores na semana passada sem motivo além de querer me fazer sorrir. Bryant, que me manda mensagens fofas. Pensando em você. Espero vê-la em breve. Como está a sua gatinha? Espere. Não. Essa última foi do Chase. Quem manda esse tipo de mensagem a uma mulher, mesmo que estivesse falando sobre uma gata? *E por que é que eu gosto quando ele faz isso?*

Bryant.

Chase.

Bryant.

Chase.

O zumbido suave do vibrador me relaxou enquanto eu fechava os olhos.

Bryant.

Bryant. Pense em Bryant.

Água pingando do peitoral firme de Chase.

Aquele "V". Aquele "V" profundo e esculpido.

Piercing no mamilo.

Pare com isso. Bryant.

Chase.

Bryant.

Chase.

Chase.

Chase.

Argh. Gemi, frustrada com minha mente enquanto levava a mão pelo corpo.

Eu precisava parar de pensar naquele homem, acabar com os pensamentos sexuais com meu chefe. Tentei todo o resto. Por que não tentar convencer minha cabeça a parar de pensar nele? Afinal, esse método era mais divertido.

O prédio de pedra marrom em que Chase morava tinha três andares. Eu havia presumido que ele morava em um edifício alto e elegante com porteiro, talvez até em uma cobertura. Mas, quando desci pela linda rua arborizada, o bairro de fato combinava melhor com ele. Ele sempre me surpreendia.

As escadas íngremes subiam do nível da rua até uma entrada quase secundária. A porta da frente era enorme. Deveria ter, pelo menos, quatro metros e meio de altura com vidro grosso, chumbo e madeira de mogno escura. Três campainhas se alinhavam uma ao lado da outra dentro do arco da porta, mas só uma tinha nome: *Parker*. Respirei fundo, toquei e esperei.

Depois de alguns minutos, toquei uma segunda vez. Como ninguém atendeu, olhei para o relógio. Três minutos para as onze. Eu estava adiantada, mas muito pouco. Mais algum tempo se passou, e ficou claro que não havia ninguém em casa. Me afastando alguns degraus, verifiquei o número da casa, que estava fixada nos fundos da escada do terceiro andar. Trezentos e vinte e nove – definitivamente, eu estava no lugar certo.

Talvez seja a campainha errada. Pressionei a que ficava à direita da que estava escrito Parker e esperei. Nada. Tirando o celular da bolsa, passei pelos e-mails para encontrar o que a secretária de Josh me enviou para que eu pudesse verificar o endereço, apesar de ter certeza de que estava no lugar correto. Me lembro de ter pensado que era uma grande coincidência que o número da casa de Chase fosse o mesmo número do meu apartamento, trezentos e vinte e nove.

Abrindo o e-mail, verifiquei o endereço... mas depois vi o problema. O e-mail dizia: Venha com roupas confortáveis, com fome e traga apenas sua criatividade. Nos vemos à 1! Merda. Olhei muito rápido da primeira vez e li o ponto de exclamação como 11. Cheguei duas horas mais cedo. Não é de admirar que ninguém estivesse lá ainda.

Consegui descer as escadas quando ouvi o som de uma fechadura. Olhando para trás quando a porta se abriu, eu gelei ao ver Chase usando apenas uma toalha enrolada na cintura.

— Não, sério, eu posso ir embora. Tenho vários recados que ando evitando responder, e isso foi um erro meu. Estou duas horas adiantada e tenho certeza que você tem coisas para fazer.

Chase insistiu para que eu entrasse.

Ele segurou meus ombros.

— Você vai ficar. Vou subir, me vestir e fazer algo para comermos. — Ele apontou para uma enorme sala de estar à esquerda. — Fique à vontade. Volto logo.

Assenti e fiz meu melhor para *não* olhá-lo. Mas ele estava só de toalha, pelo amor de Deus, seria preciso ter muita disciplina. Contra o meu melhor julgamento, dei uma olhada rápida em seu peito. Quando vi uma protuberância naquela área da toalha, meus olhos se demoraram, e Chase percebeu.

Ele arqueou uma sobrancelha.

— A menos que você queira que eu fique assim.

Envergonhada, balancei a cabeça e entrei na sala para esconder meu rubor. Acho que o ouvi rir enquanto subia as escadas.

Conforme ele saiu, aproveitei a oportunidade para observar a sala de estar. Havia uma enorme lareira com uma chaminé acima. Algumas fotos emolduradas estavam espalhadas e peguei todas para dar uma olhada. Chase e aqueles que deveriam ser seus pais na formatura da faculdade – eles sorriam com orgulho, e ele estava com o cabelo bagunçado e um sorriso torto. Havia outras fotos de família e uma foto dele com o prefeito. Mas a imagem no fim da prateleira roubou meu coração. Era um ultrassom datado de duas semanas antes, com o nome da paciente *Anna Parker-Flynn*. Ele se queixou da irmã no *happy hour*, mas colocou a foto do sobrinho no porta-retratos.

Atrás do sofá, havia um recanto com as janelas mais altas que já vi; tinham pelo menos uns três metros de altura e começavam a um metro ou um metro e meio do chão. O vidro tinha painéis de chumbo coloridos, e a luz fluía, irradiando um prisma de caleidoscópio de cores na sala. Debaixo das janelas havia prateleiras de livros. Vi os títulos – pode-se saber muito sobre uma pessoa pelo que ela lê. *Steve Jobs: a biografia*; Stephen King; David Baldacci; alguns clássicos e... *Nossos valores em extinção: a crise moral da América*, de Jimmy Carter.

Hã?

Vestido, Chase entrou na sala e gemeu quando o celular tocou. Ele pediu desculpas, dizendo que precisava atender a uma chamada internacional. Eu realmente não me importava. Me intrometi duas horas mais cedo, e ter vislumbres de sua vida era algo fascinante para mim. Na outra sala, ele estava discutindo com alguém ao telefone; então peguei um violão Gibson antigo que estava encostado no canto.

Dedilhei de leve, e o som trouxe velhas lembranças. Owen e eu costumávamos ter esse mesmo violão quando éramos crianças. Instintivamente, meus dedos tocaram os acordes de "Blackbird". Havia anos que eu não tocava, mas ainda fluía com facilidade.

Quando terminei, encontrei Chase de pé no batente, me observando. Seu rosto, que geralmente era fácil de ler, estava impassível, quase severo. Ele ficou parado lá, me encarando. Talvez eu tivesse ultrapassado alguns limites ao pegar o violão.

— Sinto muito. Não deveria ter mexido nisso. — Coloquei gentilmente o instrumento de volta onde o encontrei.

— Tudo bem. — Ele se virou abruptamente e saiu da sala.

Abri a boca para chamá-lo, mas não sabia o que dizer.

Quando ele voltou, minutos depois, sorriu, mas não daquele jeito sedutor.

— Vamos. Vou fazer alguma coisa para a gente comer.

Eu o segui até a cozinha. A arquitetura histórica do *loft* industrial tinha sido cuidadosamente mantida; no entanto, toda a cozinha estava equipada com aparelhos modernos e granito. De alguma forma, o antigo e o novo se misturavam lindamente.

— Uau. Incrível. — Olhei para o pé-direito alto e para os azulejos nas paredes.

Havia uma ilha com caçarolas de cobre e panelas penduradas em uma prateleira acima. Chase pegou uma panela e começou a tirar coisas da geladeira.

Sem olhar para mim, perguntou:

— Paul McCartney ou Dave Grohl?

Ele queria saber qual a versão que eu tinha em mente enquanto tocava "Blackbird".

— Paul McCartney. Sempre.

— Grande fã dos Beatles?

— Na verdade, não. Mas meu irmão é. Ele sabe a letra de todas as músicas.

Chase finalmente se virou. Seu rosto tinha suavizado.

— Seu irmão que é surdo?

— Só tenho um.

— Você toca com frequência?

— Faz anos que não pego um violão. Estou meio chocada por ter lembrado os acordes. Meus dedos simplesmente começaram a tocar... provavelmente porque toquei umas dez mil vezes quando éramos crianças. Só conheço quatro músicas. "Blackbird" era a favorita de Owen antes do acidente. Aprendi a tocá-la depois que ele perdeu completamente a audição. Ele segurava o violão, sentia as vibrações e cantava.

— Que legal.

— Sim. Curiosamente, a música era um grande vínculo entre nós. Em nossas brincadeiras, eu costumava cantar murmurando e ele tocava meu rosto e tentava adivinhar a música pela vibração. Ele era realmente bom nisso. Bom *mesmo*. Só tinha que murmurar um pouquinho e ele já sabia que música era. Ao longo dos anos, tornou-se nosso pequeno idioma secreto, uma forma de comunicar a ele o que eu estava pensando, sem que ninguém soubesse. Às vezes, íamos à casa de nossa tia Sophie, e ela se esgueirava e colocava gim em uma caneca de café. Ela achava que nenhum de nós percebia. Mas depois da terceira xícara, ela ficava um pouco agitada. Então, quando ligava para nossa casa, eu atendia, dava o telefone a nossa mãe e murmurava "Comfortably Numb", que significa "confortavelmente entorpecido", do Pink Floyd. Owen segurava meu rosto por dois segundos e adivinhava quem estava ao telefone.

Chase riu.

— Isso é ótimo.

— Muitas vezes ainda faço isso e nem percebo. Estou no meio de alguma coisa e canto uma música que expressa meus pensamentos.

— Bem, espero que você não fique murmurando Johnny Paycheck tão cedo.

— Johnny Paycheck?

— Que canta "Take this job and shove it", ou seja, "pegue esse trabalho e fique com ele". Eu preferia ouvir algo de Marvin Gaye fluindo desses lábios.

— Deixe-me adivinhar, "Let's Get it On", ou "vamos deixar rolar"?

— Você também sabe que vai cantarolar isso, né?

— Seu pensamento é previsível.

Ele me olhou de um jeito engraçado, parecendo quase perplexo com a própria resposta.

— Ultimamente, acho que você está certa. Tenho essa fera na cabeça o tempo todo. Sua atitude é tão ardente quanto seu cabelo.

Eu ri como se fosse uma piada, mas algo me disse que ele estava sendo sincero, que realmente *estava* pensando em mim o tempo todo. Ou talvez tenha sido apenas um desejo previsível meu.

— Bem, e como foi que seu irmão perdeu a audição? Você mencionou que foi um acidente. Foi uma lesão esportiva ou algo assim?

Embora eu não gostasse de contar a história, achei que Chase, de todas as pessoas, compreenderia, considerando o que descobri sobre sua namorada. Fiquei abalada com o que Lindsey havia me contado no outro dia. Isso me fez pensar se as experiências do passado que Chase e eu compartilhamos eram algum tipo de conexão tácita entre nós.

— Quando eu tinha nove anos e Owen dez, houve uma série de invasões de casas em nossa vizinhança, principalmente roubos enquanto os proprietários estavam fora. Owen e eu costumávamos ficar sozinhos em casa. Nossos pais iam trabalhar antes de sairmos para a escola e chegavam em casa depois de nós. Eles não se davam bem, e meu pai com frequência ficava fora por alguns dias, assim a casa ficava vazia na maior parte do tempo. Numa terça-feira, voltamos mais cedo do colégio porque os professores estavam tendo um tipo de reunião de desenvolvimento. Quando chegamos em casa, entramos e demos de cara com dois homens.

— Merda. Não tinha ideia, Reese. Sinto muito. Não deveria ter perguntado.

— Tudo bem. Não falo muito sobre isso, mas é parte de quem sou, parte de quem o Owen é. Embora só tivesse dez anos, ele me empurrou para fora do apartamento e começou a gritar por ajuda. Um dos caras estava segurando o Xbox e o usou como um bastão na cabeça do Owen: ele fraturou o osso temporal e rompeu um nervo. Meu irmão foi internado com uma concussão por alguns dias e teve perda auditiva neurossensorial permanente.

— Porra. Vocês eram só crianças.

— Poderia ter sido pior, é o que Owen sempre diz. Ele conseguiu se manter feliz mesmo depois de perder a audição.

— E você? Se machucou?

— Eu caí esperando pela ambulância enquanto tentava cuidar de Owen e cortei a mão em um pedaço de metal do Xbox quebrado. — Estendi a mão direita e mostrei-lhe a cicatriz em forma de estrela entre o polegar e o indicador. — Nem precisou de ponto, cicatrizou sozinho. — Eu ri. — É engraçado. Owen suportou todos os ferimentos físicos e anda por aí muito despreocupado. Eu, por outro lado, saí ilesa, mas tenho meia dúzia de trancas na porta e compulsão para verificar o banco de trás do carro e a cortina do chuveiro várias vezes por dia. Tenho medo de minha própria sombra.

— Você olha o banco de trás, mas continua dirigindo, né?

Eu não sabia aonde ele queria chegar.

— Acho que sim. Sim.

— Isso não é ter pânico. Pânico é quando você deixa o medo controlar sua vida, impedindo que você faça as coisas. Quando você tem medo, mas encara as situações e segue vivendo, isso é ser corajoso.

E lá estava de novo. Essa conexão invisível que senti por ele desde que nos conhecemos. Não entendia, não conseguia explicar nem ver, mas havia esse vínculo. Eu *sabia* que ele me entendia, e isso me fez querer entendê-lo também. Ele não poderia ter escolhido nada mais perfeito para dizer.

— Obrigada por dizer isso. Não sei por que, mas sempre parece que você sabe o que preciso ouvir. Mesmo quando você me disse que eu estava sendo uma esnobe no corredor do restaurante.

Chase olhou para mim.

— Pegaram os caras que fizeram aquilo?

— Demorou meses, mas, no fim, pegaram. Acho que dormi vinte e quatro horas seguidas no dia seguinte à prisão. Eu costumava dormir no chão do quarto de Owen, e qualquer barulhinho me despertava.

— Sinto muito por isso tudo.

— Obrigada.

Falar sobre esse dia sempre me deixava triste, mas, de alguma forma, hoje, me senti estranhamente catártica e estava pronta para passar a tópicos mais leves.

— E quer dizer que você cozinha...?

— Tenho alguns truques na manga.

— Vamos ver o que você pode fazer, chefão.

Chase ligou o fogão e colocou algumas fatias de pão integral para grelhar. Em seguida, pegou a mais estranha combinação de coisas, incluindo abacaxi, *cream cheese* e um pacote de castanha-de-caju.

Quando começou a cortar o abacaxi, sorriu e estendeu um pedaço para mim.

— Você é exigente com comida?

— Normalmente, não. Gosto de experimentar.

— Vai me deixar alimentar você com o que eu quiser?

Ergui as sobrancelhas.

— Estava falando de algo com abacaxi, castanha-de-caju e *cream cheese*. Mas gosto mais do que você tem em mente.

A paquera estava de volta e a estranheza da sala parecia ter ficado para trás, embora eu ainda sentisse a necessidade de abordá-la.

Olhei para ele e falei com suavidade:

— Me desculpe por antes, por pegar o violão e tocá-lo. Não deveria ter feito isso. Parece que aborreci você.

Ele desviou o olhar por um breve instante.

— Tudo bem. Não se preocupe com isso. Tem juntado poeira por anos, de qualquer maneira. Alguém deveria tocá-lo.

— Você não toca?

— Não.

Ele não deu corda para o assunto, então deixei quieto.

Os sanduíches estranhos que ele fez se revelaram deliciosos, e nos sentamos na cozinha, conversando enquanto comíamos.

— Sua casa é linda — eu disse. — Admito, imaginei que você seria mais do tipo cobertura do que um homem de *loft* industrial. Mas, olhando pra isso, as imagens se encaixam.

— Ah, é? Não sei se entendi. Isso é bom?

Sorri.

— É, sim.

— Me diga, Brice mora em uma cobertura ou em um *loft*?

— *Bryant*. E ele mora em um prédio de apartamentos normais, acho. Assim como eu.

— E esse é o tipo de cara que você costuma procurar?

— Meu tipo parece ser mais mentiroso, perdedor e sanguessuga. Não tive muita sorte na vida amorosa nos últimos... não sei... doze anos.

— Isso é tudo, apenas doze anos? É um período de seca. Tenho certeza de que um dia isso vai melhorar.

Eu ri.

— Sim, certeza.

— Conte-me sobre Barclay. Como ele é? Mentiroso, perdedor ou sanguessuga?

Balancei a cabeça.

— *Bryant* não é nenhum deles. — Mastigando o último pedaço do sanduíche que Chase tinha feito, achei que era sua vez de falar. Mas ele não o fez. Em vez disso, ele me observava mastigar e esperava que continuasse. — Na verdade, ele é um cara genuinamente legal.

— Então, por que ainda não dormiu com ele?

— Acho que você tem uma obsessão não saudável por minha vida sexual. É a terceira vez que me pergunta sobre meu relacionamento com Bryant.

Chase deu de ombros.

— Estou curioso.

— Sobre minha vida sexual?

— Ou sobre a falta dela. Sim.

— Por quê?

— Honestamente, não tenho a menor ideia.

— Bem, quando foi a última vez que você transou?

Chase se recostou na cadeira e cruzou os braços.

— Antes de conhecer você.

Eu não tinha ideia do rumo da conversa, mas cada nervo do meu corpo se animou.

— Período de seca? — perguntei.

— Pode-se dizer que sim — respondeu.

— Pode-se dizer que sim? Que tipo de resposta é essa? Há algo mais que poderia dizer?

Chase se inclinou.

— Pode-se dizer que estou esperando a mulher com quem eu realmente quero dormir estar disponível para que eu me mexa.

Engoli em seco. Ficamos em silêncio por alguns minutos, apenas nos olhando. Uma parte minha queria pegar o celular e acabar com Bryant imediatamente. A outra, mais sensata, lembrou que a bela criatura que estava sentada comigo à mesa era o meu chefe.

— Alguma vez você já teve uma aventura no escritório? — perguntei, inclinando a cabeça.

Eu podia ver um milhão de perguntas percorrendo a mente de Chase. Ele não tinha certeza de como responder. De forma inteligente, respondeu com a verdade.

— Sim.

— Eu também. Não funcionou muito bem.

Ele continuou encarando meus olhos, sem se afastar.

— Que vergonha. Você conhece o velho ditado, se no começo não tiver sucesso, tente, tente novamente.

Quando seus olhos se moveram dos meus para a minha boca, e ele umedeceu os lábios antes que finalmente retornassem, eu sabia que era hora de mudar de assunto. De repente, fiquei de pé.

— Que tal me apresentar a casa?

— Claro. Há um quarto, em particular, que gostaria de mostrar.

13

Reese

Eu me sentia animada, quase em êxtase, depois de passar o dia trabalhando. Apenas eu e Josh estávamos sentados no deque da casa de Chase – além dele, é claro. Os outros quatro, incluindo Lindsey, já haviam ido embora. Josh e eu ficamos para tomar uma cerveja.

Eu estava com um sorriso ridiculamente grande.

— Correndo o risco de parecer uma idiota completa, preciso dizer que hoje foi incrível. Não consigo me lembrar de ter gostado tanto de trabalhar em algo. Não tenho certeza de ter sentido isso.

Josh inclinou a cerveja em minha direção.

— Que bom. Ótimo. Mas acho que você tem muito a ver com isso, Reese. O fato de ser nova no grupo pareceu reacender algo em todos nós; no Chase, especialmente. — Ele moveu os olhos para o chefe. — Não vejo você animado assim há anos. Hoje parecia muito mais o lançamento de produto do que uma campanha de reposicionamento de marca. Tudo pareceu novo outra vez.

Chase estava sentado em uma poltrona. Ele usava óculos escuros, mas eu podia sentir seus olhos em mim.

Assentindo, ele falou:

— É verdade. Já faz muito tempo que nada parecia tão certo.

Depois de mais alguns minutos, Josh tomou o resto da cerveja.

— Tenho que ir. Elizabeth quer ir a uma festa de degustação de bolo esta noite. Desde quando tudo que envolve casamentos se transformou em uma porcaria de evento? Tive que ir a uma degustação de comida, ao show de uma banda e a uma feira de apresentação de flores. Vegas parece cada vez melhor.

— Espere só. — Chase se levantou. — Anna teve um chá de panela, uma festa de anúncio da gravidez e uma festa de revelação de sexo. Você está só começando, amigo.

— O que é uma festa de revelação de sexo?

— Os pais entregam um envelope selado que contém o sexo do bebê a uma confeitaria, e o confeiteiro coloca glacê rosa no recheio do bolo se for menina e glacê azul se for menino. Então, fazem uma festa e todos descobrem ao mesmo tempo, incluindo os pais. Tortura. O que aconteceu com aquela coisa de a criança nascer, o médico dar uma palmada e gritar que é um menino?

— Obrigado. Parece que tenho muito pela frente.

Chase deu um tapinha nas costas de Josh enquanto caminhávamos até as escadas.

— Por nada.

Chegando ao primeiro andar, olhei a bagunça que deixamos na sala de estar e na de jantar. Chase pediu o jantar e havia pratos e papéis bagunçados de nossa sessão de trabalho em todo o lugar.

— Para onde você vai, Reese? — perguntou Josh. — Vou pegar um táxi para o centro se quiser dividir um.

— Vou cruzar a cidade. Mas vou ficar por mais um minuto e ajudar o Chase a arrumar um pouco.

Josh olhou por cima do meu ombro, se dando conta da bagunça.

— Droga. Obrigado. Te devo uma, Reese. Vejo vocês na segunda-feira.

Antes mesmo de Chase reaparecer, eu já tinha deixado o lugar mais ou menos limpo. Peguei o lixo e estava enxaguando os pratos e colocando alguns na máquina de lavar louça quando senti Chase surgir atrás de mim. Ele gentilmente colocou a mão em meu rosto, e eu parei o que estava fazendo.

— Continue.

No começo, pensei que ele queria que eu continuasse a colocar as coisas na máquina. Então, percebi que estava cantarolando. Sorrindo, continuei com a melodia. Por sorte, ele não era Owen. Eu teria ficado mortificada se ele tivesse adivinhado a música que eu cantarolava.

— "Thinking Out Loud", Ed Sheeran.

— Nem perto. — Eu ri.

— "I Don't Mind", Usher.

Balancei a cabeça.

— Você percebe que essas duas músicas não se parecem em nada?

Terminei de colocar tudo na máquina enquanto Chase movia os móveis que nós reorganizamos. Olhamos um para o outro enquanto ajeitávamos tudo.

— Planos para esta noite? — perguntou.

— Não. Não tinha certeza de que horas terminaríamos. E você?

— Não. Quer dividir outra cerveja comigo?

— Claro. Por que não?

Ele pegou duas garrafas de Sam Adams da geladeira e nos sentamos no sofá da sala de estar. Abrindo uma, ele tomou um gole e me entregou a garrafa, colocando a outra fechada na mesa.

Peguei a garrafa.

— Não percebi que você quis dizer literalmente dividir *uma* cerveja.

Tomei um gole e a ofereci de volta para ele. Ao levar os dedos aos lábios úmidos, meu instinto foi limpar os restos de cerveja. Mas então percebi que não era apenas cerveja em meus lábios, era Chase também. Seus olhos seguiram o caminho da minha língua enquanto eu, em vez disso, lambi o ponto úmido. A maneira como ele me olhou enviou ondas de excitação por meu corpo, atingindo certos pontos mais do que outros.

O desejo foi construído enquanto nós, calmamente, terminávamos a cerveja. E então ele abriu a outra. Nunca achei que algo tão inocente poderia se parecer muito com preliminares. *Lá se foi minha teoria de tirá-lo da cabeça.*

— Estamos fora do expediente agora, não estamos? — Ele passou a garrafa para mim.

— Hummm... Não tenho certeza de como funcionam os fins de semana. Tecnicamente, não é um dia de trabalho, mas nós trabalhamos hoje. Ainda assim, teria que dizer que, mesmo que o sábado conte como parte da semana de trabalho, agora estamos fora do horário de expediente.

— Então eu não sou seu chefe agora, certo?

— Acho que não. — Sorri e tomei um longo gole de cerveja.

— Bem, então... não seria inadequado dizer que, no banho, nessa manhã, fechei os olhos e pensei em você.

Eu estava começando a engolir quando caiu a ficha do que ele havia dito.

Engasguei, pulando e cuspindo a cerveja. Tossindo, minha voz ficou rouca.

— Você o quê?

— Pela reação, eu diria que você me ouviu corretamente. — Ele tirou a cerveja de minha mão.

— Por que você me contaria isso?

— Porque é verdade. E achei que colocaria todas as cartas na mesa. Você não está transando. Eu também não. Pensei que talvez pudéssemos resolver nosso problema juntos.

— Não tenho um problema.

— Então, por que você não está transando?

— Por que você não está?

— Porque eu gostaria de fazer isso com você, mas você não cedeu. *Ainda*. — Ele levou a cerveja aos lábios e me observou.

— Não posso acreditar que estamos tendo essa conversa. Você sabe que estou saindo com alguém.

— Sei. É por isso que estamos tendo essa conversa. Se você não estivesse saindo com alguém, eu teria você naquela cozinha e mostraria o que quero fazer em vez de estar dizendo.

— É isso mesmo?

Ele se aproximou.

— É, sim.

— E se eu não estiver interessada em você dessa forma?

Chase olhou para baixo, seus olhos se demoram em meus mamilos. *Meus mamilos muito duros.*

— Seu corpo diz o contrário.

— Talvez eu esteja com frio.

Ele se aproximou mais.

— É isso? Você está com frio, Reese? Porque você realmente parece um pouco quente. Corada, até.

— Você é meu chefe.

— Agora não. Você mesma disse isso.

— Mas... mesmo que eu não estivesse saindo com Brice...

— Bryant — Chase me corrigiu com um sorriso malicioso.

Ah, meu Deus.

— Bryant. Mesmo que não eu não estivesse saindo com *Bryant*. E mesmo que eu estivesse atraída por você...

— Você está.

— Pare de interromper. Você está tentando me confundir. Como eu ia dizendo, mesmo que Bryant não estivesse na jogada e eu estivesse *um pouco* atraída por você, ainda não poderia acontecer. Eu realmente gosto do trabalho e não quero estragar as coisas.

— E se eu demitir você?

— Isso não seria a melhor maneira de me levar para cama.

— Me diga qual é.

Eu ri.

— Você parece desesperado.

Embora estivéssemos nos provocando, a resposta dele foi séria.

— Eu me sinto desesperado agora.

Eu também, mas queria que ele entendesse o que eu estava sentindo.

— Posso ser honesta com você?

— Ficaria chateado se você não fosse.

— Eu meio que tive um relacionamento no antigo escritório... Bem... Não foi realmente um relacionamento. Foi mais como um lapso momentâneo de julgamento causado pela euforia excessiva no feriado. De qualquer forma, você entendeu.

— Sim. Infelizmente, entendi. Você transou com alguém do trabalho. Espere. Eu deveria tomar outra cerveja. Estou assumindo que essa história não vai resultar em nada de bom para mim.

Chase se levantou e pegou mais duas cervejas. Desta vez, ele abriu as duas e me entregou uma.

— Vou ganhar uma só para mim?

— Acho que, pela história, você pode precisar.

Sorri com gratidão.

— Obrigada. Você está certo. Eu vou. — Respirando fundo, continuei. — Enfim, eu adorava meu antigo emprego. Foi praticamente minha vida nos últimos sete anos. Trabalhei duro para me tornar diretora. Saí com algumas pessoas, mas não tive um relacionamento sério nos últimos cinco anos. Para encurtar a história, acidentalmente dormi com um colega de trabalho.

— Acidentalmente?

— Martínis Peppermint Schnapps na festa de Natal do escritório. Não julgue.

Chase parecia entretido, seus olhos cintilavam. Ele ergueu as mãos.

— Não há julgamento aqui. Noite difícil, você se soltou. Já passei por isso.

— O cara acabou por ser um grande babaca. Dois dias depois, ele anunciou que ficou noivo de sua namorada de longa data. Só que ele havia me dito que estava solteiro.

— Parece um idiota.

— Ele era. E essa não é a pior parte. Eu disse o que eu pensava dele e comecei a tratá-lo como o babaca que era. Alguns meses depois, ele foi promovido a meu chefe.

— Merda.

— Sim. E, para piorar, ele não sabe nada de marketing.

— Como ele conseguiu o emprego?

— Ele é filho do dono.

O rosto de Chase estava triste, mas ele assentiu.

— Entendi. Não vou mentir e dizer que não estou desapontado, mas entendi.

— Mesmo?

— Claro. Você não deseja estragar sua carreira por uma noite de gratificação física.

— Exatamente.

— Mesmo que essa gratificação física significasse que eu começaria por seus dedos dos pés e subiria. Lentamente. Por horas.

— Horas? — Minha voz baixa saiu com um tom alto.

Chase assentiu com um sorriso atraente.

— Estou dentro do desafio.

— Que desafio?

— Esperar. Ou fazer você mudar de ideia. Um ou outro.

— Você vai esperar até que eu não trabalhe mais aqui? E se eu ficar por anos?

— Não vai.

Arqueei a sobrancelha.

— Você vai mudar de ideia antes disso.

~

Bryant: Como foi o trabalho hoje?

Tinha acabado de sair do metrô quando a mensagem chegou. Respirei fundo, temendo o que estava prestes a fazer, mas sabendo que era o certo.

Reese: Foi bom. Muito produtivo, na verdade. Estou quase em casa, mas podemos tomar algo. Quer me encontrar? The Pony Pub?

O barzinho era tranquilo e no meio do caminho de nossos apartamentos. Nos encontramos lá em nosso primeiro encontro.

Bryant: Claro. Em meia hora?
Reese: Perfeito. Nos vemos em breve.

14

Chase (sete anos antes)

— Outro Jack com Coca-Cola. — Ergui a mão para o barman.

Eu costumava estar na metade da primeira bebida quando Peyton aparecia; ao começar a segunda, era tarde até mesmo para ela. Enviei uma mensagem.

Chase: Você está mais atrasada que o normal.

Peyton: Chego aí em dez minutos. Se não chegar, leia essa mensagem de novo.

Eu ri.

Ela apareceu na metade da segunda bebida. Seus braços me envolveram por trás.

— Posso pagar uma bebida pra você?

— Claro. Minha namorada está a caminho, mas está atrasada, então eu poderia aproveitar um pouco de sua companhia.

Ela bateu em meu abdômen.

— Um pouco de companhia, né?

Me virei, envolvi sua cintura e a puxei para o meu colo de uma só vez. Ela riu e qualquer incômodo sobre estar quarenta e cinco minutos atrasada desapareceu instantaneamente. De novo.

— Qual é a desculpa desta vez?

— Precisei cuidar de umas coisas. — Ela desviou o olhar quando falou, o que me disse que eu precisava investigar mais.

— Que coisas?

Ela deu de ombros.

— Só umas coisas. Para o abrigo.

Semicerrei os olhos.

— Como... desembalar caixas de comida doada? Ou limpar os pratos depois do jantar?

— Sim. Só algumas incumbências. Coisas assim. — Ela tentou mudar de assunto rapidamente. — O que está bebendo? Jack com Coca?

Agora eu sabia que ela estava tramando algo. E tinha quase certeza de que sabia o que era.

— Sim. Jack e Coca-Cola. Quer o de sempre?

Ela se levantou e se sentou no banquinho ao lado.

— Sim, por favor. Como foi seu dia?

Depois que chamei o barman e pedi seu Merlot, virei sua cadeira em minha direção.

— Você o seguiu novamente hoje à noite, não foi?

Seus ombros caíram, mas ela nem tentou mentir.

— Ele estava com o olho roxo hoje. E o corte na cabeça reabriu. Ele deveria ter recebido pontos da primeira vez. Agora está pior, parece infeccionado.

— Amo o quanto você se importa. De verdade. Mas precisa deixar a polícia fazer o próprio trabalho.

Coisa errada a dizer.

— Fazer o próprio trabalho? Esse é o problema. Eles não pensam que manter pessoas sem-teto seguras é parte do trabalho deles. Eles só prestam atenção quando eles se sentam em um bairro chique. Sério, não ficaria surpresa se o Upper West Side instalasse pontas de metal como fazem em pontes ferroviárias para evitar que os pombos criem ninhos.

— Não quero que você siga pessoas sem-teto até parques perigosos à noite.

Ela bufou.

— Só queria descobrir aonde ele estava indo para que eu possa voltar à delegacia amanhã e pedir que patrulhem melhor a área.

— Até onde você o seguiu?

— Conhece aquela ponte antiga restaurada? Aquela que o pessoal atravessa perto da 155th Street?

— Você foi a pé até Washington Heights?

— A ponte pode parecer bacana, mas por baixo não é. Acho que os políticos só apertaram as mãos e tiraram fotos no alto, enquanto embaixo estava cheio como um depósito. Você sabia que há uma minicidade sob aquele viaduto?

— Peyton, você tem que parar com essa merda. Sei que você quer ajudar, mas esses lugares são perigosos.

— Ainda estava claro e eu não entrei no acampamento.

— Peyton...

— Sério. Vai ficar tudo bem. Vou à delegacia mais próxima amanhã. Espero que os policiais de lá se lembrem que o trabalho deles é servir e proteger *todos* os cidadãos da cidade.

— Me prometa que não vai fazer nenhuma merda desse tipo de novo.

Ela sorriu e se inclinou para me abraçar. Passando os dedos em minha pele, disse:

— Prometo.

15

Reese

O escritório não era o mesmo quando Chase não estava lá. Claro, eu estava ocupada e tinha trabalho suficiente para um mês – trabalho que adorava fazer –, mas senti falta da ansiedade de vê-lo durante o dia. Ele partira havia dois dias para uma viagem de negócios, e eu senti falta dele desde o primeiro dia.

Meus olhos estavam atentos à elaboração de apresentações para um eventual grupo de discussão – um grupo de mulheres; testaríamos alguns slogans e modelos de embalagem de produtos – quando meu celular vibrou tarde na quinta-feira. Ver o nome de Chase me fez sorrir.

Chase: Sentindo saudade?

Sim, mas com certeza ele não precisava de nenhum encorajamento.

Reese: Você foi a algum lugar? Não percebi.
Chase: Fofa.
Reese: Também acho.
Chase: Estive pensando em nosso pequeno acordo.
Reese: Que acordo? Não me lembro de concordar com nada.
Chase: Exatamente. É por isso que precisamos conversar. Para negociar os termos.

O homem fez lagartas se transformarem em borboletas em meu estômago. Eu me encostei na cadeira e me virei de costas para a porta do escritório. Era tarde e só algumas pessoas estavam no andar, mas procurei privacidade enquanto digitava, sorrindo.

Reese: Termos? Estamos discutindo um negócio?

Deslizei o sapato direito e o balancei no dedo enquanto observava os três pontinhos aparecerem. Era lamentável que eu estivesse ansiosa.

Chase: Passar um tempo em minha cama continua fora dos limites porque sou seu chefe?

Reese: Sim.

Chase: Então quero um tempo fora do quarto.

Reese: Vejo você no escritório o tempo todo.

Chase: Quero mais.

Meu coração fez um tamborilar patético. *Também quero mais.*

Reese: Mais como?

Chase: Acho que isso requer uma conversa ao vivo, com os dois sentados.

Reese: Um encontro?

Chase: Não pense nisso como um encontro. É mais como uma reunião de negócios, durante a qual negociaremos termos que levarão ao cumprimento integral do contrato.

Reese: E esse cumprimento integral seria...

Quase caí da cadeira ao ouvir a voz de Chase atrás de mim.

— Você em minha cama, é claro.

Virei a cadeira.

— Achei que você ficaria fora até amanhã.

— Voltei mais cedo. Tinha que resolver um negócio urgente.

— Há quanto tempo você está aí?

— Não muito. — Ele apontou para a janela. — Mas pude ver seu reflexo no vidro e gostei de observar seu rosto enquanto mandava uma mensagem.

— *Voyeur.*

— Se eu não puder ter, não sou contra assistir. Isso é uma oferta?

Chase parecia não ter se barbeado havia um ou dois dias. Me perguntei como seria sentir aquela barba por fazer se esfregando contra minha bochecha... e contra o interior de minhas coxas. Sua gravata estava meio frouxa, a jaqueta sobre um braço e as mangas da camisa enroladas, revelando os antebraços musculosos. Definitivamente, eu tinha uma coisa com antebraços. Quando por fim ergui o olhar de volta para seus olhos, percebi que ele estava satisfeito por eu estar nervosa.

— O que você perguntou? — questionei.

Com um sorriso esperto, ele perguntou:

— Que tal jantar? Você já comeu?

Peguei a barra de proteína que não tinha comido.

— Ainda não.

Ele inclinou a cabeça em direção ao corredor.

— Vamos, me deixe pagar o jantar. Não posso fazer meus funcionários trabalharem doze horas por dia e passarem fome.

Quando não concordei de imediato, ele suspirou.

— Não é um encontro. Vamos dividir uma refeição. Parceiros de negócios fazem isso o tempo todo.

Tirei a bolsa da gaveta e apertei o botão para o notebook hibernar.

— Certo. Mas não é um encontro.

— Claro que não.

— Tudo bem, então.

Ele piscou.

— É uma negociação.

Aparentemente, decidi levar essa coisa de negociação a sério, porque nem esperei chegar ao elevador antes de começar a me fazer de difícil.

— Já esteve no Gotham, na Union Square? — perguntou Chase.

— Esse é um lugar de encontro. Muito romântico. Que tal o Legends, no Midtown?

— Temos que comer em uma casa noturna para que isso não se qualifique como encontro? Vamos ao Elm Café, no outro quarteirão.

— Mandão — falei, em voz baixa.

Como já havia passado da hora de funcionamento normal do prédio, pegamos o elevador de serviço até a parte de trás do edifício e saímos na 73rd Street. O Elm Café ficava a apenas duas quadras de distância.

Claro, quando passamos pela academia Iron Horse, Bryant estava caminhando em direção à porta. Porque essa era minha sorte.

Ele olhou para mim, depois para o homem que estava ao meu lado e parou.

— Reese. Ei. Você está vindo para a Iron Horse?

Eu não tinha certeza se era apenas eu ou se todos se sentiram estranhos. Talvez fosse um sentimento de culpa por encontrar meu mais novo ex enquanto estava ao lado do meu atual... alguma coisa.

— Hummm... não. Estávamos descendo a rua para comer. Você se lembra do Chase?

Bryant estendeu a mão.

— O primo, certo?

— De segundo grau. — Chase apertou a mão dele. — Por casamento. Não somos parentes de sangue.

Claro que Bryant não entendeu a insinuação. Mas eu, sim.

— Sim. — Lancei um olhar mortal para Chase. — Primo de segundo grau.

Bryant parecia querer dizer alguma coisa, mas mudou de ideia.

— Bem... vou malhar. Nos vemos por aí.

— Claro. Se cuide, Bryant.

Ao contrário do que eu imaginava, Chase não questionou a troca de cumprimentos estranha nem o meu *status* com Bryant enquanto continuávamos a caminho do restaurante. Na verdade, ele estava relativamente quieto enquanto caminhávamos pelo quarteirão.

Chegando ao Elm Café, ele pediu uma mesa para dois, depois acrescentou:

— Algo tranquilo e romântico, se você tiver.

A recepcionista nos acomodou em uma mesa no canto e Chase puxou minha cadeira.

— Esta mesa é romântica o suficiente para você? — perguntei, com sarcasmo.

Ele se sentou.

— Preciso contar todas as coisas que gostaria de fazer com você para compensar a falta de romance.

Engoli minha resposta sarcástica, sabendo que era melhor não o desafiar. Se eu fosse manter essa relação platônica, era melhor limitar as imagens mentais. Eu era muito boa em imaginar o que gostaria que ele fizesse comigo. Mas ouvindo isso dele... Bem, força de vontade tem limite.

Felizmente, a garçonete veio anotar nosso pedido de bebida.

— Quero um Jack com Coca-Cola, e ela vai querer um martíni Peppermint Schnapps.

Olhei para ele e falei com a garçonete.

— *Ela* só vai tomar água. Obrigada.

Quando a garçonete se afastou, Chase sorriu.

— O quê? Funcionou na festa de Natal do antigo escritório. Não pode me culpar por tentar.

— Acho que a regra número um é que ficarei sóbria se estivermos sozinhos.

— Não confia em si mesma, hein?

Não mesmo.

— Você está muito cheio de si.

Depois que a garçonete entregou nossas bebidas, Chase não perdeu tempo em me dizer no que andou pensando nos últimos dias.

— Bem, dormir comigo está fora de questão, mas e quanto a um jantar uma vez ou outra?

— Você quer dizer como um encontro?

— Não. Você disse que encontros também estavam fora de questão.

— Então qual seria a diferença entre comermos juntos e termos um encontro?

— Você não voltaria para casa comigo depois do jantar.

Eu ri.

— Você diz isso como se *todas* as pessoas com quem você sai acabassem indo para casa com você.

Ele me lançou um olhar que não precisava ser acompanhado de palavras.

Claro que todas iam. O que eu estava pensando?

— Nossa, você é um idiota. — Revirei os olhos.

— Isso é um sim para jantarmos duas vezes por semana?

— Você sai para jantar com todos os seus funcionários?

— Isso é relevante?

— Sim, é.

— Bem, eu janto com Sam de vez em quando.

Me encostei na cadeira e cruzei os braços.

— Mas não duas vezes por semana.

— Não, não com essa frequência.

— Bem, então não tenho certeza de que seria apropriado. Provavelmente devemos nos manter dentro do que você faz com outros funcionários.

Chase semicerrou os olhos, depois me deu um sorriso malicioso e ergueu um dedo. Ele pegou o celular e fez uma ligação. Ouvi metade da conversa.

— Sam, pode jantar comigo duas vezes por semana? Pode ser? Ok, então. Quero repassar com você algumas coisas sobre a nova campanha de reposicionamento de marca. Gosto de sua perspectiva... — Ele suspirou. — Sim, tudo bem. Mas vamos pedir comida nas noites que comermos na sua casa. Quase engasguei com aquela merda de frango seco que você me forçou a comer na última vez.

Não consegui entender tudo, mas ouvi a voz de Sam se elevar e uma série de palavras soarem pelo telefone. Quando ela respirou fundo, Chase forçou o fim da conversa.

— O que você quiser. Boa noite, Sam. — Ele parecia satisfeito consigo mesmo quando desligou. — Sim, janto duas vezes por semana com outros funcionários.

Eu estava com vontade de ferrar com ele mais um pouco.

— Isso é diferente. Você e Sam são amigos há mais tempo do que ela trabalha para você.

— E eu e você nos conhecemos desde que você sangrou por mim no ensino médio.

— Acho que você é meio insano.

— Estou começando a concordar com você. — Ele tomou um gole de Jack e Coca.

O celular de Chase tocou, e a foto de uma mulher apareceu na tela. Eu vi, e Chase sabia disso.

— Pode atender — eu disse a ele. — Não me importo.

Ele desligou a chamada e me encarou.

— Isso me leva ao próximo ponto de negociação.

— Tem mais? Talvez eu devesse pedir algo mais forte que a água.

Chase estendeu a bebida dele para mim. Peguei e tomei um gole.

— Pelo encontro que você acabou de ter com Becker, acredito que vocês não são mais um casal.

— Nunca fomos um casal de verdade. Mas, sim, você está correto. *Bryant* e eu não estamos mais saindo.

— Ele pareceu magoado. Você disse que estava interessada no primo-chefe quando partiu o coração dele?

— Aonde você quer chegar com toda essa adulação?

— Uma das coisas que eu planejava negociar no nosso acordo era se você podia terminar com Bryant.

Ele tirou a bebida de mim, e eu peguei de suas mãos novamente. Levando o copo aos lábios, falei:

— E ele finalmente foi chamado pelo nome certo.

Chase, é claro, me ignorou.

— Então temos um entendimento, não é? Até você sair ou ser demitida – ou antes, se você mudar de ideia –, não vai sair com outros homens.

— E não vou sair com você; então, basicamente ficarei sem encontros, em abstinência?

— Tenho certeza de que você tem um vibrador. Caso contrário, vou escolher um para você.

— Você vai a uma loja comprar um vibrador para mim? — perguntei, incrédula.

Chase pegou nosso Jack, de forma abrupta, e engoliu o restante. Sua voz era um gemido.

— Estou com ciúmes da droga de um vibrador agora.

A tensão em sua voz me fez sentir poderosa. Também me deu confiança para compartilhar coisas que eu normalmente não falava.

— Nada de ciúmes. — Eu me inclinei. — Meu vibrador e eu já desfrutamos de um momento a três com você.

O olhar no rosto dele era impagável. Fiz com que seu queixo caísse. A garçonete estava em uma mesa próxima, e ele levantou a mão para chamar a sua atenção. Quando ela chegou à mesa, ele disse:

— Pode nos trazer mais um desse e dois martínis Peppermint Schnaps, por favor?

Passamos as duas horas seguintes rindo e dividindo bebidas. No meio da conversa, estabelecemos regras básicas: jantaríamos juntos duas vezes por semana, fora do escritório, mas não em um lugar abertamente romântico. Graças a mim, ele também jantaria com frequência com Sam nos próximos meses. Nenhum de nós sairia com qualquer outra pessoa, e não haveria beijo nem brincadeiras de qualquer tipo. Se e quando meu emprego na Parker Industries acabasse, daríamos uma oportunidade real para ver aonde as coisas nos levariam. No escritório, nunca nos referiríamos a nenhum momento privado que passássemos juntos fora dali, e ele não me trataria com favoritismo.

Fiquei animada pela última parte. Toda a razão para negar minha atração por Chase era manter as coisas profissionais no escritório. Não tinha como alguém pensar que havia algo entre nós.

Com o básico estabelecido, ele levou só duas horas para quebrar a minha autoimposta proibição de embriaguez. Não comecei com o pé direito, mas estava me sentindo bem – e bêbada – quando nos levantamos para sair.

— Como vamos fazer isso? — perguntei. — Como terminarmos nossas noites juntos?

— Eu não faço a mínima ideia. Já estabelecemos como minhas noites, em geral, vão terminar. — Chase me conduziu para fora do restaurante com a mão na parte inferior de minhas costas. Já na rua, sua mão desceu mais.

— Hummm... sua mão está em minha bunda.

Os olhos dele brilhavam.

— É mesmo? Ela deve ter vontade própria.

No entanto, ele não a tirou dali nem mesmo quando chamou um táxi. Quando o carro parou perto da calçada, me disse que iríamos dividi-lo.

— Passamos na sua casa primeiro, assim eu posso me certificar de que você entrou em segurança.

— Sou perfeitamente capaz de chegar em casa sozinha.

— Aceitei tudo o que você pediu, mas levar você para casa não é negociável.

Eu realmente amava o cavalheirismo. Mas era em mim que eu não confiava. Chase segurou a porta e esperou. Antes de entrar, me virei para encará-lo e invadi seu espaço pessoal.

— Certo, mas você precisa me prometer algo em troca.

— O quê?

— Que mesmo que eu *implore*, você não vai entrar.

16

Reese

Na tarde de sexta-feira, alguns de nós do departamento de marketing tínhamos pedido comida na hora do almoço e estávamos sentados na copa comendo enquanto conversávamos sobre os planos para o fim de semana.

— Acha que vamos trabalhar de novo neste fim de semana? — perguntei a Lindsey.

— Acho que não. Josh vai fazer o curso de noivos que a noiva dele o obriga a fazer. E acho que o chefão tem um encontro quente no sábado à noite.

— Encontro quente?

— No City Harvest Gala. Um grupo de pessoas ricas faz uma grande festa para levantar milhões de dólares em alimentos para os sem-teto. Vai ser em algum hotel chique neste ano e Chase vai ser homenageado. Ouvi dizer que a secretária reservou uma suíte com um nome elegante. Nos últimos dois anos, ele foi com modelos de nossas campanhas publicitárias. A vida deve ser difícil quando se é rico e lindo.

Claro, Chase apareceu bem naquele momento. Desviei o olhar, mas senti seus olhos em mim quando ele foi para a máquina de café. Ele perdeu tanto tempo e se esforçou tanto para que eu concordasse em não sair com outras pessoas que eu não podia imaginar que ele violaria os próprios termos. Mas não consegui evitar uma onda de ciúme dentro de mim.

— Ei, chefe — Lindsey o chamou. — Não vamos trabalhar neste fim de semana, não é?

— Não. Neste fim de semana, não. Tenho compromissos.

— Eu meio que esperava que trabalhássemos. Costuma ser legal, e Eddie quer ir para Jersey Shore visitar a mãe.

— E isso não é bom, imagino.

— Ela o idolatra como se ele fosse um rei e sempre me faz sentir inadequada.

Chase sorriu.

— Você sempre pode fazer alguma coisa para puxar o saco dele e se livrar desse sentimento.

— Está maluco? Demorou quinze anos para fazer o homem diminuir suas expectativas. Por que eu estragaria isso agora?

Chase sorriu.

— E você, Reese? Planos para o fim de semana?

Jules tinha me convidado para ir a uma nova boate. Eu não estava com vontade. Até aquele momento.

— Noite de garotas no sábado. Minha amiga Jules e eu vamos dar um pulo na Harper's.

Percebi o leve retesar da mandíbula, mas ele respondeu como se não tivesse sido afetado.

— Parece divertido.

— E você? Encontro quente?

Não foi exatamente uma pergunta apropriada para fazer ao novo chefe. Mas Chase não era um chefe tradicional. Ele era próximo dos funcionários e sabia o que estava acontecendo na vida de todos. Então, minha pergunta curiosa não levantou suspeita.

— Um evento de caridade. Eu preferia só preencher o cheque, mas, de alguma forma, eles me convencem a aparecer sempre.

Eu sorri. Era completamente falso, mas ninguém me conhecia bem o suficiente para perceber. Exceto Chase.

— Bem, aproveite *seu encontro*. — Peguei um pedaço de frango da salada César e o enfiei na boca.

Evitei Chase por toda a tarde depois disso. Em certo momento, ele seguiu pelo corredor em direção a meu escritório, e eu rapidamente apareci no de Josh para que não ficássemos sozinhos. Parte de mim sabia que eu estava sendo boba. Com certeza, a noite do dia seguinte não seria um encontro de verdade, e eu estava imaginando algo que não existia. Essa era *exatamente* a razão pela qual eu evitava romance no escritório. O local de trabalho precisava ser para trabalhar, sem que eu deixasse nada de minha vida pessoal interferir.

Então, quando Chase apareceu na porta do meu escritório às seis horas, eu estava determinada a manter as coisas estritamente profissionais.

— Vamos jantar no domingo à noite?

— Acho que não. Vou sair para dançar no sábado e você... — Acenei como se dissesse qualquer coisa. — ... Você vai ter um encontro no sábado à noite. Tenho certeza que nós dois vamos precisar do domingo para nos recuperar.

Ele parecia confuso com a minha resposta.

— Está tudo bem, Reese?

— Está, sim. Por que não estaria?

— Não sei. Parece que algo está incomodando você.

— Não — respondi, de forma rápida e brusca.

Talvez brusca demais. Chase me estudou com os lábios pressionados um contra o outro. Ele estava procurando pistas, mas eu não dei nenhuma.

— Sinto que é sobre sábado à noite. Mas achei que você nunca aceitaria sair se tivesse que colocar um vestido de gala para um jantar casual que não fosse um encontro.

Levantei a cabeça.

— Tenho certeza que você vai se divertir mais em um encontro de verdade.

Ele ergueu as sobrancelhas novamente, e então seu rosto se transformou com um sorriso presunçoso.

— Eu não chamaria Sam de um encontro de verdade.

— Sam?

— É quem eu vou levar. Com quem você achou que eu iria?

Ele se aproximou.

— Não sei.

— Você achou que eu iria a um encontro? Depois do que discutimos na outra noite?

— Alguém pode ter mencionado que você, geralmente, levava modelos e que passaria a noite no hotel neste fim de semana.

— Vou levar a Sam. Por *networking*. Reservei uma suíte para ela e o marido ficarem depois. Foi parte do acordo que fiz com ela.

— Ah.

Ele se aproximou mais uma vez.

— Você estava com ciúmes.

— Não estava.

— Mentira.

— Tanto faz. Não importa.

— Importa para mim.

— Por quê?

— Porque, se está com ciúme, significa que quer estar comigo tanto quanto quero estar com você. Você gosta de me deixar em dúvida, sem saber o que está pensando.

Ele me encurralou enquanto eu estava sentada na cadeira. Colocando as mãos em meus braços, baixou o rosto para o meu.

— Estou feliz que seja mútuo.

Revirei os olhos.

— Que seja.

— Domingo à noite? Janta comigo?

— Almoço.

— Jantar.

— Almoço. É mais casual.

Ele sustentou o olhar, tentando se manter sério, mas vi o canto da boca sugerindo um sorriso.

— Tudo bem. Mas vou levar você para almoçar em um lugar romântico.

Nunca fui de frequentar casas noturnas, mas realmente fiz um esforço extra na noite de sábado. Jules e eu não passávamos mais muito tempo juntas, e eu sentia falta e achava que, se havia um momento para eu me soltar, era esse. Entre a mudança de emprego e o meu vício cada vez maior de pensar em Chase Parker, eu precisava me sentir jovem e livre de novo.

Circulamos no começo da noite, dançando em lugares antes de ficarem lotados a ponto de ser impossível fazer qualquer coisa, exceto se esfregar em pessoas suadas na pista de dança. No momento em que chegamos à Harper's, eu estava começando a me arrepender de ter calçado um salto de doze centímetros. Quando vi a fila para entrar – que se estendia por quase um quarteirão inteiro –, decidi que o pequeno pub irlandês meio vazio não parecia tão ruim.

— Olha essa fila — gritei.

Jules sorriu e segurou a minha mão, me puxando para a porta.

— Que fila?

Um segurança enorme abraçou minha amiga e a ergueu do chão.

— Você apareceu!

— Como eu poderia resistir a bebidas grátis e nada de fila?

— Eu que pensei que você tinha vindo por minha causa.

— Talvez um pouco disso também. — Ela bateu seu pequeno ombro no peito dele. — A que horas você sai?

Ele olhou para o celular.

— Em uma hora, mais ou menos.

Jules se lembrou que eu estava ao lado dela.

— Esta é Reese. Reese, este é o melhor amigo do meu irmão mais novo, Christian.

— Prazer em conhecê-la, Reese. — Ele acenou com a cabeça para mim e voltou sua atenção para Jules. — O que acha de parar com essa coisa de me apresentar como melhor amigo do seu irmão mais novo?

— Mas você é.

— Estou tentando fazer com que você me veja como algo diferente no último mês. — Ele se inclinou na direção dela. — No caso de você não ter notado.

Jules balançou a mão, mas eu poderia dizer que havia uma razão pela qual estávamos na Harper's naquela noite e não tinha nada a ver com poder ignorar a fila.

— Alguma chance de você nos conseguir uma mesa? Reese precisa descansar seus pés, senão não conseguiremos esperar uma hora.

— Toma algo comigo quando eu sair?

— Se você pagar.

Ele riu e balançou a cabeça. Pegando um *walkie-talkie*, ele ligou para alguém lá dentro e disse que tinha VIPs que precisavam ser recebidos. Um minuto depois, uma mulher que devia ter um metro e oitenta, *sem* salto alto, nos cumprimentou.

— Eita — Jules murmurou.

Christian sorriu.

— Kiki, estas são Jules e Reese. Você poderia encontrar um lugar para elas e arranjar umas bebidas para mim?

— Claro, querido.

A recepcionista escultural nos levou ao segundo andar e abriu uma mesa reservada, com vista para uma pista de dança lotada.

— O que posso servir a vocês?

Pedimos martínis *extradirty* e olhamos ao redor. O lugar era enorme, e tudo, desde os assentos de veludo até os balcões de granito preto, era top de linha.

— Me sinto uma celebridade — falei. — E você está ficando com o melhor amigo do seu irmão? O que Kenny acha disso?

— Não estou ficando com Christian. *Ainda*. E Kenny não sabe.

— Como vai ser isso?

— Somos todos adultos. Ele não pode me dizer com quem devo sair.

Eu sorri.

— Ele vai surtar, hein?

Um sorriso cruzou seu rosto.

— Praticamente.

— Me conte tudo.

— Kenny e Christian são amigos desde que começaram a jogar no time dos mais novos. Quando eu tinha treze e ele tinha onze anos, ele era grande, mas não enorme como agora. Uma tarde, entrei no quarto em que ele estava se trocando, e a coisa era enorme, mesmo naquela época. Quer dizer, enorme balançando.

— E?

A garçonete serviu as bebidas.

— E o quê?

— Qual é o resto da história?

Ela deu de ombros.

— É isso aí.

— Então você está tentando ver o membro do cara de novo há quinze anos?

Ela deu um gole na bebida com um sorriso malicioso.

— Basicamente. Ele ficou na Califórnia por alguns anos depois da faculdade, então voltou para o departamento de polícia de Nova York.

— Ele é policial?

— Sim. Eu o encontrei na rua há algumas semanas e começamos a trocar mensagens de texto. Ele fica tão bem de uniforme. Acho que vou falar para ele me algemar e brincar de polícia e ladrão.

— Bom para você. Ele parece interessado. Não conseguia afastar os olhos de você nem quando aquela amazona sensual apareceu.

— E você? Como está aquele chefe delicioso?

Levantei o palito de plástico do martíni e tirei uma azeitona com os dentes.

— Ainda mais delicioso do que essa azeitona. Você sabe como adoro ingredientes de martíni. — Suspirei. — Mas ele ainda é meu chefe.

— Compreendo totalmente por que você colocou uma barreira para separar negócios e prazer. Isso te custou um trabalho que você amava. Provavelmente, eu faria o mesmo. Mas, droga... eu consideraria abrir uma exceção para aquele homem.

— Bem, definitivamente, ele está me tentando a fazer isso. De alguma forma, ele me fez concordar em jantar com ele duas vezes por semana.

— Jantar com ele? Como se fosse um encontro?

— Não. Jantar junto, mas não como um encontro.

— Deixe-me entender... vocês estão saindo para jantar duas vezes por semana, sozinhos?

— Isso mesmo. Mas não é um encontro.

— O que significa isso? Que vocês não vão transar no fim da noite?

Tomei um gole da bebida.

— Exatamente.

Jules começou a rir.

— Ele falou essa porcaria?

— O que você quer dizer?

— Você está saindo com ele e nem sabe disso. Eu posso amar esse homem.

Eu não estava saindo com ele. *Estava*? Nós só estávamos jantando juntos duas vezes por semana. Estávamos nos conhecendo melhor. Não estávamos saindo com mais ninguém. E pensando um no outro enquanto cuidávamos de nós mesmos. *Ah, meu Deus. Estou saindo com ele!*

Jules tomou um gole de bebida e me observou, se divertindo quando cheguei à mesma conclusão que ela.

— Puta merda. Sou uma grande idiota.

— Querida, conheço você. Você não levantou a barreira para mantê-lo do lado de fora. Você a colocou para vê-lo quebrá-la e chegar até você.

Eu precisava muito de outra bebida. Em dose dupla.

Durante uma hora e meia, Jules e eu aproveitamos as bebidas gratuitas. Estávamos em um bar em que o martíni custava quinze dólares, e fiquei feliz por não ter que pagar a conta. Algum tempo depois da meia-noite, chegamos ao estágio da risada na embriaguez. Estávamos entre sóbria e bêbadas, ficando no que eu gostava de chamar de estágio confessional, onde tudo parecia sincero, e compartilhar isso parecia libertador.

O segurança bem-dotado de Jules ainda não tinha se juntado a nós, então tivemos visitantes frequentes nos oferecendo bebidas ou nos convidando para dançar. Dois caras bem-vestidos pararam em nossa mesa.

— Podemos comprar bebida para as damas? — O mais alto sorriu com confiança.

Covinha. Droga. Tenho certeza de que ele não ouvia "não" muitas vezes.

— Obrigada, mas nossas bebidas estão sendo oferecidas pela casa nesta noite, e eu tenho uma grande queda pelo meu chefe.

Um dos caras arqueou a sobrancelha.

— Chefe sortudo. Que tal uma dança?

Olhei para Jules.

— Eu, não — ela disse. — Estive esperando quinze anos, lembra? Christian vai sair logo.

Declarei, de forma educada:

— Não, obrigada. Hoje, não.

Depois que eles se afastaram, Jules falou:

— O alto era gato. Por que não dança com ele?

— Qual é o objetivo? — Levei o copo à boca, para descobrir depois de inclinar a cabeça para trás que estava vazio.

— De dançar ou dos homens em geral? Porque minhas respostas seriam bem diferentes.

— De dançar com ele. Só vou ficar comparando.

Jules me deu um sorriso engraçado.

— Me diga o que você gosta no chefão.

— Ele é inteligente, arrogante, difícil, mas meio suave ao mesmo tempo. Isso faz sentido? — Pensei que ela estava distraída procurando Christian quando notei seus olhos acima da minha cabeça. — Você está prestando atenção em mim?

— Estou. — Ela bebeu o resto do drinque que estava em seu copo elegante. — O que você estava dizendo? Que você gosta da persistência dele? Que ele era um tesão?

Eu não tinha dito isso, mas ela não estava errada.

— Juro, se ele me empurrasse contra a porta do escritório, eu não teria como impedir. Só porque ele é meu chefe, estou me mantendo afastada, mas a sua prepotência me deixa louca.

Jules estava sorrindo como o Gato de Cheshire.

— O que há de errado com você? — Quando ela continuou sorrindo, eu soube. Eu soube. — Ele está logo atrás de mim, não é?

Uma mão quente tocou meu ombro nu.

Fechei os olhos e murmurei para minha melhor amiga:

— Vou matar você.

Ela se levantou e me beijou na bochecha.

— Acho que vou dar uma olhada se meu Hulk ainda está trabalhando. Volto logo. — Ela balançou os dedos em um aceno fofo. — Ei, chefão. — Em seguida, desapareceu.

Chase nem teve a decência de fingir modéstia. Ele se acomodou na cadeira ao lado, em vez de se sentar do outro lado da mesa, onde Jules estava antes. Ai, eu queria arrancar aquele sorriso arrogante e cheio de si. Daquele rosto lindo e perfeitamente esculpido. *Porra, agora que estou bêbada, quero beijar você ainda mais.*

— O que está fazendo aqui, Chase?

— Aparentemente, tornando seus sonhos realidade.

Me virei de frente para ele pela primeira vez, o que provavelmente foi um erro. Ele era muito bom para meus pensamentos sóbrios. O álcool tornava as coisas menos suportáveis. Nesta noite ele usava smoking. Ou, mais corretamente descrito, estava com a camisa branca e desabotoada no colarinho e uma gravata borboleta pendia vagamente em seu pescoço. As mangas da camisa estavam enroladas, revelando antebraços bronzeados. Ele tinha mesmo antebraços ótimos. Eu era louca por antebraços. Já disse isso? Mesmo que sim, não custava repetir.

Mas, surpreendentemente, o que mexeu comigo foi o cabelo dele. Normalmente bagunçado, nesta noite estava perfeitamente dividido para o lado e para trás. Junte isso à pele bronzeada de forma impecável, o rosto bem barbeado e um maxilar esculpido; ele poderia ter acabado de sair de *O grande Gatsby*. Aquilo me distraiu completamente.

— Você está... tão diferente.

— Isso é bom ou ruim?

Não podia mentir. Eu tinha tomado doses de soro da verdade.

— Parece um astro antigo de cinema, muito clássico e bonito. Gostei.

— Vou comprar mais gel amanhã de manhã.

Tentei evitar um sorriso, mas escapou. Chase deslizou o polegar por minha bochecha, depois tocou o canto dos meus lábios.

— Talvez compre uma caixa se isso trouxer de volta esse sorriso — acrescentou.

— O que está fazendo aqui?

— Você disse que viria pra cá.

Eu disse, mas...

— Você não deveria estar no evento de caridade?

— Está quase acabando. Além disso, não consegui parar de pensar em você a noite toda. — O braço dele estava apoiado na parte de trás do banco que compartilhamos e seus dedos começaram a acariciar os meus ombros expostos. — Não tinha certeza se deveria vir, mas agora estou feliz por estar aqui.

— Por quê?

— Você gosta de persistência. O que você disse? Minha prepotência excita você?

Revirei os olhos.

— Preciso de outra bebida.

— Sim, vamos beber. Peppermint Schnapps triplo?

Chase chamou a garçonete e pediu as duas bebidas. Olhando em volta do clube cheio, ele perguntou:

— Você faz isso com frequência? Sair com as amigas?

— Não muito. Gosto de dançar, mas às vezes parece um mercado de carne.

Seu dedo parou de me tocar.

— Era isso o que você estava fazendo? Procurando por carne?

— Não, só aproveitando a noite com a minha amiga.

— Porque se é carne o que você está procurando...

Bati em seu abdômen de brincadeira, mas podia sentir o quanto seu corpo era duro. *Nota para mim mesma: mantenha as mãos ao lado do próprio corpo em todos os momentos para sua própria segurança.*

— É assim que você conhece mulheres? Vai nas casas noturnas aparecendo sexy à meia-noite?

— Geralmente, não. Na verdade, é a primeira vez que entro em uma boate, sem ser por algum evento específico, em anos.

— Onde você conhece mulheres, então?

— Vários lugares.

— Que específico. — Franzi a testa.

— Ok. Vamos ver... A última mulher com quem saí... conheci em um voo para a Califórnia.

— Bridget?

— Não.

— Onde você conheceu Bridget?

— Em uma festa.

— Festa de trabalho?

A garçonete trouxe as bebidas, e Chase engoliu metade do drinque.

— Com sede?

— Só estou tentando quebrar o gelo.

— Então... Bridget. Que tipo de festa?

— Prefiro não falar sobre outras mulheres quando estou sentado aqui com você.

— Tá bom. Sobre o que você gostaria de falar?

— Por que não começamos com todas as coisas que pensei em fazer com você nesta noite?

Seu olhar deslizou por meu rosto, e ele parecia apreciar meu corpo no vestidinho preto que eu usava. Observá-lo olhar para mim com toda aquela fome enfraqueceu minha resistência. Engoli em seco.

— Chase...

Ele respondeu levantando minha mão e levando-a aos lábios para um beijo gentil:

— Quanto você bebeu nesta noite?

— O suficiente.

— Isso é uma pena.

— Por quê?

— Porque não sou um homem que se aproveita só porque Peppermint Schnapps quebrou a resistência de uma mulher.

Foi a minha vez de engolir quase todo o conteúdo do copo. Eu estava tonta e não tinha nada a ver com o álcool.

— Então você está me dizendo que, não importa o que eu diga ou faça, você não vai dormir comigo hoje?

O calor em seus olhos dizia o contrário.

— Isso mesmo.

Sorri diabolicamente.

— Isso parece um desafio. Dance comigo.

17

Reese

Acordei com uma mordiscada no lóbulo da orelha. *O quê...?*

Noite passada. Noite passada. Meu Deus. Será que eu? Em pânico, fiquei momentaneamente gelada na cama enquanto revirava meu cérebro de ressaca, tentando me lembrar do fim da noite. Nunca me senti tão aliviada quando uma pata me golpeou no maxilar.

— Nossa... — resmunguei, me virando para encontrar Tallulah lambendo minha orelha e batendo em meu rosto. Puxei o lençol sobre a cabeça, bloqueando o acesso da gatinha feia. Sem rodeios, ela subiu em mim e se acomodou em meu peito.

— Miau. — Ela acariciou o lençol no qual me escondia.

Tentei levantar a cabeça, mas doeu demais.

— O quê? O que você quer?

— Miau.

— Argh.

Mesmo o miado baixinho doeu. Eu teria jurado que havia um baterista se aquecendo em meu crânio. Não havia nenhum ritmo nas batidas, pedal batendo contra o bumbo e então a caixa, seguida por algumas batidas no chimbal, argh.

O que eu bebi na noite passada?

Me lembrei de Chase aparecer e eu arrastá-lo para a pista de dança para que pudesse esfregar meu corpo contra o dele e testar sua força de vontade. *Ah.* Tomei isso como um desafio, ver se eu conseguia fazê-lo ceder.

Nós rimos por causa das doses de Schnapps de Peppermint, e Christian e Jules por fim se juntaram a nós. Os dois estavam parecendo bem relaxados, lembrei. As coisas ficaram um pouco mais imprecisas depois disso.

Houve o táxi para casa. Eu estava cansada.

Muito cansada.

Eu só precisava fechar um pouco os olhos, colocar minha cabeça para baixo cabeça enquanto atravessávamos a cidade.

Minha cabeça.

Estava tão sonolenta.

Eu tinha descansado. *No colo de Chase.*

Ele me acordou. Quando levantei a cabeça, toquei sua virilha por cima da calça.

Ah, nossa.

Ele estava duro. *E fiz um comentário sobre isso. Legal.*

Chase me ajudou a sair do carro e disse ao taxista para manter o taxímetro ligado.

O elevador pareceu levar uma vida. Quando entramos, me inclinei contra o peito dele e respirei fundo, cheirando-o de perto.

Ah, nossa.

Disse que o cheiro dele era gostoso demais.

Sugeri que ele comprasse uma cabana na floresta e cortasse madeira sem camisa.

Seus braços estavam em volta de mim enquanto caminhávamos em direção ao apartamento. Em retrospectiva, talvez eu realmente precisasse de apoio para andar.

Chegamos à porta.

Eu me lembrei vagamente de abraçá-lo e convidá-lo para entrar. Ele sorriu e balançou a cabeça.

— Não há nada que eu gostaria mais. E quero dizer isso em muitos sentidos.

Ele beijou minha cabeça. *Minha cabeça!*

— Mas não dessa maneira. Durma.

Pegando as chaves, ele abriu todas as trancas e esperou que eu entrasse. As últimas coisas de que me lembrei eram seus braços sobre sua cabeça enquanto ele se inclinava contra o batente da porta e dizia:

— Vamos terminar esse jogo na semana que vem. As coisas vão ficar muito mais divertidas no trabalho, com certeza.

Cancelei meu almoço com Chase um pouco mais tarde naquela manhã, com muita ressaca. Quando ele pressionou para remarcarmos para segunda-feira, não me comprometi e parei de responder às mensagens.

Uma linha tinha sido cruzada, e eu não sabia como retroceder além de me afastar completamente. Era culpa minha e, na manhã de segunda-feira, estava inflexível em corrigir o que eu tinha ferrado.

— Bom dia. — Chase ficou na porta de minha sala exatamente na mesma posição que esteve na outra noite, em meu apartamento.

Passei o dia de ontem me animando: eu era uma profissional, poderia esquecer o que aconteceu no sábado à noite e trabalhar perto de Chase como se nada tivesse acontecido. Olhei para o celular: sete e cinco da manhã de segunda-feira, e eu já havia falhado. *Ótimo. Ótimo, Reese.*

Chase sorriu como se soubesse que estava pensando coisas pouco profissionais. Coloquei as mãos na mesa.

— Bom dia, sr. Parker.

Suas sobrancelhas arquearam.

— É assim que vamos lidar com isso?

— Não tenho ideia do que está falando, sr. Parker.

Chase caminhou até minha mesa.

— Gosto de como soa quando você me chama de sr. Parker. Continue.

Engoli em seco enquanto ele se aproximava ainda mais. Minha voz mostrou sinais de enfraquecimento.

— Sem problema, sr. Parker.

— E que tal, *por favor*, sr. Parker?

— Por favor, senhor Parker, o quê?

— Só queria ouvir o quanto isso soava bem saído de seus lábios. — Ele diminuiu a distância entre nós, vindo para o outro lado da mesa e inclinou o quadril casualmente contra ela. Estendeu a mão e acariciou o meu lábio inferior com seu polegar, falando diretamente em minha boca:

— *Por favor*, senhor Parker. Isso virá desses lábios... anote o que estou dizendo.

No que eu me meti?

Era irônico que eu devesse me preparar para um grupo focal porque não conseguia me concentrar. A manhã mandou minha mente distraída para o espaço e fiquei feliz que a agenda da tarde de segunda estivesse cheia para que não houvesse mais espaço para flertar por aí.

A primeira das duas reuniões foi à uma da tarde, na grande sala de reuniões no lado leste do prédio. Era ao lado do escritório de Chase, e não resisti a dar uma olhada enquanto passava. Com as persianas abertas, seu escritório era praticamente um aquário. Ele estava sentado à mesa, recostado na cadeira de couro com uma de suas mãos atrás da cabeça. A outra segurava o telefone de mesa com fio enquanto falava, olhando para o teto.

Momentaneamente distraída, deixei de prestar atenção para onde estava indo e fui ao encontro de Josh. Após o impacto, apertei o copo descartável de café, fazendo com que a tampa escorregasse. Em seguida, desequilibrei o notebook e o bloco de anotações na outra mão. Enquanto me inclinei para frente em uma tentativa inútil de impedir que tudo caísse, derramei todo o conteúdo do café na parte da frente da blusa, e tudo foi para o chão, inclusive o copo vazio.

— Merda!

— Sinto muito. Ando muito rápido — disse Josh.

— Não. A culpa é minha. Eu não estava prestando atenção.

Ele olhou para a minha camisa. Havia vapor saindo dela.

— O café estava muito quente. Se queimou?

Chase saiu do escritório com papel-toalha, entregou para mim e se inclinou para pegar o notebook e o bloco de anotações. Entregando o equipamento que estava todo molhado a Josh, pediu:

— Por que você não seca o laptop, e eu cuido da Reese?

Eu secava a blusa, mas não era muito útil, pois derramei um café de 350 ml, e minha pele estava quase tão encharcada quanto o tecido da camisa.

— Você precisa de mais do que um punhado de papel-toalha. Venha comigo. — Chase me guiou ao escritório dele. Eu estava hiperconsciente da mão apoiada na parte inferior de minhas costas, alguns dedos descendo para aquele lugar que ainda não é a bunda, mas não fica muito longe. Eu estava bem certa de que era inocente, mas meus pensamentos, não.

Eu estava chateada comigo mesma, com o quanto agi de forma antiprofissional e projetei minha frustração em Chase.

— Isso é culpa sua, você sabe.

— Minha?

— Você me distraiu hoje.

Em vez de se sentir mal por ser a causa da bagunça, Chase parecia satisfeito.

— Não posso esperar para ver a bagunça que você vai fazer quando eu realmente tentar distrair você. — Ele pegou uma camisa branca no armário. — Aqui. Vista isto.

— Não posso usar sua camisa.

— Por que não? — Ele sorriu, com malícia. — Será recorrente quando você me fizer panquecas na manhã seguinte.

Odeio ter me visualizado diante daquele fogão com forno duplo de aço inoxidável grande que eu sabia que ele tinha em casa, usando uma camisa dele. Tinha passado de incomodada para excitada e incomodada em menos de dez segundos.

Chase captou meu olhar e riu.

— Há toalhas no banheiro daqui da sala. — Seus olhos caíram para meu seio, onde os mamilos se levantaram orgulhosamente através da camisa encharcada, e ele resmungou: — Vá tirar essa camisa molhada antes que eu tire pra você aqui mesmo com as persianas abertas.

Eu não duvidava, nem por um minuto, que ele faria isso, então fui rápido para o banheiro, esperando que eu também encontrasse a minha inteligência lá com uma camisa limpa.

Um minuto depois, olhei no espelho, feliz com meu reflexo. Devo dizer, eu ficava bem vestindo uma camisa masculina. Mesmo que fosse muito grande, com alguns botões abertos no topo e um nó na cintura, a camisa de Chase ficava bonita com a minha saia lápis preta. Eu estava dobrando as mangas quando ouvi uma leve batida na porta.

— Você está vestida?

Exceto nos pensamentos a seu respeito.

— Sim.

Quando ele abriu a porta, estava com uma camiseta dobrada na mão e olhando para baixo.

— Tenho essa camiseta marrom antiga que estava na bolsa da academia, se você quiser tentar... — Ele fez uma pausa, parando enquanto olhava para mim. — Uau. Fica mais bonita em você.

No início do dia, o homem me disse que iria me fazer implorar, e isso não me fez corar. No entanto, algo tão simples como *fica mais bonita em você* deixou minhas bochechas vermelhas. Não eram as palavras, mas a intimidade com que ele as dizia.

Ele entrou no banheiro e assumiu a dobra das mangas.

— Deixe comigo.

Trocamos alguns sorrisos silenciosos enquanto ele me arrumava.

— Como você está hoje? — perguntou.

— Melhor.

— Fico feliz. Vamos jantar amanhã à noite.

— Você está me informando ou perguntando?

Ele terminou de dobrar a manga e esperou que eu olhasse para cima.

— Informando. Você me deve, considerando que fui um cavalheiro na outra noite.

Ele havia sido mesmo.

— Obrigada por isso, por sinal. Você foi muito respeitoso, e eu não fui fácil.

— Não. Você definitivamente tornou tudo bem *duro*.

Empurrei seu ombro, brincando.

— Vamos, chefe. Já estamos atrasados para a reunião.

Elaine Dennis, vice-presidente da Advance Focus Market Research, havia acabado de começar a apresentação quando entramos na sala de reunião alguns minutos atrasados. Seu discurso detalhou a experiência da empresa moderando grupos focais no setor feminino e falou muito sobre a importância de gerir equipes em diferentes áreas geográficas.

— A indústria dos produtos femininos é muito diferente em Nova York e no Centro-Oeste. A maioria das mulheres quer as mesmas coisas, como pele lisa para se sentir bonita e mimada, para parecer atraente para alguém, mas o que funciona para vender beleza pode ser bastante diferente em várias regiões.

Me acomodando na cadeira, tentei esquecer os últimos quinze minutos e tomei notas enquanto ela trabalhava na apresentação. Eu tinha participado de muitos grupos de marketing na Fresh Look, mas sempre havia algo a aprender. O mundo da propaganda mudava a cada minuto, e a propaganda para as mulheres era um desafio ainda maior. Vamos encarar que nós, mulheres, usamos nosso direito de mudar de ideia como um emblema de honra – o que queremos hoje pode ser ultrapassado amanhã.

Eu estava a dois lugares da apresentadora no lado direito da longa mesa de reuniões. Chase sentou umas seis cadeiras longe dela, na extremidade, do lado oposto da mesa. Não foi a primeira vez que notei que ele não se sentava na cabeceira durante as reuniões de marketing. Ele era o tipo de chefe que tinha o olho em tudo, que participava, mas não sentia a necessidade de lembrar constantemente que estava no comando. Segurando a caneta nos lábios, me perguntei se ele fazia isso de propósito.

Quando meus olhos se voltaram para ele, ele me observava atentamente. Desviei o olhar, mas, dois segundos depois, olhei de novo. Ele olhou ao redor da sala para ver se alguém estava prestando atenção.

É claro que todos os outros estavam assistindo à apresentação, como nós dois deveríamos estar.

Então, ele sussurrou, sem emitir som "eu realmente amo o fato de que você lê lábios".

Sorri com timidez e observei o cômodo antes de olhá-lo de volta.

Parecia que estávamos no ensino médio, tentando não ser pegos passando cola. Seu olhar estava preso a meus lábios enquanto sua boca formava palavras insensatas. *Também adoro seus lábios.*

Afobada, me mexi na cadeira para encarar a apresentação. Consegui aguentar por menos de cinco minutos antes que meus olhos vagassem de volta. Desta vez, Chase nem sequer se preocupou em ver se alguém estava assistindo. "Eu realmente gosto da minha camisa em você."

Lancei um olhar de advertência a ele. Não o assustou nem um pouco. Ele continuou, e eu, boba, não pude desviar o olhar.

"Mal posso esperar para ver o que tem embaixo."

Queria matá-lo. Também queria ouvir o que ele iria fazer quando visse o que tinha por baixo. Por sorte, recobrei a atenção quando ouvi o meu nome.

Josh abriu uma discussão sobre testes de colocação de produtos na loja *versus* grupos focais e me pediu para compartilhar a minha experiência na Fresh Look. Demorou um minuto para que eu recuperasse minha linha de raciocínio, mas marketing não era só o meu trabalho, era uma paixão. Uma vez que comecei a falar, essa paixão floresceu. Durante uma hora e meia, fiz o meu melhor para não ficar inquieta ao perceber Chase me observando.

Em certo momento, eu estava passando brilho labial – algo que eu fazia muitas vezes ao dia –, e Chase ficou hipnotizado olhando meus lábios. Fez a região entre as minhas pernas formigarem e me contorci na cadeira.

Quando foi a vez de Chase falar, admirei como ele dominava a sala com seus pensamentos e ideias. Ele era tão diferente do meu chefe na Fresh Look – um CEO típico, cuja presença era sentida quase como um tipo de *bullying*. Não havia como Scott Eikman não estar na cabeceira da mesa durante uma reunião como essa. Meu antigo chefe estaria lá, com os braços cruzados, fazendo com que todos ao redor se sentassem mais retos.

O estilo de Chase era discreto, e ele capturava a sala com seu cérebro e seu carisma natural. Ele me pegou o observando enquanto falava e contraiu o canto da boca. Felizmente, ao contrário de mim, ele não se atrapalhou.

Depois que todas as perguntas foram respondidas, Elaine entrou para fechar com chave de ouro.

— Sei que você disse que seu cronograma está avançado, mas temos dois grupos focais disponíveis nesta semana, se você quiser entrar. Um será no Kansas, e outro, aqui em Nova York.

Claro, ela também passou boa parte da apresentação discorrendo sobre a importância de coletar comentários do Centro-Oeste, além de ambas as costas. E acabou por ter dois desses grupos disponíveis para os próximos dias. Tive que dar o braço a torcer, ela era boa em vendas.

Josh disse que daríamos um retorno a ela em breve, e o projetor nem mesmo havia esfriado de sua apresentação quando o segundo compromisso entrou na sala. Fiquei desapontada com o fato de Chase ter dito que não conseguiria acompanhar a segunda apresentação de grupo focal, mas também aliviada de não ter nada para me distrair.

Quando as reuniões terminaram, às seis, nos sentamos ao redor da sala de reuniões discutindo as duas empresas. Concordamos, por unanimidade, que a empresa da Elaine era a melhor para lidar com nossos grupos focais. Josh olhou para Lindsey e para mim.

— Acho que podemos pegar o restante das amostras e das apresentações a tempo de nos juntarmos aos grupos que a Elaine vai começar nesta semana no Kansas e aqui na cidade.

— Sim — disse Lindsey. — Está em cima, mas podemos fazer isso amanhã, acho.

Josh assentiu.

— Preciso estar aqui para uma sessão de fotos que teremos no restante da semana. Então, qual de vocês vai fazer a reunião de Nova York e quem vai para o Kansas?

Lindsey olhou para mim, e eu disse:

— Farei a que você não quiser.

— Que bom, porque eu odeio voar. Prefiro fazer Nova York.

— Bem, isso foi fácil — disse Josh. — Chase pode querer se juntar a você para alguns dos grupos focais daqui, Lindsey. Avise-o quando confirmar os detalhes.

Ela assentiu.

— Pode deixar.

Apesar de saber que sentiria falta de passar um tempo com Chase, eu precisava dessa distância entre nós. Milhares de quilômetros eram a única coisa a nos separar o suficiente a ponto de eu esfriar a minha cabeça.

18

Reese

Meu voo foi reservado para a manhã de quarta-feira, então eu teria a tarde para organizar a pesquisa de consumidores da Advanced Focus do Kansas para a primeira reunião na manhã de quinta-feira. Chase ficou fora do escritório toda a tarde de terça-feira, então mandei uma mensagem para ele, dizendo que não poderia jantar. Ele respondeu com uma palavra: "Certo". Provavelmente, achou que eu estava tentando afastá-lo de novo depois de ter deixado as coisas saírem do controle no fim de semana.

Agora eram quase seis e meia da manhã de quarta, e eu me preparava para ir para o aeroporto quando ele finalmente expandiu sua mensagem.

Chase: Vou deixar para a próxima. Mas vou cobrar.

Não havia tempo para responder. O carro que me levaria chegava às seis e meia, e o elevador, às vezes, demorava alguns minutos. Fechei a mala, joguei o telefone na bolsa e fiz um carinho rápido na gatinha feia.

— Sua verdadeira dona vai cuidar de você enquanto eu estiver fora. Certifique-se de que ela não passe por cima de minhas ordens. — Acariciei a cabeça de Tallulah. — Seja uma boa gatinha e enfie as garras nos tornozelos da minha mãe quando ela começar a fuçar em minha gaveta de roupas íntimas. Tá?

Um carrão escuro estava esperando na frente de casa quando desci as escadas. Mesmo que o meu voo só fosse dali a duas horas e meia, fiquei estressada quando pegamos um engarrafamento no caminho para o túnel. Respirando fundo, só relaxei quando saímos de Manhattan; entrei em pânico de novo quando o outro lado do túnel estava pior ainda.

— O que está acontecendo? — perguntei ao motorista. — O trânsito está ruim até mesmo para o horário de pico.

— Obra. Deveria terminar às seis da manhã, mas os trabalhadores talvez queiram receber horas extras. — Ele deu de ombros e apontou para a estrada à frente, que era um mar de luzes de freio quando as três pistas tentaram convergir para uma.

À medida que avançávamos na próxima hora, me matou descobrir que, embora os cones fechassem a pista por quilômetros, não havia mais obra em andamento. Ao verificar o relógio, percebi que havia chance de eu perder o voo se o congestionamento não melhorasse logo.

Em um bom dia, eu já era uma passageira nervosa. O estresse adicional de estar atrasada acelerou ainda mais o meu coração. Precisando me distrair, peguei o telefone. Uma nova mensagem de texto.

Mãe: Você precisa limpar a geladeira com mais frequência. O picles venceu.

Sério? Ela estava escondida em um beco quando saí? Simplesmente não podia esperar para entrar e começar a fuçar? Deixei a gatinha feia com um prato cheio de comida. Não era necessário que ela passasse lá até amanhã. Eu ia resolver isso. Focar nela ia desviar os meus pensamentos do voo.

Reese: Não jogue fora. Guardo as coisas vencidas para alimentar Tallulah.

Continuando, a próxima mensagem foi aquela a que eu ainda não havia respondido, de Chase, sobre o jantar que cancelei na noite passada.

Reese: Não voltarei até o fim da semana. Meu chefe queria se livrar de mim, então me mandou para o Kansas.

Depois de responder a mais mensagens e e-mails, meus pensamentos se dissiparam. Cheguei ao aeroporto JFK trinta e cinco minutos antes da decolagem e corri para fazer o check-in. Quando vi o tamanho da fila à frente, quase me sentei e chorei.

Desesperada, procurei alguém da companhia aérea.

— Vou perder meu voo, se esperar nessa fila. O túnel estava muito engarrafado e havia uma obra na via expressa. Existe alguma possibilidade de eu passar na frente? Estou viajando a negócios e realmente não posso perder o voo.

— Bilhete. — Ela estendeu a mão, coberta com uma luva de plástico, e olhou para mim, como se tivesse ouvido a mesma história cem vezes naquele dia. Se virando para mim, apontou por sobre o ombro.

— Fila da primeira classe, à esquerda.

Soltei a respiração quando vi que não havia fila.

— Muito obrigada!

Claro, meu portão ficava no outro lado do terminal, mas passei pela segurança e a área de embarque assim que eles anunciaram a última chamada. Como havia uma pequena fila para embarcar, controlei a respiração e caminhei até o balcão para ver a possibilidade de sair da poltrona do meio que tinha sido emitida quando comprei a passagem.

— Existe alguma chance de mudar meu assento? Sei que estou atrasada e sou a última a embarcar, mas achei que não custava pedir.

— O voo está lotado, mas vou verificar. — A atendente pegou meu bilhete e digitou um monte de números no computador. Franzindo a testa, ela disse: — Seu assento não é no meio. Sua poltrona é do corredor. — Ela me devolveu o bilhete e apontou. — Fileira dois.

Não fazia sentido.

— Eu estava na fileira trinta e pouco quando comprei o bilhete.

— Não mais. Você está no assento de corredor, na primeira classe. Sua passagem deve ter sido atualizada.

A fila de embarque diminuiu, e quem era eu para discutir sobre estar na primeira classe? Quando cheguei à segunda fileira, tirei a bolsa do ombro e a coloquei debaixo do assento do corredor. O assento da janela estava vazio, mas notei que o jornal *The New York Times* estava dobrado ao meio. Abri o compartimento superior e verifiquei o espaço para guardar a bolsa antes de pegar a alça da mala.

Uma grande mão me assustou quando cobriu a minha.

— Aqui. Deixe comigo.

Minha cabeça se voltou para o homem que estava ao lado, e eu já sabia quem era.

— O que está se passando na sua cabeça? — perguntou Chase.

Fiquei quieta desde que o encontrei no avião. Eu ficava nervosa em voos, e Chase me surpreender daquele jeito me tirou dos eixos. Meu coração estava batendo fora de controle quando cruzamos a pista. Segurei o braço da poltrona e lhe dei uma resposta curta.

— Odeio a decolagem. E o pouso. Todas as coisas no meio estão bem.

Chase segurou minha mão e a apertou. Ele não soltou quando estávamos no ar. Uma vez que a altitude se nivelou, soltei uma respiração profunda e meus ombros relaxaram.

— Por que você não me disse que iria junto?

— Decidi de última hora.

Semicerrei os olhos, me perguntando se ele tinha planejado aquilo.

— Como assim, de última hora?

Ele me olhou diretamente nos olhos, e pude ver sua apreensão.

— Eu nem trouxe bagagem.

— O que você quer dizer com não trouxe bagagem?

— Saí de casa pela manhã com toda a intenção de ir ao escritório. — Ele fez uma pausa e passou a mão pelo cabelo, murmurando o resto. — Não tenho certeza de como cheguei aqui.

— Está falando sério?

Assentindo, ele disse:

— Dessa vez, é você quem vai dividir a camisa comigo.

— Não acho que minha camisa serviria em você.

— Você me quer sem camisa, então? Sabia.

A comissária de bordo se aproximou e nos entregou os menus.

— Posso pegar algo para vocês beberem?

Chase respondeu, sem olhar.

— Queremos duas mimosas.

Olhei para ele.

— São só nove da manhã.

— É uma ocasião especial.

A comissária sorriu e pegou os menus.

— Estão comemorando algo?

A mão de Chase ainda segurava a minha. Ele as levantou, entrelaçou meus dedos com os dele e levou minha mão à boca para um beijo.

— É nossa lua de mel.

— Uau. Parabéns! Isso é maravilhoso. Vocês vão pegar uma conexão no Kansas ou é o destino final hoje?

— Vamos ficar lá. A noiva é grande fã de *O mágico de Oz* e quer visitar o museu. — Ele apontou com o queixo para meus pés. *Aconteceu* de eu estar vestida de preto e calçando sapatos vermelhos. — Ela fica um pouco nervosa em voos, às vezes.

A moça conseguiu manter o sorriso, mas pude ver que ela achava que eu era meio estranha. Quer dizer, quem, com juízo na cabeça, iria para um museu quando havia acabado de se casar com um homem como o que estava ao meu lado?

Depois que ela se afastou, me virei para Chase.

— Fã de *O mágico de Oz*?

Ele sorriu.

— É mais um fetiche, mas topo qualquer coisa que você goste.

— E quem você seria? O espantalho sem cérebro? De onde você tira essas coisas?

— Estava saindo do banheiro quando você entrou no avião. Achei os sapatos vermelhos tão excitantes que fantasiei um pouco.

— Eu realmente acho que você precisa de ajuda.

— Talvez. — Ele se inclinou e baixou a voz. — Mas se você quisesse calçar esses sapatos, tranças e nada mais, eu seria um homem de lata feliz.

Depois que a comissária serviu as bebidas – e me chamou de *noiva* –, Chase e eu tivemos um momento de honestidade.

— Por quanto tempo você vai ficar no Kansas? — perguntei, mexendo na bolsa e pegando o brilho labial para um retoque rápido.

Seus olhos seguiram meus movimentos enquanto eu pintava meus lábios.

— Você usa muito essa coisa, hein?

— O quê? O brilho?

— Sim. Notei que você usa isso algumas vezes.

— Sou meio viciada.

— Não gosto da sensação em meus lábios. Você vai ter que parar de usá-lo em breve.

— Deixe-me adivinhar: meus lábios vão espalhar isso nos seus?

— Exatamente.

— Mais uma razão para nunca darmos certo — provoquei.

— Um de nós vai superar isso.

Balancei a cabeça.

— Então, quanto tempo você disse que ficaria no Kansas?

— Depende de você.

— Depende de mim?

— Não menti quando disse que tentei não vir. No instante em que ouvi que você ia sair da cidade, quis me juntar a você. Pensei em dizer que queria acompanhar as sessões, mas achei que você perceberia que havia mais do que isso.

— Então você está dizendo que não veio por nenhuma outra razão além de mim?

Ele assentiu, sério.

— Só por você.

— Esse é o seu estilo normal? Perseguidor elegante?

— Não... e provavelmente por isso não tenho ideia do que fazer. Evitar não tem funcionado.

— Qual é seu estilo quando você sai com alguém?

— Como essa coisa de honestidade está funcionando para mim?

Eu ri.

— Muito bem até agora. Vá em frente, não vou julgar.

Chase engoliu o resto da mimosa.

— Nunca tive que me esforçar muito para conseguir a atenção de uma mulher.

— Claro, imaginei. É isso que intriga você, então? Um homem que quer o que não pode ter? Esse não é um conceito inovador.

Seus olhos baixaram e levantaram, procurando os meus, e eu sabia que ele estava pensando em dizer algo. Por fim, ele falou:

— Você está certa. Quero o que não tenho. Em partes, esse é o motivo. Mas não da maneira que você pensa. Não me peça para explicar, mas, quando estou perto de você, fico feliz. Isso é tudo.

Sua resposta me surpreendeu.

— Uau. Isso foi... incrivelmente doce.

Chase pegou minha mimosa, ainda meio cheia, e bebeu antes de continuar.

— Não me interprete mal, mas eu ficaria muito feliz se você estivesse em baixo de mim durante a noite. Você quer manter alguma distância física entre nós? Eu respeito. Embora eu vá... tornar tudo mais duro para você.

Foi minha vez de me inclinar.

— No sentido literal ou no figurativo?

Chase ainda estava segurava minha mão entrelaçada na dele. Ele a puxou para o peito e abaixou-a pelo abdômen, parando logo acima do zíper da calça.

— Continue assim que eu mostro pra você.

Após o desembarque, pegamos um táxi para o escritório do grupo focal e passamos algumas horas trabalhando com a pessoa que iria coordenar tudo no dia seguinte. Chase ajudou a organizar, mas deixou por minha conta as decisões a serem tomadas no que dizia respeito ao que eu tinha mais conhecimento. Eu gosto disso em um chefe... e em um homem.

Depois de termos terminado, paramos em um shopping a caminho do hotel, já que Chase realmente não havia levado bagagem e não tinha nada para vestir. Na Nordstrom, ajudei-o a escolher algumas roupas casuais. Enquanto ele estava no provador, peguei algumas coisas das prateleiras próximas. Ele saiu com um jeans e uma polo simples azul-marinho que se encaixava perfeitamente em seu peito amplo. Seus pés estavam descalços e o cabelo, ainda mais bagunçado que o habitual.

Fui até ele com uma camisa de botão que escolhi, e Chase estendeu os braços e fez um pequeno círculo girando.

— Bom?

— Duvido seriamente de que qualquer coisa fique ruim em você. — Estendi a outra camisa para ele experimentar.

Ele ergueu a cabeça, puxou a polo e a tirou do jeito que só rapazes tiram camisas. Era impossível não olhar. Seu corpo era incrivelmente perfeito. Musculoso e magro, cada músculo parecia esculpido. O jeans estava um pouco largo na cintura e um pouco baixo, mostrando o "V" profundo. Era o melhor corpo que eu já tinha visto.

Umedeci inadvertidamente meus lábios, e Chase percebeu.

— Se você continuar me olhando assim, vamos acabar no provador.

Uma visão de nós dois no provador, contra o espelho, surgiu em minha mente. Quando não respondi, Chase soube – *ele sabia* – o que eu estava imaginando. Meu braço ainda estava estendido, segurando a camisa. Chase estendeu a mão, mas, em vez de pegá-la, segurou minha mão e me puxou para perto.

— Você está demitida — gemeu, enterrando o rosto em meu cabelo. — Totalmente demitida.

Eu estava a um suspiro, prestes a ceder, quando a voz de uma mulher me trouxe de volta a realidade.

Ela limpou a garganta.

— Posso ajudá-lo a encontrar?

Me afastei, colocando espaço entre nós dois. Mas ainda não conseguia falar. Chase respondeu a ela, olhando em meus olhos.

— Não, obrigado. Acho que tenho tudo de que preciso. — Nosso olhar ficou preso, até que ele finalmente disse: — Vou me vestir.

— Hummm... sim... certo... ok. Vou pegar algumas camisetas enquanto você se troca.

Quando ele se virou para se afastar, ainda sem camisa, pela primeira vez percebi uma tatuagem na lateral do corpo. Não consegui entender o que dizia, mas parecia algo escrito subindo as costelas.

Balançando a cabeça enquanto caminhava, ainda me sentindo quente e incomodada, pensei que meu chefe era um enigma. Um CEO inteligente, com ternos feito sob medida, *piercing* no mamilo e uma tatuagem – um homem que entra em um avião sem bagagem e admite que tentou se afastar, mas não conseguiu. A única coisa que mantinha todos esses traços distintamente diferentes era que todos diziam que o homem tinha paixão. Eu podia sentir isso na maneira como olhava para mim. E, por mais que isso me excitasse ao extremo, também me assustava até dizer chega.

Ficamos calados por um tempo. Chase reapareceu totalmente vestido, e demoramos mais uma meia hora na Nordstrom para pegar camisetas, cuecas e tênis. Quando finalmente terminamos, o sol começava a se pôr, e eu bocejei na ida até o carro alugado no estacionamento.

— Cansada?

— Um pouco. Foi um dia longo.

Chase abriu a porta do carro para mim, esperou que eu entrasse, depois jogou as compras no banco de trás.

Antes de sair, ele se virou para mim.

— Que tal jantar no hotel? O site dizia que há uma churrascaria lá. Podemos comer e ir para a cama.

— Para a cama?

— Quis dizer para descansar. Mas se você tiver algo em mente...

Ah, eu tinha, com certeza. E estava ficando cada vez mais difícil pensar em qualquer outra coisa.

19

Reese

O hotel nos deu quartos lado a lado. Depois de pendurar minhas coisas no armário, tirei a roupa, prendi o cabelo em um rabo de cavalo e tomei um banho rápido. Deixando a água quente massagear os meus ombros, relaxei e pensei no quanto adorava passar o dia com Chase. Trabalhando juntos, fazendo compras, sentados no carro enquanto seguíamos para o hotel – tudo parecia natural. O que *não* era mais natural era afastá-lo de mim. Em vez disso, senti que estava me privando de algo que poderia ser especial.

Bill e Melinda Gates começaram trabalhando juntos. Ele era chefe dela.

Michelle Obama era a mentora de Barack no escritório de advocacia em que os dois trabalhavam.

Celine Dion se casou com seu empresário, que era vinte e cinco anos mais velho.

Algumas coisas davam certo. Outras, não. Há mais consequências quando as coisas não duram e os dois trabalham juntos, mas, às vezes, as possibilidades superavam as consequências.

Possibilidades.

Quando Chase bateu em minha porta, um pouco mais tarde, eu tinha acabado de me arrumar.

Meu cabelo estava preso em um coque bagunçado, e eu tinha trocado o terninho preto elegante por um vestido simples transpassado com estampa em tons vivos de verde e azul. Meus saltos vermelhos foram substituídos por sandálias abertas.

Seus olhos deslizaram sobre mim.

— Podemos pular o jantar...

Empurrei seu peito e saí do quarto sem colocar o colar, porque não confiava em mim mesma para convidá-lo a entrar enquanto eu terminava de me arrumar. Da maneira que Chase me olhou enquanto esperávamos que a recepcionista nos acomodasse – os olhos caindo para meu decote –, não acho que ele tenha sentido falta do pingente de diamante que não tive chance de colocar no pescoço.

Durante as entradas, falamos sobre o grupo focal e os planos para o dia seguinte, antes de passarmos para uma conversa mais íntima. Sem pensar, fiquei deslizando o dedo na base da taça de vinho quando Chase alcançou e tocou a cicatriz em minha mão.

— Parece uma tatuagem. Até mesmo suas cicatrizes são lindas.

Me lembrei do que tinha notado no corpo dele antes.

— Falando em tatuagens... vi a sua. Só tem essa?

Chase se recostou na cadeira.

— Sim.

O fato de ele não dizer mais nada e parecer ansioso para mudar de assunto, me fez continuar bisbilhotando.

— O que quer dizer? Tem algo escrito, certo?

Ele olhou em volta do salão, levantou a bebida e tomou um grande gole.

— Diz: "O medo não para a morte. Mas, sim, a vida".

Esperei até que seus olhos focassem em mim.

— Bem, com certeza entendo isso.

Nós nos encaramos, e eu me esforcei para encontrar palavras de encorajamento para que ele se abrisse quando seus olhos deixaram os meus e voltaram para minha cicatriz. Ainda não tinha encontrado essas palavras quando ele continuou a falar.

— Peyton e eu cursamos o ensino médio juntos. Éramos amigos, não ficamos juntos até o último semestre da faculdade. Minha vida estava muito acelerada até então. Eu tinha as patentes, escritório espaçoso... estava contratando pessoal. — Ele fez uma pausa. — Um ano depois de me formar, eu a pedi em casamento. Ela morreu dois dias depois.

Meu coração praticamente saltou na garganta. Havia dor em sua voz, e eu senti um aperto no peito.

— Sinto muito.

Ele assentiu e esperou um minuto antes de continuar.

— Fiquei péssimo por bastante tempo depois disso. Por esse motivo, licenciei a maioria dos produtos. Estava bebendo muito e sabia que não estava em um bom estado de espírito para fazer tudo o que seria necessário para trazer produtos para o mercado. Por sorte, meus advogados foram competentes. Eles negociaram contratos em que recebi *royalties* generosos só para permitir que as empresas usassem minhas patentes por alguns anos. Mantive a equipe de pesquisa, então eu tinha algo em que me concentrar, mas não havia muito mais o que fazer.

— Parece que você fez o certo.

— Sim. Olhando em retrospecto, fiz.

Estava morrendo de vontade de perguntar, mas não tinha certeza de que palavras usar.

— Como... sua noiva... Quer dizer, ela estava... doente?

Ele balançou a cabeça.

— Não. Ela foi assaltada. Vai fazer sete anos na próxima semana. Nunca pegaram o cara que fez isso.

Estendi a mão e peguei a dele.

— Nossa, não sei o que dizer. Sinto muito.

— Obrigado. — Ele fez uma pausa e falou: — Foram anos difíceis. Mesmo quando comecei a sair de novo, não era capaz de fazer algo mais do que... você sabe... — Ele me deu um meio sorriso sexy. — Ficar com alguém.

— Você quer dizer transar.

Ele assentiu.

— Não me interprete mal, não quero parecer um idiota. Nunca levei um relacionamento adiante. Eu simplesmente não estava interessado em nada além de conexão física. Não foi intencional. Pelo menos, não acho que foi. Não sei. Talvez eu não estivesse pronto para seguir em frente. Ou talvez eu simplesmente não tivesse conhecido a pessoa certa para seguir em frente.

— Faz sentido.

Meu estômago estava embrulhado. Percebi que ele havia dito que não *estava* preparado e que não *havia* conhecido a pessoa certa, como se aquelas coisas estivessem no passado. Ele deixou claro que me queria fisicamente quase desde o início, e eu nunca tive dúvidas disso. Queria muito perguntar se ele achava que algo mais era possível agora, mas estava com medo da resposta. Quer dizer, como você segue em frente, se apaixona por outra mulher, quando nunca deixou de amar outra pessoa?

Quando percebeu que não falei nada, Chase se aproximou e colocou a mão em meu queixo, levantando de leve até que nossos olhos se encontrassem.

— Quero mais com você. Não posso prometer o que ou para onde isso vai, mas é mais que físico. Estou atraído por tudo em você: sua inteligência, sua honestidade. E você é engraçada, corajosa, um pouco boba, me faz sorrir sem motivo. Não há como negar que quero você na cama. Acho que já percebeu. Mas também quero isso. Estou cansado de olhar para trás. Faz muito tempo que desejei viver o momento.

— Uau. Não sei o que dizer. Obrigada. Obrigada por ser tão sincero.

Naquele momento, o garçom serviu o jantar. O ar estava pesado e eu não tinha ideia de como aliviar o clima, mas senti que precisávamos disso. Se eu sabia de uma coisa, era que falar sobre sexo, geralmente, fazia com que Chase se tornasse brincalhão.

Cortei um pedaço de bife e levei o garfo aos lábios.

— Já jogou *O que você prefere*?

Ele baixou as sobrancelhas.

— Quando era criança.

— Minha amiga Jules e eu jogamos o tempo todo, geralmente depois de algumas bebidas.

— Certo...

Tomei um gole de vinho e olhei para ele.

— Você prefere pagar por sexo ou ser pago por sexo?

Ele arqueou uma sobrancelha.

— Ser pago. E você?

— Acho que prefiro pagar.

— Gosto do jogo. — Chase se recostou na cadeira e coçou o queixo. — Em cima ou embaixo?

— Embaixo. — Parei. — E você?

— Em cima. — Ele apontou o garfo para mim. — Veja como somos compatíveis. Luzes acesas ou apagadas?

— Acesas. Você?

— Acesas. Assim posso ver o seu rosto enquanto entro em você.

O calor arrepiou a minha pele. Engoli em seco.

— Não precisa explicar, é só dizer o que prefere.

— Por que eu faria isso, se dar a minha resposta mais detalhada faz sua pele ficar num tom de rosa tão sexy?

Continuamos daquele jeito pelo resto do jantar, compartilhando preferências sexuais e não tão sexuais. E isso cumpriu seu papel: aliviou o clima, mas também tive que lutar contra a voz da razão dentro de mim.

E, em certo momento, o desejo estava dando um banho na razão.

Depois do jantar, quando Chase e eu chegamos a nossos quartos, senti como se estivesse terminando um primeiro encontro no ensino médio.

Ele pegou minhas mãos e nos manteve um pouco afastados enquanto falava:

— Obrigado por jantar comigo. E por me deixar participar da viagem.

— Você estava no avião quando entrei, não é como se eu tivesse muita escolha. — Eu estava brincando, é claro.

— Vou embora depois do grupo focal de amanhã. Volto para Nova York à tarde.

— Por quê?

— Porque eu continuo pressionando, esperando que você ceda. E nesta noite percebi que você precisa chegar lá por conta própria. Esperarei isso acontecer. — Ele me puxou para si e deu um beijo em minha testa. — Agora entre antes que eu mude de ideia e você se veja contra a porta em vez de atrás dela, em segurança.

Inclinei a cabeça contra a porta durante dez minutos, assim que entrei. Depois de cinco, ouvi a porta de Chase abrir e fechar e me perguntei se ele estava de pé do outro lado, lutando como eu estava.

Não conseguia me lembrar de querer tanto um homem quanto eu queria Chase. Por um tempo, pensei que era porque ele era meu chefe – aquele excitante sentimento de ser tentada pelo proibido. Mas eu sabia que era mais que isso. Muito mais, o que me deixava com medo. Eu estava usando o fato de que ele era meu chefe como desculpa para manter a distância. Mas a verdade era que as coisas que sentia quando estava perto dele me aterrorizavam. Eu não tinha tido muita sorte no amor. Nem meus pais. É possível encontrar o amor verdadeiro à sombra de outra mulher?

Eu estava com medo – e estava cansada desse sentimento. Essa noção me fez pensar na tatuagem de Chase.

O medo não para a morte. Mas, sim, a vida.

Dez palavrinhas, mas que continham nossa história de vida.

Enquanto respirava fundo, percebi que não havia acendido as luzes do quarto ainda. Isso era totalmente incomum para mim. Normalmente, eu teria realizado a varredura do quarto dez segundos depois entrar: verificar o armário e o box, olhar debaixo da cama, que sempre me amedrontava. Suspirando, me forcei a não olhar, mesmo que estivesse me corroendo, porque reconheci mentalmente que tinha sido negligente. Pelo menos, havia um medo que eu não permitiria que me controlasse.

Deitada no chão do quarto no escuro, me senti tonta. Eu continuava reproduzindo pedaços das conversas que tivemos no último mês.

Em sua casa: "Se você não estivesse saindo com alguém, eu teria você naquela cozinha e *mostraria* o que quero fazer em vez de estar dizendo".

Queria que ele me mostrasse da pior maneira.

No táxi, depois de beber muito no clube, minha cabeça sonolenta descansando em suas coxas quentes e esbarrando em sua ereção quando me sentei ao chegarmos em minha casa. Eu queria senti-lo.

Envolver os dedos em sua ereção e ver seu rosto enquanto deslizava a mão para cima e para baixo.

Em seu escritório... "Vá tirar essa camisa molhada antes que eu tire pra você aqui mesmo com as persianas abertas."

Nossa, queria que ele rasgasse a porcaria da camisa.

Ao fechar os olhos, minha mão deslizou pelo meu corpo. Ele estava do outro lado da porta. Ele me ouviria gozar? Uma parte de mim esperava que sim. Minha mão deslizou pela renda da calcinha uma vez, então, uma segunda vez, persistindo sobre a frente sensível antes de escorregar para dentro. Meu clitóris estava inchado só de pensar em Chase. Definitivamente, não demoraria muito. Dois dedos giraram suavemente, massageando. Imaginando que era a mão de Chase em vez da minha, rapidamente aumentei a pressão quando encontrei o ritmo.

As imagens surgiram em minha cabeça.

Chase olhando para mim naquela primeira noite no corredor do restaurante. *Ahhh, ele é lindo.*

Sem camisa na academia, gotas de água escorrendo por seu peito esculpido.

Minha respiração acelerou.

Hoje, fora do provador. O jeito que me olhou, seus olhos arrancando qualquer coisa em seu caminho. Suas palavras: "Estou atraído por tudo em você".

Nossa.

Ah, nossa.

Tão perto. Tão rápido.

Até...

Uma batida alta me fez pular.

Porra.

Fiquei de pé, minha respiração entrecortada como se eu tivesse corrido uma maratona.

— Reese?! — chamou Chase. Ele bateu na porta interna, que ligava nossos quartos.

Pigarrei.

— Sim?

— Posso pegar emprestado seu carregador do iPhone? Esqueci de comprar um hoje.

— Hummm... claro. Me dê um minuto para encontrá-lo.

Minhas mãos tremiam quando acendi a luz e comecei a remexer a mala em busca do carregador. *Que diabos estou fazendo?*

Quando o encontrei, respirei fundo e me estabilizei por trinta segundos antes de abrir a porta entre nós. Não podia encará-lo.

— Aqui está — disse, olhando seu ombro.

— Obrigado.

Minha voz parecia estranha até mesmo para mim. O tom era alto e... eu estava falando muito rápido, em uma longa frase, sem pontuação.

— De nada pode ficar não vou precisar disso até amanhã já estava indo dormir.

A testa de Chase estava franzida quando olhei para cima.

— Você está bem?

— Estou. Por que não estaria?

Ele não estava acreditando.

— Não sei. — Olhando por cima de meu ombro, ele verificou o quarto. — O que você estava fazendo?

— Nada — respondi *muito* rápido.

— Nada, hein?

Meu rosto estava corado, e eu podia sentir um brilho de suor na testa e na bochecha, mas tentaria mentir a respeito disso.

Os olhos de Chase percorreram meu corpo, e então nossos olhares se encontraram. E eu soube.

Ele sabia.

Ele sabia.

Vi suas pupilas se dilatarem quando ele percebeu. Depois de um intenso olhar, durante o qual pensei que era perfeitamente possível que eu pudesse derreter de calor, ele disse:

— Boa noite, Reese.

Eu estava começando a respirar de novo quando ele impediu a porta de se fechar, no último segundo. Me alcançando, ele pegou minha mão. Então, lentamente a levou até o rosto e fechou os olhos.

Quando inalou profundamente, *cheirando* a mão que eu acabara de me tocar, eu queria morrer.

Eu queria morrer.

Era a coisa mais vergonhosa e mais erótica que já tinha visto na vida.

Meu corpo tremia, a dor entre as minhas pernas era insuportável. Não conseguia me mexer, não podia dizer uma palavra. Simplesmente fiquei lá, observando-o inspirar e expirar o meu cheiro. Quando ele abriu os olhos e um gemido veio de seus lábios, eu desisti. *Desisti completamente.*

Me joguei em sua direção, passando os braços ao redor de seu pescoço.

— Desisto.

Ele me abraçou e com um movimento rápido, levantou-me.

— Até que enfim.

Minhas pernas se enrolaram em sua cintura, e ele se virou, me apoiando na porta aberta entre os quartos. Sua mão soltou meu cabelo, apenas para que Chase o envolvesse, fechando o punho com firmeza ao redor dos fios. Ele deu um puxão, e minha cabeça se inclinou para trás, então sua boca caiu na minha.

Juro que quase gozei ali. Nossa boca se abriu e as línguas colidiram freneticamente. Ele tinha um gosto muito bom, e eu não desejei respirar. Não me importaria se morresse de asfixia, pois eu morreria delirantemente feliz.

Ele se pressionou com mais força contra mim, sua ereção esticando a calça. Como eu ainda estava usando um vestido e minhas pernas estavam em volta dele, eu estava efetivamente aberta, ofegando enquanto ele empurrava mais forte contra mim. Gemi quando ele se esfregou para cima e para baixo. O tecido fino da calcinha permitiu que a fricção do zíper dele provocasse fagulhas, e meu corpo se acendeu.

Chase murmurou em minha boca:

— Sente o que você faz comigo? O que você faz comigo desde aquela primeira noite?

Ele emitiu um som baixo e rouco que veio do fundo de sua garganta e mordiscou meu lábio inferior, puxando-o antes de soltar minha boca.

Alcançando a parte de trás do pescoço, ele pegou minha mão, deslizando-a entre nós até cobrir a ponta do pênis. Quando meus dedos se apertaram ao redor, ele grunhiu e aprofundou o beijo.

Amei o quanto ele soou carente, como se esperasse por esse momento desde sempre. Eu sentia como se tivesse sido uma eternidade.

Por fim, nem sei ao certo como, ele entrou em meu quarto. Chase me colocou suavemente sobre a cama e pairou sobre mim. Quando me levantei e toquei sua bochecha, ele se virou e beijou o interior da palma da minha mão.

— Você é tão linda. Mal posso esperar para ver você toda. — Ele enterrou o nariz em meu cabelo e sussurrou em meu ouvido: — Mal posso esperar para provar você.

Prendi a respiração enquanto ele beijava meu pescoço, depois a pele exposta no peito, parando no decote. Meu vestido transpassado tinha uma faixa do lado direito. Chase o inclinou para a esquerda, deslizando a mão por baixo para desfazer o nó. Ele abriu o tecido e afastou a cabeça para dar uma boa olhada em meu corpo. Concentrando-se nos seios, ele se inclinou e lambeu uma linha do topo do peito até o decote. Comecei a estremecer, e o arrepio se espalhou por minha pele. Meus mamilos endureceram e empurraram a renda do sutiã, implorando atenção. *Queria tanto a boca dele em mim.*

Usando o polegar, ele empurrou a taça do sutiã e sugou o mamilo esquerdo. *Com força*. Seus olhos me observavam constantemente, aceitando minha resposta aos toques. Quando meus olhos se fecharam, ele repetiu a ação antes de voltar a atenção para o outro seio. Depois de alguns minutos, continuou explorando, sua boca se abaixando para deixar uma série de beijos sobre meu estômago.

Mais para baixo.

Então, mais para baixo.

Ele deu um beijo gentil na calcinha e falou com os lábios vibrando diretamente no clitóris.

— Estava pensando em mim quando seus dedos estavam aqui dentro? Ele enganchou um polegar na lateral da calcinha e começou a deslizá-la. — Fale. Diga que você pensou em mim enquanto seus dedos estavam nessa boceta.

Se colocando entre minhas pernas, ele sugou o clitóris, girando a língua enquanto aplicava a quantidade perfeita de pressão. Era delicioso, e minhas mãos se entrelaçaram em seus cabelos, desejando que ele não parasse nunca.

De repente, ele parou.

— Me conta.

Eu teria jurado que era a rainha Elizabeth se isso significasse que sua boca estaria de volta em mim. Admitir a verdade parecia um pequeno preço a pagar.

— Você é a única pessoa em quem penso enquanto me toco desde o dia em que eu conheci você.

Os olhos de Chase brilhavam triunfantes, e sua boca voltou. Ele não me provocou dessa vez. Não. Ele sugou e lambeu até estar molhado o suficiente e depois adicionou seus dedos. Tudo aconteceu muito rápido e com ferocidade. Dedos entrando e saindo, a língua sugando e girando – meu corpo começou a tremer e a se tensionar, meus calcanhares empurrando o colchão, os dedos puxando o cabelo dele. A subida íngreme da montanha-russa foi rápida, e senti a antecipação em *todos os lugares*. Era bom demais. Muito bom. Soltei um som que era uma mistura de gemido e um murmúrio do nome dele.

Minhas costas arquearam para fora da cama, e Chase usou a mão para me segurar enquanto empurrava a boca para dentro de mim.

É tudo demais.

Não é o suficiente.

Ah, caramba.

Caramba.

Cheguei ao topo da montanha-russa e balancei um pouco antes de...

Despencar em queda livre.

Quase caindo incontrolavelmente.

Não senti as pernas. Não senti nada no momento, exceto o êxtase puro, natural. Foi tão bom e tão empolgante que meus olhos lacrimejaram um pouco.

Eu ainda estava ofegante quando Chase veio por cima de mim e pegou minha boca novamente. O beijo foi muito diferente do frenesi de alguns minutos atrás. Bonito, lânguido, gentil. Ele acariciou meu cabelo quando nossas línguas se tocaram e segurou meu rosto quando encerrou o beijo.

— Já volto.

Ele desapareceu por um momento e voltou com a carteira, pegando uma tira de preservativos e jogando-os no criado-mudo.

Olhei para eles.

— Grandes planos?

Ele começou a tirar a roupa.

— Você não faz ideia.

A maneira como olhou para mim enquanto tirava a roupa – com determinação naquele rosto lindo – fez meu corpo saciado voltar à vida. Ele não era o primeiro nem o segundo ou terceiro, mas algo sobre o modo como me olhou me fez sentir como se fosse, como se fosse minha primeira vez, e eu não tinha ideia do motivo.

Chase era um homem bonito, isso qualquer um podia ver. Mas quando tirou a roupa, percebi quão lindo era. Seu peito era esculpido, peitoral firme, abdômen trincado e coxas grossas e poderosas. *E aquele* piercing *no mamilo*. Eu não podia esperar para tê-lo entre meus dentes. Enquanto estava ali, de pé com a cueca boxer preta, fiquei feliz por ele ter me dado um minuto para me preparar antes de revelar o que estava por baixo.

Ele enfiou os polegares no cós da cueca e se inclinou para tirá-la. Quando ficou de pé, minha boca se abriu. Senhor, tenha piedade. O homem realmente tinha o pacote completo. E não quero dizer boa aparência, charme e dinheiro... Não, Chase tinha um *pacote completo*. Seu pênis era ridiculamente grosso e rígido. Já se erguia por completo, se movia contra ele, chegando quase ao umbigo.

Umedeci os lábios quando ele pegou um preservativo da tira, abrindo-o com os dentes.

Olhando para mim, perguntou:

— Agora já era, né?

Ele pegou minhas mãos enquanto se acomodava sobre mim, entrelaçando os dedos e os erguendo sobre minha cabeça. Então beijou minha boca e, em seguida, levantou a cabeça para olhar em meus olhos. Nosso olhar ficou preso por muito tempo, mesmo quando ele se empurrou lentamente para dentro de mim. Eu estava molhada, encharcada até, tão pronta quanto poderia estar para ele.

— Porra — murmurou Chase, e seus olhos se fecharam por um momento. — Você está tão molhada. — Ele entrou e saiu algumas vezes, sendo cauteloso e me relaxando o suficiente para aceitar seu tamanho sem me machucar.

Uma vez que eu estava acostumada, ele começou a se mover para dentro e para fora com ritmo, com mais intensidade. Os impulsos gentis se tornaram fortes. O ritmo lento se transformou em profundo. A única coisa que não mudou foi a maneira como Chase me olhava. Era como se pudesse ver dentro de mim. Isso me fez sentir exposta, mas maravilhosamente aceita.

Tudo se desvaneceu, exceto o som de nossa respiração. Quando gemi, ele me beijou, parecendo precisar engolir o som do gozo. Puxei seus cabelos quando me inclinei para mais perto, e sua respiração se tornou entrecortada.

— Eu vou... — comecei a falar, mas meu corpo não me deixou terminar. — Nossa.

Chase mordeu meu ombro, fazendo com que meu orgasmo se construísse lentamente. Ele veio para cima de mim como um tsunami, me agarrando e me puxando para junto dele. Meus músculos pulsavam, e meus olhos semicerrados o encaravam.

Ele viu o que estava acontecendo em meu rosto, sentiu dentro de meu corpo e acelerou o ritmo, se esforçando para alcançar o próprio clímax. Por fim, entrou uma última vez, se enterrando o mais profundamente que pôde, e soltou um gemido quando gozou.

Ao contrário de meus amantes anteriores, ele não desabou e virou abruptamente após o fim. Em vez disso, me beijou suavemente, até que precisou sair de dentro e, depois, se levantou para tirar o preservativo. Quando voltou, trouxe uma toalha de rosto morna para me limpar.

Em seguida, pegou uma garrafa de água do frigobar, e nós a dividimos, passando de um para o outro. Ainda estávamos nus.

Depois de toda a adrenalina correndo, comecei a desmoronar. Bocejei, e Chase jogou a garrafa vazia na mesa de cabeceira. Ele me levantou, me colocou em seu colo e se recostou, com minha cabeça sobre seu peito. Seus batimentos cardíacos eram tranquilizadores enquanto ele acariciava meu cabelo.

— Durma um pouco — disse, com suavidade. — Temos um dia longo amanhã e precisamos acordar cedo.

Gostei da ideia de dormir um pouco. Fazia tanto tempo que não me sentia assim relaxada. Segura.

Já estava grogue quando falei.

— Certo. Mas não precisamos estar no grupo focal até as dez.

Ele beijou minha cabeça.

— Eu sei, mas vamos precisar de algumas horas para a segunda rodada.

20

Reese

Acordei com o movimento na cama. O quarto estava escuro, e minha reação natural foi de medo, até que meus olhos começaram a focar e me lembrei de onde estava.

Chase estava se remexendo e murmurando algo durante o sono. A única pessoa de quem já testemunhei pesadelos foi meu irmão, Owen, depois da invasão. Ele chorava enquanto dormia. Em algumas noites, isso acontecia várias vezes, e minha mãe o acordava e o consolava. Eu não tinha certeza se deveria deixar Chase dormir assim mesmo ou não. Ele estava inquieto e parecia atormentado.

Era difícil vê-lo sofrer, então decidi cutucá-lo algumas vezes. Talvez apenas o suficiente para tirar a angústia de sua cabeça.

Alcançando seu ombro, eu o toquei com suavidade.

— Chase.

Quase pulei da cama quando ele se levantou de repente.

Ele parecia confuso no início.

— O quê? O quê? Você está bem? — Ele estava respirando com dificuldade, seu peito arfava.

Com a minha mão ainda apoiada no coração, que batia rapidamente, respondi:

— Sim! Sim, estou bem. Acho que você estava tendo um pesadelo.

Chase passou os dedos pelo cabelo.

— Sinto muito. Tem certeza de que está bem?

— Estou perfeitamente bem.

Se acalmando, ele respirou fundo e se levantou da cama para ir ao banheiro. Ele ficou lá muito tempo antes de a porta se abrir novamente.

A cama afundou quando ele voltou, mas não se deitou de imediato. Em vez disso, se sentou na beirada do colchão com os cotovelos nos joelhos, a cabeça pendurada e de costas para mim.

Estendi a mão e toquei sua pele nua.

— Quer falar sobre isso?

— Na verdade, não. Eles começaram de novo recentemente. Fazia anos que não os tinha. Pelo menos, não que me lembre.

— Eles são... sobre sua noiva?

Ele assentiu.

— Desculpa.

— Não tem por que se desculpar. Meu irmão também teve por um tempo depois da invasão. Não quero pressionar, mas... talvez falar sobre isso ajude.

Chase ficou quieto por um longo tempo.

— Finalmente consegui ter você na minha cama. A última coisa que quero fazer é conversar sobre outra mulher enquanto estamos aqui.

Eu me sentei e me arrastei para perto. Usando só a calcinha que vesti enquanto ele estava no banheiro, o abracei por trás, envolvendo meus braços em sua cintura. Minha bochecha pressionou seu ombro e meus seios nus apoiaram-se contra suas costas. Ele ainda cheirava muito bem, com uma masculinidade deliciosa.

— Não estamos na sua cama — disse a ele. — Estamos no meu quarto.

— Não há espaço para mais ninguém quando eu e você estamos em qualquer cama.

Meus braços apertaram sua cintura.

— Bem, estou aqui, se quiser conversar.

Chase se retorceu para me encarar. Sua mão grande envolveu minha garganta enquanto seu polegar acariciava meu pescoço. Ele se inclinou para deslizar a língua sobre uma veia pulsante.

— Não quero falar.

— Mas... — tentei argumentar, mas seus lábios já estavam em meu ouvido.

— Shhh... — sussurrou. — Nada de falar. Minha boca tem outros planos.

Antes que eu notasse que ele estava se movendo, ele se ajoelhou e puxou minha bunda para a beirada da cama. O que ele fez com a boca depois disso foi muito melhor que conversar.

Chegamos ao grupo focal antes do previsto e trabalhamos juntos organizando a exibição. Mais cedo, comemos ovos e frutas enquanto estávamos nus na cama, discutindo perguntas que eu pensei em adicionar à lista do moderador.

Elaine veio nos cumprimentar e, apesar de eu ter entregue a ela a lista de coisas que decidimos mudar, ela dirigiu suas perguntas a Chase.

— O que você acha de trocar a questão onze para torná-la uma questão com resposta sim-não e, depois, o moderador falar sobre a questão na discussão em grupo para obter um *feedback* oral?

Adorei que Chase a direcionou para que eu respondesse.

— Reese que sabe. Ela é a chefe. Só me trouxe para carregar as malas.

Enquanto trabalhamos nas mudanças, o celular de Chase tocou e ele se desculpou, me deixando com Elaine na sala.

— Posso fazer uma pergunta pessoal, Reese?

— Hummm... claro.

— Está saindo com alguém?

Não fazia ideia de como responder. Afinal, eu estava saindo com alguém? Chase e eu transamos três vezes desde a noite passada, mas não tínhamos colocado exatamente um rótulo na relação.

— Mais ou menos. Quer dizer, conheci alguém recentemente.

— Então não é sério?

— Ainda é muito novo.

— Bem... meu irmão se mudou para Nova York, e eu queria saber se posso passar o seu número para ele. Quem sabe ele convida você para beber alguma coisa. Não costumo arranjar encontros, mas acho que vocês se dariam bem.

Por sorte, o moderador entrou e interrompeu a tentativa de Elaine de me apresentar ao irmão. Os participantes dos grupos focais começaram a chegar e, depois disso, não faltou trabalho. Passei a manhã do outro lado do vidro unidirecional, ouvindo, observando e tomando notas. Chase alternou entre ligações de negócios, responder a e-mails e participar de algumas partes dos estudos. Em dado momento, estávamos sozinhos na sala, e eu me sentei em um banquinho perto da janela.

Chase caminhou por trás de mim e segurou meu peito. Apertando, ele disse:

— Eu amo espelhos unidirecionais.

Dei uma cotovelada nele.

— Para. Alguém pode entrar.

Ele segurou meu cabelo e puxou minha cabeça para trás para expor meu pescoço. Percebi que isso parecia ser um lance que ele curtia. Estava se tornando *um lance que eu curtia* também.

— Vou trancar a porta.

Meus olhos se fecharam, sucumbindo contra meu melhor julgamento.

— Estamos no trabalho.

— Isso vai tornar as coisas mais emocionantes.

Uma batida do outro lado do vidro me assustou, e eu quase caí do banquinho. Por sorte, Chase me estabilizou, suas mãos seguraram meus ombros, me mantendo na vertical enquanto eu estremecia. Ele riu atrás de mim enquanto Elaine levantava cinco dedos, nos deixando saber que faríamos uma pausa para almoço em breve.

— Sem problemas, Elaine — disse, embora ela não conseguisse ouvi-lo. — Posso terminar em cinco minutos. Tenho certeza de que a Reese já está molhada mesmo.

— Você é um pervertido.

Ele girou meu banco para encará-lo e segurou meu rosto.

— O que acha de voltarmos para o hotel para o almoço?

Semicerrei os olhos.

— Para comer?

— Você, sim.

Eu me retorci um pouco.

— Todo esse tempo me preocupei com o que aconteceria no trabalho quando as coisas terminassem. Eu deveria estar preocupada com o que aconteceria no trabalho quando as coisas começassem.

— Não vejo nada além de coisas boas acontecendo no trabalho.

— É mesmo?

— É, sim. Na primeira noite depois de voltarmos para o escritório, vou deitar você em cima da mesa e te comer por trás enquanto vemos as luzes da cidade no escuro.

Engoli em seco.

— Isso provavelmente é proibido no manual do funcionário.

— Vou ter que mudar essa regra imediatamente. Sabe o que mais eu não posso esperar para fazer com você?

— O quê?

— Quero você de joelhos enquanto eu estiver sentado em minha mesa.

— Enquanto você... estiver sentado na mesa?

Ele assentiu lentamente.

— Quero olhar para baixo e ver a sua cabeça subir e descer enquanto engole meu pau. — Ele puxou meu cabelo. — Vou segurar seu cabelo e manter você lá até você engulir a última gota de gozo.

O que provavelmente deveria ter me deixado preocupada sobre como meu futuro no emprego seria estava me deixando excitada. Aquelas palavras sujas me deixavam completamente louca.

— O que mais? — murmurei.

— A mesa da sala de reuniões. Quero abrir você sobre o vidro e lamber sua boceta gostosa até que todo o escritório ouça você gemendo o nome do chefe.

Soltei uma risada instável.

— Acho que você ficou louco, chefão.

As costas de Chase estavam viradas para a porta quando ela se abriu, bloqueando a visão de qualquer coisa que acontecesse entre nós. Ele soltou o meu cabelo disfarçadamente.

— Vocês dois querem sair para comer ou pedir para entregar? — perguntou Elaine.

Chase olhou para mim. Tentei esconder o sorriso enquanto mentia.

— Na verdade, Chase tem uma conferência telefônica que precisa fazer no almoço, então vamos voltar para o hotel. Acredito que vá durar uma hora.

— Quer que eu peça algo para quando voltarem?

— Não, mas obrigada. Vou me certificar de que ele almoce enquanto estiver ocupado bancando o chefe.

~

Durante o resto do dia, Chase e eu estávamos ocupados, mas trocamos olhares de flerte durante toda a tarde. Mesmo que parte de mim ainda se preocupasse se seria estupidez me envolver, estava começando a não me importar com as consequências, caso isso significasse passar os dias me sentindo assim. Honestamente, não conseguia me lembrar da última vez que estivera atordoada por um cara. E era bom. *Muito bom.*

No fim das sessões, Elaine nos intimou a jantar com ela. A mulher era firme e tornava difícil dizer não. Durante as bebidas, nos sentamos no bar e conversamos sobre o trabalho; depois, os assuntos ficaram pessoais.

— Você é solteiro, Chase? — perguntou ela.

Meus olhos imediatamente pularam para os dele. Ele respondeu enquanto olhava para mim.

— Não sou casado, mas estou saindo com alguém.

Ela assentiu.

— Juro que nunca banquei o cupido, mas também tinha uma amiga em mente para você.

— Também?

Ela tinha a atenção dele agora.

— Sim. Vou arrumar alguém para Reese. Meu irmão se mudou recentemente para a cidade, e acho que eles vão se dar bem.

As sobrancelhas de Chase se ergueram, e ele me olhou. Não tinha ideia do que dizer, então fiquei sentada, quieta. Não poderia voltar atrás agora, sem parecer idiota. Acabei de imaginar que dispensaria o irmão, se ela o tivesse contatado.

Chase tinha uma ideia diferente sobre a abordagem. Ele tomou um longo gole da cerveja e disse:

— Achei que você estava saindo com alguém, Reese.

— Hummm... Estou... bem, mais ou menos. É recente.

— Esse cara recente se importa se você sair com outras pessoas?

Queria bater nele. Ele estava gostando de como a conversa me deixava desconfortável.

— Na verdade, não sei. Não discutimos isso.

Ele terminou a cerveja.

— Aposto que ele não tem planos de dividir você com ninguém.

Seu comentário me fez sentir quente, embora eu devesse ter imaginado que ele não pararia aí.

Ele falou com Elaine.

— Ela está namorando com o primo.

— Primo?

— São primos de segundo grau. Se conheceram no funeral do tio-avô na semana passada.

Elaine não tinha ideia do que dizer. Quando ela olhou para mim, deve ter confundido perplexidade com sofrimento.

— Sinto muito pela perda.

Peguei o sorriso de Chase quando ele tirou o celular do bolso.

— Com licença. Volto em um minuto.

Quando ele voltou, estava menos brincalhão, quieto mesmo. Eu não tinha certeza se a chamada que ele havia recebido era séria ou se Elaine tentando me juntar ao irmão realmente o incomodou mais do que ele demonstrou. De qualquer modo, algo estava errado. No entanto, Elaine não pareceu notar. Conversamos sobre marketing durante a maior parte da noite – e geralmente essa era uma de minhas coisas favoritas para discutir –, mas eu estava preocupada com a falta de participação de Chase.

No hotel, as coisas foram praticamente as mesmas. Era tarde, e nós tivemos um longo dia, começando às quatro da manhã. Chase tomou banho no quarto dele enquanto eu tomava banho e me trocava. Ele entrou no banheiro enquanto estava escovando os dentes.

— Posso pegar o carregador emprestado de novo?

Cuspi um bocado de pasta de dente.

— Claro. Deve estar na escrivaninha.

Não sei o motivo, mas presumi que, quando ele me pediu o carregador, quis dizer que o levaria para o quarto dele, não que passaria a noite no meu. Então fiquei surpresa quando o encontrei colocando o aparelho ao lado da cama. *Seu lado da cama. Bem, isso foi rápido.*

Pegando o hidratante, me sentei na cadeira e apertei algumas vezes, esguichando o creme branco na mão.

Enquanto passava nas pernas, Chase disse:

— Vem aqui. Deixe-me fazer isso.

Entreguei o creme a ele e me sentei na cama, estendendo as pernas em sua direção. Ele olhou para elas enquanto esfregava, seus dedos massageando mais do que o necessário para espalhar.

— Está tudo bem? — perguntei.

Ele assentiu. Não foi muito convincente.

— Você está chateado com a coisa com o irmão da Elaine? Ela me pegou desprevenida. Eu não tenho intenção de sair com ele. E eu pelo menos gostaria de saber se estivesse planejando sair com alguém.

Ele estava apertando o polegar em minha panturrilha, massageando um músculo castigado por doze horas em um salto alto, quando sua mão parou abruptamente e ele olhou para mim.

— Você quer sair com outra pessoa?

— Não. Bem, sei que falamos sobre não sair com outras pessoas. Mas eu não tinha certeza...

— Eu tenho certeza — interrompeu ele.

— Tem?

— Não tenho certeza de como chegamos aqui nem para onde vamos. Mas tenho certeza de que não quero dividir você.

Ele disse exatamente o que eu sentia.

— Também não quero dividir você.

— Bom. Então está resolvido?

— Está. — Sorri e apontei para minhas pernas. — Agora passa mais... Isso é muito bom.

— Sim, senhora.

Embora o clima entre nós estivesse leve, eu suspeitava que ainda havia algo na cabeça de Chase quando ele apagou a luz. Me puxando para seu peito, no escuro, ele acariciou meu cabelo.

— Sabe a ligação que recebi durante o jantar? Era a detetive do caso da Peyton.

Eu me virei, apoiando a cabeça sobre as mãos no peito dele e o encarando.

— Está tudo bem?

— Sim. Uma vez que o caso ainda está tecnicamente aberto, ela ainda aparece uma vez por ano e dá uma olhada nas coisas. Avisei que vou vê-la na semana que vem.

— Isso deve ser difícil para você.

— Só foi um *timing* estranho. Faz alguns anos que não tenho pesadelo. Começou a acontecer de novo há algumas semanas. E então, hoje, ela ligou.

— Ela liga sempre na mesma época todo ano? Talvez você estivesse pensando que estava próximo disso, o que levou seu inconsciente de volta à ação.

Ele assentiu, como se fizesse sentido.

— Talvez.

Ergui o corpo e lhe dei um beijo na boca.

— Obrigada por compartilhar isso comigo. Fico feliz.

21

Chase (sete anos antes)

Meu celular vibrou sobre a mesa. Peguei e grunhi sem dizer oi.

— Você está atrasada.

— Você realmente achou que eu chegaria cedo? — perguntou Peyton. Pelo tom de sua voz, eu sabia que ela estava sorrindo.

Balancei a cabeça e sorri de volta, embora não estivesse feliz com o atraso. *De novo*.

— Onde você está?

— Saí mais tarde do que imaginei e tive que passar em um lugar. Vá indo que já vou. Encontro você no restaurante, não no escritório.

Para uma atriz, ela realmente precisava trabalhar para ser menos transparente.

— Onde você está indo, Peyton?

— Uma missão para Little East.

— Algo para eles ou seguindo Eddie?

— Não dá na mesma?

— Não, não dá. Por favor, me diga que você não vai para aquele lugar de novo.

Ela ficou quieta.

— Droga, Peyton. Achei que tínhamos concordado que você não iria mais fazer essa merda.

— Não, você me disse que eu não iria mais fazer. Não quer dizer que concordei.

Passei os dedos pelo cabelo.

— Me espere na cafeteria na 151st Street quando sair do metrô.

— Eu estou bem.

— Peyton...

— Você está sendo superprotetor. Vai ser assim quando nos casarmos? Quer que eu fique grávida e descalça, esperando você com seus chinelos na porta?

Eu a pedira em casamento havia dois dias. Provavelmente não era uma boa ideia dizer a ela que eu adoraria exatamente isso, porque, pelo menos, eu saberia o que ela estava fazendo. Peguei o paletó no armário do escritório e fui para o elevador.

— Estou a caminho, sua mala.

Na calçada, liguei para minha irmã enquanto caminhava até o metrô para dizer que chegaria atrasado.

— Vai chegar atrasado para a própria festa de noivado?

— A ideia foi sua, não minha. Você procura qualquer desculpa para fazer festa.

— Meu irmãozinho vai se casar. É uma grande coisa, não uma desculpa. Deus sabe que todos nós pensamos que você morreria de alguma DST antes de Peyton aparecer.

— Não vamos ter essa discussão. Vamos atrasar porque minha noiva pensa que é Columbo. Tenho que ir.

— Quem?

— Esqueça. Nos vemos em breve. E obrigado, Anna.

Quando cheguei ao metrô na 151st street, começou a chover. Assim que consegui sinal no celular, liguei para Peyton. Ela não atendeu.

— Merda — resmunguei e fui me abrigar na frente do prédio mais próximo.

A chuva caía em diagonal, e tive que cobrir o celular com a mão para mantê-lo seco. Liguei novamente e esperei que ela atendesse. Mas nada aconteceu.

— Droga.

Sabia que a comunidade improvisada para desabrigados não estava longe e assumi que Peyton não tinha se preocupado em me esperar. Abrindo o Google Maps, encontrei a área do parque com a ponte. Ficava a três quarteirões de distância, então resolvi andar na chuva. A cada trinta segundos, eu telefonava de novo. Cada vez que a ligação ia para a caixa postal, minha ansiedade aumentava. Eu estava com uma estranha sensação na boca do estômago e, depois da terceira chamada sem resposta, algo me fez começar a correr.

Outra ligação.

Outra caixa postal.

Virei a esquina e vi a ponte que Peyton descreveu ao longe.

Outra ligação.

A voz de Peyton soou, me dizendo para deixar uma mensagem após o bip. Algo pareceu errado. *Muito errado*. Acelerei o passo.

Quando o celular vibrou em meu bolso, meu coração batia forte. Ver o rosto de Peyton na tela deveria ter me acalmado, mas, por algum motivo, isso não aconteceu.

— Chase, onde você está? — A voz dela era instável, parecia amedrontada.

— Onde você está?

Ela não respondeu.

— Peyton? *Merda*. Onde você está?

O barulho do celular caindo no chão soou alto em meu ouvido. Mas foi o que aconteceu depois que me assombraria pelos próximos anos.

22

Reese

Acordei com Chase tentando respirar. Era um barulho ensurdecedor que parecia sair de dentro dele, e não hesitei antes de acordá-lo.

— Chase, acorde. — Eu o cutuquei com força.

Ele abriu os olhos e me encarou, mas era como se não me visse de fato.

— Você estava tendo outro pesadelo.

Ele piscou algumas vezes, e sua visão entrou em foco.

— Você está bem? — perguntou ele.

— Estou. Mas você... parecia que não conseguia respirar. Eu não tinha certeza se era um pesadelo ou se estava realmente tendo alguma dificuldade respiratória.

Chase se sentou. Seu rosto estava úmido de suor, e ele enxugou a testa com o dorso da mão.

— Desculpe por tê-la acordado.

Assim como no dia anterior, ele saiu da cama e passou dez minutos no banheiro, com a água correndo. Quando voltou, ele se sentou de novo na beirada da cama; eu fiz o mesmo que pela manhã e o abracei por trás, só que agora eu estava vestindo uma camiseta.

— Você está bem? — perguntei.

Ele assentiu.

— Tem algo que eu possa fazer?

— Você poderia tirar a camiseta. Seus peitos pressionados contra minhas costas contribuem muito para aliviar os pesadelos.

Assinalei o óbvio:

— Hummm... você já está acordado. Não acho que isso ajudaria com os pesadelos de hoje.

— Talvez agora não, mas sempre tem amanhã.

Eu sorri, me inclinei para trás e tirei a camiseta. Pressionando a pele nua contra a dele, perguntei:

— Melhor?

— Claro que sim.

Ficamos assim por uns bons dez minutos, nossas respirações se sincronizando no quarto silencioso e escuro.

— O pai de Peyton foi embora quando ela era pequena, e ela, a mãe e as duas irmãs fizeram todas as refeições em um abrigo por um tempo. Quando Peyton ficou mais velha, ela queria retribuir o que fizeram por ela, então se voluntariou em alguns restaurantes comunitários. Ela fez amizade com um cara, Eddie, que tinha problemas com as pessoas se aproximarem muito dele e, por isso, se recusava a dormir nos abrigos. Eddie estava sendo agredido por um grupo de adolescentes. Eles apareceram à noite em um acampamento em que havia muitas pessoas que não tinham onde dormir – e começaram os problemas. Era um jogo dos garotos. E todos os dias Eddie aparecia com um corte na cabeça ou com hematomas.

— Que horrível.

— Sim. Peyton foi à polícia, mas não fizeram muito. Eddie não falava mais que uma ou duas palavras aqui e ali, e Peyton não podia deixar quieto. Ela começou a segui-lo à noite para ver onde ele estava dormindo, pensando que, se desse mais detalhes à polícia, eles investigariam o caso. Eu avisei que não era seguro, mas ela não me ouviu. No dia de nossa festa de noivado, Eddie apareceu no abrigo com o nariz quebrado e os olhos roxos. Peyton descobriu onde ele ficava e apareceu para ver se tirava mais informações dos outros, já que Eddie não falava muito. Ela me esperaria na estação de trem.

— Puta merda.

— Eu a encontrei alguns minutos depois. Eddie a estava embalando e balançando de um lado para o outro, sentado em uma poça do sangue dela. Foi um ferimento a faca. Ela deve ter ficado no caminho do jogo de bater em pessoas sem-teto. — Ele respirou profundamente. — Ela morreu antes que a levassem para a ambulância.

Minha garganta queimou, e as lágrimas se formaram em meus olhos, deslizando em seguida por meu rosto.

Chase deve ter sentido a umidade em suas costas.

— Você está chorando?

A passagem de meu peito para meus lábios estava entupida. Era difícil falar.

— Sinto muito pelo que aconteceu, Chase. Não consigo imaginar pelo que você passou.

— Não contei isso para chatear você. Só queria que soubesse, assim não haverá segredo entre nós. Odeio que os pesadelos tenham voltado, mas esta é a primeira vez que sinto mais que alguma coisa física por alguém desde Peyton, e não quero estragar as coisas antes mesmo de ter a chance de começarem.

— Você não está estragando as coisas, é exatamente o contrário.

Chase se virou, me puxando para seu colo. Afastando uma mecha de cabelo para trás de minha orelha, ele disse:

— Não sou um herói como seu irmão.

Minhas sobrancelhas arquearam.

— O que você está falando?

Ele balançou a cabeça.

— Não mantive Peyton em segurança.

— Como assim? O que aconteceu não foi culpa sua.

— Eu deveria estar com ela.

— Chase, isso é loucura. Você não pode proteger alguém vinte e quatro horas por dia. Não é como se você tivesse colocado a faca na mão do assassino. As pessoas precisam assumir a responsabilidade pela sua própria proteção. É por isso que sou como sou. Minhas experiências me tornaram ainda mais consciente disso.

Chase olhou em meus olhos, como se procurasse sinceridade. Quando encontrou, porque falei cada palavra do fundo do coração, ele assentiu e beijou meus lábios com gentileza.

Ele exalou, e eu realmente senti a tensão deixar seu corpo. Ao verificar o despertador na mesa de cabeceira, ele falou:

— Não são nem cinco horas. Por que não dormimos um pouco?

Eu não tinha certeza se era apropriado, mas queria fazê-lo se sentir melhor, tirar sua cabeça da tristeza do passado. Nenhum de nós poderia mudar o que aconteceu em nossa vida, mas poderíamos deixar para trás, seguir em frente e viver. Meus cílios piscaram antes que eu falasse.

— Não estou com sono.

— Não?

Balancei a cabeça de um lado para o outro, bem devagar.

O timbre da voz dele diminuiu.

— O que você tem em mente?

— Talvez um pouco disso. — Inclinando a cabeça, beijei seu musculoso peitoral. Seguindo em frente, eu alternava entre lamber com gentileza e sugar até chegar ao maxilar. Minha língua seguiu de uma extremidade de sua bela boca até a outra, dando um beijo suave no canto dos lábios.

Virando a cabeça para capturar meus lábios com os dele, Chase me beijou profundamente. O beijo pareceu diferente dos outros que compartilhamos – mais intenso, mais apaixonado, mais significativo. Se cada um de nossos beijos fosse uma história, esse seria aquela em que o mocinho salvava a garota, e eles cavalgavam ao pôr do sol.

Durante uma hora, compartilhamos mais do que apenas o corpo. O sol começou a subir, lançando um tom dourado no quarto enquanto Chase lentamente se movia para dentro e para fora de mim. Era bonito e terno, e senti tudo em minha alma – coisa que até então eu não considerava possível.

Pegamos um voo noturno após o segundo dia envolvidos nos grupos focais. Depois de trabalhar lado a lado durante o dia e dormir enrolados nos braços um do outro, uma sensação de melancolia tomou conta de mim enquanto seguíamos para o aeroporto. Olhei pela janela do carro, perdida em pensamentos enquanto Chase participava de uma teleconferência com um fornecedor estrangeiro.

Ele cobriu o celular e se inclinou em minha direção, apontando para um grande cartaz à frente.

— Você quer ir, não é?

Era um anúncio do Museu do Mágico de Oz.

Depois que desligou, ele me surpreendeu ao se aproximar e me puxar confortavelmente em sua direção.

— Você está muito quieta.

— Você estava no telefone.

— Você ficou sentada o mais longe possível e olhando pela janela. No que está pensando, Docinho?

— Nada. Só foi um longo dia.

— Tem certeza?

Pensei por um minuto. Eu não estava nem um pouco cansada, não era isso que estava lançando uma sombra sobre mim. Então, por que mentir? Por que esconder o que passava em minha mente?

Me virei para encará-lo.

— Na verdade, não. Estou mentindo. Pensei em algo durante todo o dia.

Ele assentiu.

— Certo. Me conte.

— Bem... gostei do tempo que passei aqui com você.

— Também gostei do tempo que passei em você.

Eu ri.

— Não foi exatamente o que eu disse, mas tudo bem. Acho que... estou preocupada com o que vai acontecer quando voltarmos à vida real.

— Achei que já tínhamos discutido isso. Deitar você sobre a mesa, em baixo dela, de joelhos, mesa de reunião... Você tem um cronograma completo para quando voltarmos ao escritório. — Ele puxou o tecido da calça. — Porra. Mal posso esperar para voltar ao trabalho. Talvez devêssemos ir até lá ao pousarmos esta noite.

Bati em seu ombro, de brincadeira.

— Estou falando sério.

— Eu também. Com a maior sinceridade, considero transar com você.

— Bem, com a maior sinceridade ou não, acho que nada deveria acontecer no escritório.

Seu rosto se desfez como se eu tivesse acabado de dizer que o coelhinho da Páscoa não existe.

— Nada de sexo no escritório?

— Não tenho certeza de que seja uma boa ideia alguém descobrir.

— Vou fechar as persianas.

— Provavelmente seria mais seguro se, no trabalho, mantivéssemos distância. Obviamente, estaremos em reuniões juntos às vezes, mas sem toques inadequados.

— Mais seguro para quem?

Essa era uma ótima pergunta.

— Para mim?

— Está me perguntando ou me informando?

— Sou nova na empresa. Quero que as pessoas ouçam o que eu tenho a dizer, não que concordem porque estou transando com o chefe. E... quando... sabe, quando não estivermos mais juntos, já vai ser estranho entre nós dois. Ter todo o escritório observando nossas interações só pioraria.

Chase ficou quieto. Ele olhou pela janela, e a distância entre nós aumentou, embora estivéssemos lado a lado.

— Você que sabe.

Chegando ao aeroporto, passamos pela segurança e tivemos mais de uma hora à toa antes de embarcarmos no voo das nove da noite, então fomos para o salão da primeira classe. Chase tinha ido ao banheiro masculino enquanto fiz o pedido de bebidas para nós no bar. Um rapaz bonito e jovem se aproximou de mim quando o barman abriu uma nova garrafa de *pinot noir*.

— Posso pagar uma bebida?

Sorri de forma educada.

— São de graça.

— Droga. Esqueci. Vou pagar duas, então.

Eu ri.

— Estou bem. Mas obrigada, de toda forma, grande gastador.

O *barman* colocou minha taça de vinho no balcão e foi preparar a bebida de Chase. Olhei o painel eletrônico pendurado para verificar se nosso voo ainda estava na hora.

Ao me ver analisar a lista de voos, o cara ao lado disse:

— O meu já atrasou duas vezes. Para onde você está indo?

Eu estava prestes a responder quando uma voz profunda soou atrás de mim:

— Para minha casa.

O rapaz olhou para Chase, que estava de pé atrás de mim, envolvendo minha cintura, e assentiu.

— Entendi.

Pegando nossas bebidas, nos sentamos em um canto silencioso.

— Não imaginava você fazendo o tipo possessivo.

Chase olhou para mim por cima da bebida enquanto tomava um gole.

— Não costumo ser. No entanto, fico muito ciumento quando vejo você. Não quero que outro homem se aproxime.

Nossos olhos se encontraram.

— É por isso que está chateado comigo? Por querer marcar território e eu não querer que ninguém no escritório saiba sobre nós?

— Não.

— Então o que é? Você ficou calado durante a última meia hora, desde que conversamos no carro.

Chase desviou o olhar, percorrendo o salão enquanto organizava os pensamentos antes de me encarar de volta.

— Você disse *quando*, não *se*.

Franzi o cenho.

— No carro. Quando você estava falando que não queria que as coisas ficassem desconfortáveis no escritório, você disse "*quando* não estivermos mais juntos", não "*se* não estivermos juntos". Você já planejou nosso término *e* como isso vai afetar você no trabalho.

— Eu não... — *Ah, caramba. Ele tem razão.*

Pulei toda a parte do relacionamento e já estava preocupada com a forma como o término me afetaria. Como se eu não fosse dar chance a algo novo.

— Você está certo. Sinto muito. É só que não tenho exatamente um bom histórico de relacionamentos. E deixei um emprego que amava por causa do último romance de escritório. Acho que estou usando meu passado para definir as expectativas sobre o futuro.

Chase me observou.

— Sem expectativas, sem decepção?

Não sei por que razão, mas admitir isso me deixou envergonhada. Olhei para baixo.

— Acho que sim.

Chase se inclinou para frente. Tocando meu queixo e o levantou com gentileza.

— Dê uma chance. Talvez eu seja aquele que não vai decepcionar você.

23

Reese

Predatório. Era a única maneira de descrever o olhar de Chase quando entrei em seu escritório. Estávamos de volta ao trabalho havia uma semana, e ele tinha sido bom em fingir distância, mantendo o clima profissional durante o dia, como pedi. Mas eu sentia um frio na barriga enquanto via seus olhos calorosos me seguirem, deixando claro que estava tudo prestes a explodir. Evidentemente, cinco dias foi o limite dele.

Graças a Deus, havia outras pessoas na sala. Josh conversava enquanto folheava fotos tiradas na sessão da semana passada. A mulher das fotos usava uma lingerie sexy, branca e de renda com ligas e meias, mas Chase não estava prestando nem um pouco de atenção. Lindsey, que se sentou à esquerda de Josh, apontou para uma foto e a comparou com outra enquanto Chase seguia meus movimentos. Coloquei uma pasta que a secretária dele me entregou na mesa de vidro do outro lado da sala e me mantive longe, me sentando no sofá ao lado.

Os olhos de Chase eram maliciosos quando ele se levantou como quem não quer nada, caminhou até o frigobar embutido na estante e pegou algumas garrafas de água. Ele colocou uma na frente de Josh e Lindsey enquanto continuavam a falar, e depois caminhou para entregar uma para mim. Seus olhos brilharam quando nossos dedos se encostaram de leve. Ele se inclinou, claramente sem se importar se alguém prestava atenção.

— Vi isso no corredor do lado de fora de seu escritório. Acho que você deixou cair. — Ele me entregou um brilho labial.

O vislumbre em seus olhos me disse para olhar mais de perto, e foi o que fiz. Ele me entregou um brilho labial com sabor de Dr. Pepper, e seus olhos focaram em minha boca. Sorri como uma colegial por ele ter sido tão fofo, encontrando uma solução alternativa para meu vício em brilho labial, de que ele não gostava.

Minha resposta foi esperar que ele se sentasse para depois abrir o tubo e lentamente passar. *Bem devagar*. Quando umedeci os lábios da forma mais obscena possível, Chase parecia a ponto de expulsar todos da sala.

Seu olhar ficou selvagem. Eu tinha acabado de cutucar um touro, e aconteceu de eu estar de vestido vermelho. Me retorci e tentei evitar seu olhar feroz. Mas foi impossível. Ele era muito irresistível e, quando tinha aquele vislumbre dominante em seus olhos, tirava todo o meu juízo. Foi muito provavelmente por isso que, quando ninguém estava olhando e ele mexeu os lábios dizendo "entre no banheiro e tire a calcinha", eu mesma tivesse considerado isso.

Mas eram minhas regras e, se alguém tinha que cumpri-las, devia ser eu. Me sentei mais acomodada no sofá e continuei a ouvir de longe, em vez de puxar uma cadeira da mesa e me juntar a eles. Na noite anterior, Chase teve um jantar de negócios; na anterior, jantei com minha mãe; e no início da semana, eu ou ele precisamos trabalhar até tarde todas as noites para recuperar o atraso. Por causa dos horários, não ficávamos juntos desde a viagem – nem tínhamos nos tocado –, e eu me sentia tão necessitada quanto ele parecia estar.

Depois de um tempo, Chase olhou o relógio e perguntou se gostaríamos de almoçar.

— Não posso. Vou encontrar minha noivazilla no almoço para ver amostras de algo com que não me importo — disse Josh.

Lindsey também declinou.

— Eu trouxe meu almoço.

Chase olhou para mim.

— Com fome? Que tal se eu pedir a mesma coisa que comemos no Kansas naqueles dois dias?

Josh e Lindsey se viraram em minha direção. Sorri para Chase e desejei conter meu rubor quando me lembrei do que ele tinha comido no almoço. Eu.

— Claro, parece bom. — Ofereci a primeira explicação que me veio à mente. — Adoro KFC.

Quando Josh e Chase acabaram de falar sobre montagens de algumas fotos do anúncio, ele foi até a parede de vidro e pressionou o botão das persianas, escondendo seu escritório.

Mesmo que ninguém perguntasse, quando elas estavam completamente fechadas, Chase disse:

— Sam puxaria minha orelha se passasse e estivéssemos segurando fotos de uma modelo seminua. — Ele fez uma pausa e olhou para mim. — Além disso, gosto de comer sem ser observado.

Poucos minutos depois, fizemos um intervalo para o almoço. Chase fechou a porta atrás de Josh e Lindsey. Quando olhou para mim e trancou a porta, senti o som da tranca entre minhas pernas. *Não seria fácil.*

Chase tinha dito a Josh que deixasse as fotos para darmos uma olhada nelas durante o almoço, e eu tentei me ocupar examinando-as enquanto estava em sua mesa. Meus olhos se fecharam quando ele veio por trás de mim, perto o suficiente para sentir o calor de seu corpo e a respiração em meu pescoço, mas não me tocou.

— Você não tirou a calcinha como eu pedi.

— Foi isso o que você falou? Não entendi as palavras.

Ele se aproximou mais.

— Mentirosa. — Agarrando um lado de meu quadril, ele me puxou de encontro a ele. — Sabe o que acho? — sussurrou. — Acho que você a manteve porque está molhada e quer esconder isso de mim.

— Não estou.

— Só tem um jeito de descobrir.

Antes que eu pudesse responder, ele levantou a parte de trás do vestido e apertou a mão contra a renda úmida da calcinha.

Meus olhos se fecharam.

— Chase...

Ele enterrou o rosto em meu cabelo, por trás, inalando profundamente, depois envolveu a mão nele e puxou minha cabeça para trás.

— Está encharcada. Por quanto tempo vai ficar brava comigo por eu inclinar seu corpo sobre a mesa e comer você, Docinho?

— Não devemos fazer isso.

— Sua boca diz que não, mas seu corpo está pedindo por isso. — Empurrando as coisas que estavam na mesa para uma extremidade, Chase gentilmente me guiou até que meu peito ficasse pressionado contra a madeira fria. Em seguida, cobriu minhas costas com seu corpo e sua ereção pressionou minha bunda.

Eu estava lutando uma batalha perdida, mas não ia ser derrotada sem, ao menos, uma fraca tentativa.

— E se alguém aparecer?

— Esse é o ponto.

Seus dentes encontraram o lóbulo de minha orelha, e ele a mordeu. Ao mesmo tempo, levantou minhas mãos sobre minha cabeça e eu envolvi os dedos ao redor do outro lado da mesa, para me segurar ali.

Tentei de novo.

— Não acho que consigo ficar em silêncio.

— Vou cobrir sua boca com a minha antes de você gozar.

O ar fresco substituiu seu corpo enquanto ele ficou de pé e desabotoou a calça. Sua mão rasgou minha calcinha e levantou meu vestido para expor meu traseiro nu. Ele deu um tapa em minha bunda.

— Que bunda. Mal posso esperar para comê-la. Mas não aqui. Não consigo manter você calada quando tiver meu pau na sua bunda e meus dedos na boceta ao mesmo tempo.

Revirei os olhos enquanto seus dedos pressionavam meu clitóris inchado. Ele virou a cabeça para o lado, se inclinando para um beijo, e eu suspirei em sua boca, murmurando seu nome enquanto esfregava sua ereção contra a minha bunda.

— Chase... — Eu já estava a ponto de gozar e, de jeito nenhum, ficaria quieta.

— Tudo bem.

Ele parou de repente e, por um segundo, eu quis matá-lo – até que ouvi barulho de plástico. Olhei para trás e, juro, se não estivesse molhada, teria ficado depois de ver Chase. O pacote de preservativo que ele abriu ainda estava entre seus dentes, e ele cobriu seu pênis completamente duro. Eu já estava enfraquecida e instável... Era bom que eu estivesse inclinada sobre a mesa, porque meus joelhos quase se dobraram com a cena.

Ele não perdeu tempo quando alinhou a cabeça grande do pau e mergulhou em mim.

— Prova — gemeu quando se inclinou e encontrou minha boca de novo.

Ele me beijou com força e intensidade sem me mover. Agora que estava dentro de mim, que me levou à beira do orgasmo com os dedos, mas não me deixou gozar, eu precisava que ele se movesse. A sensação de ele me comer por trás era incrível, mas eu precisava da fricção.

— Chase, você pode...

— Abra mais as pernas. Preciso estar dentro de você.

Não questionei. Fiz o que ele pediu para o que quer que ele quisesse. Naquele momento, não importava mais que estivéssemos em seu escritório, que ele fosse meu chefe nem o que as outras pessoas pensariam a meu respeito. A única coisa que me interessava era ele. Ele dentro de mim, se movendo do jeito que eu sabia que ele podia para me fazer sentir...

— Chase...

— Fale. Diga-me que você me quer aqui. Agora mesmo.

— Eu quero. Te quero. Por favor. Por favor.

Gemi enquanto ele se erguia e penetrava fundo. Saindo quase completamente, ele se inclinou e angulou para me alcançar ainda mais fundo, atingindo o lugar certo, chegando a uma nova profundidade dentro de mim. Meu orgasmo não demorou muito para se formar, e na segunda vez que ele veio foi como uma vingança – quase como se na primeira vez eu o tivesse irritado, não permitindo que vibrasse por meu corpo. Dessa vez, veio para se certificar que não ia parar.

Meu corpo começou a tremer enquanto ele me penetrava com mais força, mais rápido, mais profundo.

— Goze, Reese.

Sua voz estava tão grossa e rouca que foi o suficiente para me levar ao clímax. Assim que comecei a gritar seu nome, ele sufocou meu som com um beijo. No momento em que o último temor atravessou meu corpo, senti como se ele tivesse engolido meu orgasmo por inteiro.

Por fim, meus gemidos se tonaram respirações, e os movimentos do peito de Chase se uniram aos de minhas costas. Ele beijou meus lábios suavemente antes de ir ao banheiro se limpar e me trazer uma toalha quente. Soltei um suspiro de contentamento, me sentindo saciada e relaxada.

Mas tudo isso mudou quando uma batida soou na porta.

24

Reese

Minhas bochechas estavam vermelhas, meu cabelo, uma bagunça desgrenhada, e eu parecia estar exatamente como estava: *fodida*. Corri para o banheiro, assim Chase poderia atender a porta do escritório. Olhando no espelho agora, não havia dúvida de que tinha feito a escolha certa. Estava ainda mais certa disso quando ouvi a voz de Samantha. *Ótimo*, a vice-presidente de recursos humanos acabou de entrar na sala de Chase, que provavelmente ainda cheirava a sexo.

A serenidade que eu senti menos de três minutos atrás foi substituída por sua amiga, a paranoia.

Fizemos muito barulho?

Gemi alto?

O escritório inteiro ouviu?

O que eu estava fazendo? Estabeleci regras básicas e as quebrei na primeira vez que Chase pressionou um pouco. Não tinha aprendido nada com meus erros?

Vulnerável, fui, na ponta dos pés, até a porta e encostei a orelha contra ela.

— O que você estava fazendo? — perguntou Samantha.

— Estava ao telefone.

Sua voz soou suspeita. Imaginei que ela semicerrava os olhos enquanto falava.

— Com quem?

— Um fornecedor. Não que seja da sua conta. O que você quer, Sam?

A voz dela se tornou mais distante, e tive que me esforçar para ouvir. Ela deve ter caminhado até a janela ou para a área de estar, do outro lado da sala.

— A detetive Balsamo me ligou nesta manhã. Ela está procurando você.

— Estive ocupado.

— É por isso que estou aqui. Não é como se você deixasse para lá qualquer coisa relacionada a Peyton. Houve um tempo em que eles não conseguiam tirar você da delegacia, de tanto que estava envolvido.

— Foi na época em que larguei meu trabalho e passei a maioria das noites bêbado. Não quero voltar àqueles dias.

— Entendo. De verdade. Mas queria ter certeza de que nada mais estava acontecendo. Você parece... diferente ultimamente.

— Diferente? Como?

— Não sei. Mais jovial, acho.

— Jovial? E eu sou o quê? Um velho gordo alegre que anda em um trenó?

— Algo está acontecendo com você. Eu sei. Está saindo com alguém?

A sala ficou quieta por um minuto, e me perguntei como ele responderia. Parte de mim queria que ele dissesse que estava, só para ouvi-lo declarar em voz alta para um de seus amigos mais próximos. Mas ele estava falando com a vice-presidente de recursos humanos do trabalho – provavelmente não era a melhor pessoa para fazer essa declaração.

— Não que diga respeito a você, mas, sim, estou.

— Alguém com quem você já saiu antes?

— Não vou falar sobre isso.

— Quando vou conhecê-la?

— Quando eu estiver pronto.

— Isso significa que você espera que ela fique por perto?

Chase bufou.

— Tem algo realmente importante que você tenha vindo discutir? Porque eu estava ocupado quando você apareceu.

— Tudo bem. Mas você ama minhas interrupções, sabe disso.

Ouvi passos se aproximarem, seguidos do clique da maçaneta da porta, mas depois ficou silêncio de novo sem que a porta tivesse se fechado. A voz de Samantha estava séria quando falou e, por algum motivo, eu a visualizei, parando e olhando por cima do ombro.

— Estou feliz que você siga em frente, Chase. Espero que dê certo e que eu a conheça. — Ela parou por um segundo e, depois, falou suavemente: — Talvez seja hora de tirar o santuário também.

Esperei alguns minutos antes de abrir a porta, hesitante. Chase abriu as janelas e estava olhando o anúncio no prédio do outro lado da rua.

Ele não se virou para mim quando falou.

— Desculpe por isso.

— As coisas foram longe demais hoje. Não deveríamos ter... — Eu parei.

Ele estava quieto. Assumi que a mudança de humor era por causa do que eu ouvira. Embora nunca tenha tido ex-noivo, imaginei que falar sobre a ex-noiva morta era um tabu dos grandes. Então ele me surpreendeu quando se virou e falou:

— Eu quero isso.

— Sexo no escritório?

O canto do lábio dele se contraiu.

— Também. Mas não foi o que eu quis dizer.

— Não?

Ele balançou a cabeça.

— Quero isso. Eu e você. Sam veio aqui conversar sobre Peyton. A detetive do caso ligou para ela. Está na época da ligação anual, na qual ela me diz que ainda estão trabalhando no caso, mas nada de novo surgiu.

— Sinto muito. Ela telefonou na semana passada, certo? Deve ser difícil.

Ele assentiu.

— Sempre foi difícil. Não estou dizendo que é fácil agora. Mas normalmente vou para um lugar sombrio depois da menção do caso.

Eu quase esperava me sentir miserável depois que Sam saiu pela porta, esperava que me atingisse mesmo. Respirei fundo, e sabe o que aconteceu?

— O quê?

— Senti seu cheiro em mim.

Pisquei algumas vezes.

— Não entendi.

Ele deu de ombros.

— Eu também não. Mas amei sentir seu cheiro. — Ele parecia sincero, mesmo que fosse uma coisa bizarra de dizer.

— E sentir o meu cheiro fez você se sentir melhor?

Seu sorriso era torto.

— Aham.

— Tudo bem, então. — Tentei evitar o rubor. — Eu realmente deveria voltar ao trabalho.

— Jantar hoje à noite?

— Seria ótimo. Que tal se eu preparar algo em casa?

— Melhor ainda. Assim não perco tempo levando você para casa para tirar sua roupa.

Ao longo dos anos, aprendi a aceitar minhas neuroses. Verificar debaixo da cama, atrás da cortina do box e dentro de cada armário tinha se tornado parte da minha rotina. Não tentei mudar isso. Permiti que se tornasse parte de quem eu era. Muitas mulheres eram precavidas demais, especialmente em Nova York. No entanto, quando estava prestes a entrar no apartamento com Chase logo atrás de mim, desejei com todas as forças que minhas compulsões tirassem folga. Abri a tranca de cima, e a chave pousou na próxima. Decidindo acabar com isso antes de entrar, virei e confessei ali mesmo no corredor:

— Tenho uma rotina quando chego em casa.

Chase franziu a sobrancelha.

— Ok...

— Eu contei que tenho problemas com segurança. Verifico atrás da cortina do box, abro todas as portas dos armários, olho debaixo da cama e do sofá. — Parei e mordi a unha do indicador. — Tenho uma rotina, e faço isso em determinada ordem. E, pelo menos, duas vezes, às vezes mais, se eu não me sentir tranquila após a segunda vez. Embora na maioria dos dias seja apenas duas conferidas.

Ele não disse nada por alguns segundos, e seus olhos questionavam. Ao perceber que eu estava bem séria, ele assentiu.

— Me mostre sua rotina e, depois que você terminar a primeira olhada, eu faço a segunda.

Não tinha ideia do que ele faria, mas essa resposta não poderia ter me deixado mais feliz. Ele não tirou sarro nem menosprezou minhas preocupações com a segurança. Em vez disso, me ajudou. Na ponta do pé, dei um beijo doce em seus lábios.

— Obrigada.

Tallulah, é claro, esperava com os olhos verdes brilhando no escuro. Se eu tivesse uma casa, poderia colocá-la na janela para assustar crianças no Halloween. Acendi as luzes, e a gatinha feia olhou para Chase enquanto lambia os lábios.

Eu sei, eu sei. Ele é delicioso.

— Puta merda, ela é ainda mais feia pessoalmente — disse ele.

Peguei Tallulah no topo do sofá e me ajoelhei para verificar em baixo, começando o ritual da conferência. Chase me seguiu, em silêncio. Após o último ponto de verificação, me voltei para ele.

— É isso.

Ele apoiou no balcão da cozinha a garrafa de vinho que estava segurando e tirou a gata de meus braços.

— Volto já.

Observá-lo fazer tudo aquilo era cômico. Ele devia ter pensado que segurar a gatinha era parte do ritual. Não me incomodei em dizer a ele por que... bem, porque, estranhamente, eu realmente gostava de ver aquele homem grande andar e verificar meus armários em busca de potenciais intrusos enquanto segurava um gato sem pelos. Certamente, não era uma visão comum.

Ao terminar, ele se abaixou, soltou Tallulah e entrou na cozinha, onde abriu as gavetas à procura de algo. Com um abridor de garrafas em mãos, enquanto abria a rolha, Chase falou:

— Como me saí?

— Perfeito. Está contratado. Pode caçar criminosos aqui todas as noites, se quiser.

Ele puxou a rolha da garrafa com um barulho alto.

— Cuidado. Eu poderia aceitar.

Como minha geladeira estava ainda mais vazia do que eu pensava, pedimos comida chinesa. Escolhi frango *kung pao*, e Chase quis camarão *lo mein*. Nós nos sentamos no chão da sala de estar, comendo com hashi e trocando porções de vez em quando.

— Você acha que Sam sabe? — perguntei.

— Sobre nós?

— Sim.

— Não. Ela não é discreta. Se soubesse, diria.

— Como você acha que ela se sentiria se soubesse? Considerando que sou funcionária e tudo o mais.

— Não importa. Se ela não gostar, vou fazer com que altere as regras.

— De proibir relacionamentos no escritório para transas serem fortemente encorajadas?

Ele sorriu.

— Exatamente.

Estive pensando nas coisas que ouvi a tarde toda. Embora a conversa não fosse, obviamente, para meus ouvidos, não pude ignorá-la. Parte da hesitação em assumir essa relação com força total, ainda que ele fosse meu chefe, era por imaginar como ele ficara depois do relacionamento com Peyton. Se ele poderia seguir em frente *de verdade*. A que santuário Sam se referia? Estive em sua casa, e nada me pareceu incomum.

Olhei nos olhos de Chase quando falei.

— Ouvi sua conversa com Sam hoje, de dentro do banheiro.

Ele engoliu a comida.

— Certo.

— Posso perguntar algo que provavelmente não é da minha conta?

Ele colocou sua caixinha de comida na mesa de centro.

— O quê?

— Você... consegue seguir em frente?

Ele me disse que queria tentar. Mas tentar e realmente deixar o passado para trás eram duas coisas bem diferentes. Eu deveria saber.

— Para ser sincero, nos últimos sete anos, não tinha ideia de que *não estava* avançando. Achei que o que eu estava fazendo *era* seguir em frente.

— Você quer dizer pelo fato de dormir com outras mulheres?

Ele balançou a cabeça.

— Sim. Eu estive preso no mesmo lugar por muito tempo. Não estava deixando para trás.

— Mas você acha que está pronto para seguir em frente agora?

— Acho que demorou muito tempo para perceber o que isso significava. Não quer dizer esquecer o passado. Significa fazer dele uma lembrança e ter um futuro sem Peyton.

— Uau. Isso é triste e lindo ao mesmo tempo.

Ele pegou minha mão.

— Parece certo. Então, respondendo à pergunta se estou pronto para seguir em frente agora... Parece que já estou seguindo.

Chase estava sentado no chão com as costas encostadas no sofá. Colocando meu pote de comida na mesa ao lado do dele, subi em seu colo, cruzando minhas pernas em seu quadril, e gentilmente beijei seus lábios.

— Essa foi uma boa resposta.

— Ah, é? Eu recebo um prêmio pela resposta correta? — O polegar de Chase deslizou suavemente ao longo de meu maxilar.

— Sim. Você pode escolher a recompensa. Me diga o que deseja, e seu desejo é uma ordem.

Senti seu pênis se endurecer embaixo de mim.

— O que eu quiser?

Me aconcheguei a ele.

— O que você quiser.

Ele pegou meu cabelo e puxou com força, conseguindo acesso ao meu pescoço. Se inclinando, lambeu do topo da garganta até minha clavícula. Alcançando o ponto frágil entre o pescoço e o ombro, seus dentes afundaram – sem machucar a pele, mas forte o suficiente para que eu suspeitasse que ficaria marcado no dia seguinte.

Gemi, e Chase se afundou, empurrando sua ereção para mim com um gemido.

— O que eu quiser inclui amarrar você na cama por dias?

Assim que ele me puxou para si novamente, cobrindo minha boca com a dele, seu celular começou a tocar.

— É o seu — murmurei.

— Ignore.

Sua mão escorregou para baixo de minha blusa e encontrou meus mamilos eretos, o que fez com que eu ignorasse o celular tocando. Mas, então, trinta segundos depois que parou, recomeçou. Alguém realmente queria falar com Chase.

— Não quer nem ver quem é?

Seus dedos hábeis abriram meu sutiã.

— Não me importo.

Mas, quando o telefone parou e começou pela terceira vez, nem mesmo Chase conseguiu ignorá-lo. Ele gemeu e enfiou a mão no bolso.

— Merda. É meu cunhado. Ele nunca liga. Preciso atender.

Eu me inclinei para trás e dei-lhe espaço.

— Está tudo bem?

Ouvi a voz de um homem, mas não consegui distinguir as palavras.

— Mas já? Sim. Tudo bem. Estou a caminho. — Ele encerrou a ligação.

— O que houve?

— Minha irmã está em trabalho de parto. Está um mês adiantado, mas a bolsa estourou e disseram que o bebê está grande o suficiente para nascer bem. Parece que vai ser em breve.

— Uau. Que incrível!

Embora parecesse que ele ia partir imediatamente, Chase não se moveu de imediato. Então, eu o cutuquei.

— Vá. Deixamos para a próxima. Além disso — brinquei —, não tenho corda aqui.

— Vem comigo? Fazer companhia e conhecer meu novo sobrinho?

— Claro. Eu adoraria. Vou limpar tudo rapidinho, senão a gatinha feia vai comer o resto da comida chinesa, aí podemos ir.

~

Evan, cunhado de Chase, nos atualizou de tudo e voltou para perto da esposa. Ele vestia um conjunto azul, touca e uma botinha de papel, descartável, cobrindo os sapatos.

— Por que ele não estava com roupas normais? — perguntou Chase. — Ele simplesmente atravessou o hospital e veio aqui usando isso. Não é como se estivesse mais esterilizado do que eu, vestido assim, agora.

— Verdade — falei. — Talvez façam o pai usar para ele sentir que é parte da equipe.

— Pode ser. Mas, se conheço minha irmã, Evan é o único da equipe com quem ela está berrando durante o trabalho de parto.

Dei de ombros.

— Parece justo. Ele não teve que caminhar carregando uma bola de boliche por nove meses e não sofre com as dores do parto. O mínimo que ele pode fazer é aceitar um pouco de esporro.

Chase sorriu para mim.

— É mesmo?

— É.

Éramos os únicos na sala de espera, então coloquei as pernas para cima e me aconcheguei nele. Chase me puxou mais para perto e me abraçou.

— Vai berrar com seu marido algum dia?

Foi uma pergunta estranha.

— Não no dia a dia, espero.

Ele riu.

— Quis dizer na sala de parto. Estava perguntando se você quer ter filhos.

— Ah. — Eu ri. — Não tinha entendido.

— Imaginei, pela resposta.

Pensei por um minuto antes de respondê-lo.

— Nunca pensei que me casaria nem, muito menos, que teria filhos. Acho que meus pais não foram bons exemplos. Mesmo antes de tudo o que aconteceu com Owen, eles brigavam o tempo todo. Me lembro de brincar de casinha com minha amiga Allison quando estávamos na escola primária. Ela fingia ser a mãe e estava cozinhando um bolo no forno de mentira, e eu, o pai que voltava para casa e começava uma briga. A mãe dela nos ouviu brincar de discutir um dia e achou que era de verdade. Quando contamos que estávamos brincando de casinha, ela perguntou por que estávamos gritando. Eu respondi que era porque o pai tinha voltado para casa. Lembro-me de ela me olhar sem saber o que dizer.

Chase me apertou.

— Comecei a perceber melhor as coisas à medida que cresci; eu me dei conta de que nem todas as famílias eram tão disfuncionais quanto a minha. Mas, até então, eu já conferia em baixo da cama duas ou três vezes ao chegar em casa. Acho que simplesmente não podia imaginar ter uma família, uma vez que sentia medo de coisas imaginárias se esconderem em meu apartamento.

— Parece que você precisa de alguém que a faça se sentir segura. O resto se ajeita depois.

Levantei a cabeça do lugar confortável na curva de seu ombro e olhei para ele.

— Talvez.

Se fosse assim tão fácil.

Passava das cinco da manhã quando uma voz alta nos despertou. Evan parecia exausto, atordoado e muito feliz quando anunciou que o filho nascera. Ele e Chase se abraçaram e falaram por alguns minutos antes de Evan dizer que era melhor ver como estava sua esposa.

— Quarto duzentos e dez. Tenho que voltar antes de ela convencer o médico a me fazer uma vasectomia sem anestesia. Eles disseram que provavelmente ela estará no quarto dentro de uma hora.

Chase se dirigiu ao saguão para nos arrumar café enquanto eu ia ao banheiro lavar o rosto. Eu tinha uma baba seca na bochecha e meu cabelo parecia um ninho gigante, apesar de eu ter dormido sentada em uma única posição. Jogando um pouco de água no rosto, percebi que estava prestes a conhecer a irmã de Chase.

Ao longo dos últimos dias, parecia que nosso relacionamento havia mudado. Não era mais apenas físico. Chase e eu compartilhamos muito sobre a vida e as coisas que nos tornaram quem nós éramos, e agora eu estava prestes a conhecer alguém da família dele. Coisas mudando tão rápido normalmente me assustariam. No entanto, achei que estava mais ansiosa e animada que nervosa.

Anna era uma cópia de Chase – só que, de alguma forma, com traços mais suaves e a masculinidade de Chase substituída por uma beleza feminina. Sorri pelo modo como ela se iluminou quando o viu.

— Você está aqui!

Ele beijou sua bochecha.

— Não podia ouvir você se queixar pelos próximos cinquenta anos se eu perdesse esse momento. Claro que estou aqui.

Evan bateu nas costas de Chase.

— Venha, vamos para o berçário. Devem ter terminado de limpá-lo agora.

Chase fez uma rápida apresentação entre mim e Anna antes de sair do quarto com o cunhado.

— Tive a sensação de que iria conhecê-la, mais cedo ou mais tarde — disse Anna.

Fiquei surpresa que ela soubesse a meu respeito, até mesmo que eu existisse.

— Parabéns. Me desculpe pela intromissão. Queria fazer companhia enquanto Chase esperava. Posso esperar lá fora para você ter um pouco de privacidade.

— Metade do hospital viu minhas partes baixas. Fechar as pernas seria privacidade no momento. — O sorriso dela era genuíno.

Eu ri.

— Já escolheu um nome?

— Sawyer. Em homenagem a meu pai. Sawyer Evan.

— Que lindo.

— Obrigada. Estou feliz por Chase ter trazido você. Ele fala sobre você em nossos jantares semanais. Admito, eu estava curiosa.

— Curiosa? Por quê?

— Ele geralmente não fala sobre mulheres, não as leva a eventos familiares e, definitivamente, não as deixa sozinhas perto de mim.

Eu sorri.

— Ele tem medo que você conte todos os seus segredos?

— Sim. E é melhor eu me apressar e fazer isso, porque o berçário é ali no corredor.

Achei que ela estava brincando, mas então seu rosto ficou sério.

— Meu irmão é um grande cara. Pergunte a ele, ele vai confirmar isso — brincou. — Mas a questão é... para além de toda aquela arrogância, acho que ele tem medo de um relacionamento.

— Por causa da Peyton, você quer dizer?

Anna ficou surpresa.

— Você sabe da história toda?

— Acho que sim. Não posso dizer que o culpo por estar nervoso em se aproximar de alguém depois do que aconteceu. As pessoas têm medo de muito menos do que isso.

Como eu, por exemplo.

Ela assentiu como se pensássemos o mesmo.

— Só não o deixe enganar você. Ele anda como se estivesse usando uma armadura, mas a verdade é que existem fendas naquele escudo protetor.

— Talvez seja por isso que nos damos tão bem. Minha armadura tem alguns buracos de bala muito grandes. Mas obrigada. Vou tentar lembrar que as minhas são mais visíveis que as dele.

Chase entrou atrás de Evan, que estava empurrando um carrinho de bebê com uma bandeja translúcida; no meio, havia um minúsculo pacote envolto em cobertores azuis de hospital.

— Não tive que olhar muito para saber qual era o seu. — Chase provocou a irmã. — Ele estava gritando. O garoto tem pulmões como os seus.

Evan levantou suavemente o bebê e o colocou nos braços de Anna. Ela murmurou e, então, o levantou para que pudéssemos ver seu rosto doce e pequeno.

— Este é seu tio Chase. Espero que você tenha o cérebro dele, mas se pareça comigo.

Chase se inclinou para mais perto.

— Considerando que você parece comigo, esse é um desejo inteligente.

Anna balançou o bebê em seus braços quando ele começou a se mexer.

— Já falou com nossos pais? Pedi a Evan para não ligar porque era muito tarde.

— Não. Mas eles não teriam conseguido um voo da Flórida tão rápido, de qualquer maneira.

Ficamos com Anna e Evan por mais meia hora, até que ela bocejou. Devia estar exausta depois da madrugada em trabalho de parto. Porra, eu estava exausta só de dormir na sala de espera.

O trânsito estava tranquilo na cidade quando viramos a esquina do hospital.

— Na minha casa ou na sua?

— Que presunçoso — reclamei.

— Você me faz manter distância no escritório durante a semana. É sábado. Acho que o fim de semana é meu.

Pensei no que aconteceu ontem, no que quase fomos pegos fazendo.

— Você não pareceu manter distância ontem, quando encostou meu rosto na mesa.

Ele gemeu e se ajeitou.

— Sua casa. Está mais perto. E agora que você simplesmente me lembrou o quanto seu traseiro espetacular parecia maior para cima, é assim que vou comer você quando chegarmos em casa.

Era apenas figura de linguagem, eu sabia, mas adorei o som de Chase dizendo *quando chegarmos em casa*.

Porém, o que amei ainda mais foi o que ele fez quando chegamos. Tirando as chaves de minha mão, ele abriu as trancas da frente e entrou primeiro. Ele fez meu ritual de varredura. Duas vezes. Do mesmo jeito neurótico que eu, tudo enquanto segurava Tallulah.

Depois que terminou, beijou minha testa.

— Bom?

Assentindo, fiquei na ponta dos pés e o beijei nos lábios.

— Obrigada.

— Disponha. A propósito, liguei para o cara que fez a segurança do escritório. Eles vão instalar um sistema de monitoramento aqui. Indiquei muitos clientes para ele, e ele me devia um favor, então vai fazer a instalação de graça, e o custo mensal será incluído na conta do escritório.

— O quê? Não.

— Tarde demais. Vão instalar na semana que vem. Ele vai me avisar quando puder vir. Preciso de uma chave para deixá-lo entrar, senão você precisará estar em casa.

— Chase, não preciso de um alarme.

— Tem razão, não precisa. Mas isso me fará sentir melhor, especialmente quando estiver viajando ou fora da cidade.

— Mas…

Ele baixou a cabeça e me silenciou pressionando seus lábios nos meus.

— Por favor. Me deixe fazer isso. Vou *me* sentir melhor.

Eu bufei e olhei para ele. Mas, no fim das contas, concordei.

— Tá bom.

— Obrigado.

Peguei as chaves extras em uma gaveta e entreguei a ele, dizendo para relaxar; então, entrei na cozinha para fazer omelete para o café da manhã. Comemos na sala de estar, em frente à televisão, assistindo ao programa *Good Morning America*, e depois nos aconchegamos no sofá, ele deitado atrás de mim. Embora tenhamos dormido um pouco no hospital, foi na cadeira, o que não permitira um sono produtivo.

Bocejei.

— Sua irmã parece ótima.

— Ela é uma chata, mas é gente boa.

Ele respirou fundo, e senti sua respiração acalmar. Passados apenas alguns minutos, pensei que ele poderia ter adormecido, mas depois falou com a voz grogue:

— Ela vai ser uma boa mãe. Assim como você, um dia.

25

Chase (sete anos antes)

Eu não conseguia mais sorrir para ninguém.

— Obrigado por ter vindo. — Apertei outra mão sem rosto. *Próximo.*

— Sim. Ela era uma bela mulher. — *Próximo.*

— Ficarei bem. Obrigado. — *Próximo.*

Isso precisava acabar.

Eu deveria seguir com a mãe de Peyton e suas irmãs do velório para o cemitério, mas, quando a porta de trás da limusine se fechou, meus pulmões de repente pareceram privados de ar. Eu não conseguia respirar. *De jeito nenhum.* Meu peito queimou, e eu sabia que estava a dois segundos de ofegar. Abrindo a porta de novo, arfei antes de me desculpar, com a mentira de que precisava acompanhar meus pais.

Garoava, e todos saíram da igreja e seguiram para seus carros estacionados. Mantendo a cabeça baixa, passei pela aglomeração sem que ninguém percebesse. Então, continuei caminhando. Quatro ou cinco quarteirões depois, a garoa se tornou uma chuva forte. Eu estava encharcado, mas não sentia nada. Porcaria nenhuma. Por dentro e por fora, eu era osso seco.

Não estava em meu melhor juízo, o que provavelmente me fez ir a um bar que ficava a quase um quilômetro na direção oposta do cemitério e me sentar em um banco.

— Jack com Coca-Cola e uma dose extra de Jack.

O velho barman me olhou e assentiu. Tirei o paletó escuro e encharcado e o joguei no banco vazio ao meu lado.

Só havia uma pessoa no bar além de mim: um homem velho que estava com a cabeça sobre a bancada e um copo de cerveja vazio na mão.

— O que há com ele? — perguntei ao *barman* quando ele serviu minha bebida.

Ele olhou e deu de ombros.

— Esse é o Barney.

Disse isso como se explicasse tudo. Assenti e peguei minha dose, tomando de uma vez. O líquido queimou a garganta da mesma maneira que o ar tinha feito na limusine. Deslizei o copo vazio de volta para o *barman* e fiz um aceno de cabeça.

— São só dez e meia da manhã — falou enquanto me servia.

Meu celular tocou, então tirei o aparelho do bolso e o coloquei no balcão, apertando "ignorar chamada" sem nem mesmo ver quem estava ligando. Pegando o copo cheio, engoli de novo o líquido. Queimou um pouco menos na segunda vez. Gostei de como me senti.

— Continue servindo.

O *barman* hesitou.

— Algum problema sobre o qual você queira falar?

Olhando Barney, balancei a cabeça.

— Meu nome é Chase.

Um grande monte de terra estava coberto com uma lona verde. As tendas preparadas para abrigar as pessoas de luto ainda estavam de pé, mas todo mundo já havia ido embora. Bem, todas exceto um homem solitário. Perdi o começo do velório e passei a parte que vi de longe, onde o táxi me deixou. Preferindo me despedir em particular, achei que esperaria os últimos saírem.

O álcool retardou minhas respostas, então demorou quase um minuto para reconhecer o rosto quando o homem se virou. *Chester Morris*. O cretino do pai da Peyton. Eu não o conheci, só por fotos, mas tinha certeza de que era ele, principalmente porque Peyton era muito parecida com ele. Meu coração, que batia desesperadamente no peito, de repente martelou em minha caixa torácica.

Como ele se atrevia a aparecer aqui? Foi tudo culpa dele.

Tudo culpa dele.

Sem pensar, passei pela grama úmida para proteger o túmulo. Ele estava olhando para baixo e não me viu chegar.

— Ela estava seguindo um sem-teto.

Ele se virou, sem ter ideia de quem eu era, e ergueu a cabeça, assentindo.

— Li no jornal.

— Sabe por que ela o seguia? — Aumentei o tom de voz. — Por que ela assumiu a responsabilidade de ajudar cada sem-teto desta cidade?

— Quem é você?

Eu o ignorei.

— Porque depois que *você* deixou a mãe dela e as irmãs, por anos Peyton praticamente morou em um abrigo.

Eu precisava culpar alguém, e o pedaço de merda paterna era uma boa opção. Na verdade, quanto mais eu pensava sobre isso, mais percebia que não era só um raciocínio bêbado. O pai realmente era culpado.

Pelo menos, ele teve a decência de parecer sofrer.

— Isso não é justo.

— Ah, é? Acho mais que justo. Fazemos escolhas. Você acha que pode simplesmente se afastar de sua família e não ser responsabilizado? Deixar as consequências para trás? — Me aproximei, apontando o dedo para o seu peito enquanto falava. — Você as deixou. Elas comiam em uma merda de abrigo todas as noites. Ela morreu tentando ajudar alguém em condições parecidas. Isso não é a porra de uma coincidência.

Seus olhos semicerraram.

— Você é o noivo rico, não é?

Não respondi porque ele não merecia. Enjoado, balancei a cabeça.

— Vá embora.

Ele fez o sinal da cruz, deu uma última olhada para mim e começou a andar. Se virando, parou.

— Onde *você* estava quando ela foi atacada? Você é tão rápido em me acusar de algo que aconteceu há vinte anos, mas, se procura algum culpado, talvez devesse se olhar no espelho.

26

Reese

Travis estava empoleirado na recepção, flertando com a recepcionista, quando entrei na manhã de segunda-feira. Dormi na casa de Chase, e chegamos ao escritório juntos. Bem, na verdade, não fomos para o escritório. Havíamos chegado ao Starbucks, lado a lado. Chase não ficou feliz quando fiz com que ele me desse um minuto de intervalo depois de pegar nosso café, mas eu não queria que chegássemos juntos e levantássemos suspeitas. Encontrando Travis na recepção, fiquei feliz por essa escolha.

— Você está especialmente gata nesta manhã. — Ele seguiu comigo, passando o braço ao redor de meu ombro. — Quando vai aceitar jantar comigo?

— Nunca.

Travis e eu nos tornamos amigos. Sua paquera era pesada, mas inofensiva e mais como uma piada que qualquer outra coisa.

— Deixe disso. "Nunca" é muito tempo.

— Então você não deveria prender a respiração até eu aceitar.

Ele riu.

— Almoço, então?

— Já disse, Travis. Não saio com gente do trabalho.

Isso era mentira? Não propriamente. Não trabalho *com* Chase, trabalho *para* ele.

— Ah... veja seu e-mail. — Ele piscou. — Você *vai* almoçar comigo hoje.

— Do que está falando?

— Teremos uma reunião de equipe ao meio-dia. Josh vai trazer o almoço. Então, você vai ter um encontro quente comigo no almoço, querendo ou não.

Chegando a minha sala, com Travis ainda a reboque, acendi as luzes e caminhei até a mesa.

— Se toda a equipe estiver lá, não é realmente um encontro, certo, Travis?

— Talvez. Mas vou fingir que é. Aposto que você também, em segredo. Acho que, por baixo de todas essas negativas, você está na minha. Está mesmo a fim de mim.

Eu estava ocupada ligando o notebook, então a voz que ouvi em seguida me surpreendeu.

— Acredito que temos uma política de não confraternização. — A voz de Chase era incisiva. Ele estava na entrada, um pouco mais alto que Travis.

Pela natureza casual do escritório, Travis provavelmente assumiu que Chase estava brincando. Mas vi a tensão no maxilar do chefe. Havia alguma outra coisa lá. Ciúmes, talvez?

Achasse ou não que Chase estava falando sério, Travis aproveitou para desaparecer quando o chefe entrou em minha sala. Mas não antes de dizer:

— Vejo você em nosso encontro no almoço.

Chase ergueu a sobrancelha, uma vez que ficamos só nós dois.

Eu, em vez de responder, brinquei um pouco:

— Achei que você se livraria dessa política de não confraternização incômoda, senhor Parker.

— Vou me livrar dela se você me deixar marcar território aqui no escritório.

— Marcar território? Com marcas de mordida ou chupão?

Ele se aproximou da minha mesa.

— Estava pensando em algo como você gritando o meu nome enquanto enfio minha cara em sua boceta bem ali naquela mesa. Mas, se quiser algumas marcas de mordida, fico feliz em oferecer.

Chase se aproximou de mim. Coloquei a mão no peito dele, parando-o.

— Fique aí mesmo, chefão. Hoje ainda é segunda-feira. Não vamos começar a semana da forma como encerramos a sexta-feira.

Naquele momento, de canto de olho, vi Samantha passar. Infelizmente, ela nos viu antes. Parando na porta, ela nos olhou de um jeito engraçado. Afastei a mão, mas ainda estávamos perto. Muito perto. Chase não se afastou.

As sobrancelhas dela estavam ligeiramente curvadas ao ler as pistas não ditas.

— Bom dia.

— Oi, Sam — disse Chase.

Puxei a cadeira e me sentei, ansiosa para colocar um pouco de espaço entre nós.

— Bom dia.

Ela falou com ele:

— Você tem um tempo para conversar agora de manhã? Quero ver algumas coisas.

— Minha agenda está livre até a tarde — disse ele. Então, se virou para mim com um brilho nos olhos. — A menos que você esteja pronta para continuar de onde paramos na sexta-feira.

— Não. Definitivamente não estou pronta para isso — falei, com um sorriso forçado.

Chase se virou para Sam.

— É seu dia de sorte. Sou todo seu, então.

Ela revirou os olhos.

— Passo lá em meia hora. — Sam estava prestes a sair, até que Chase a deteve.

— Ah! Esqueci de mandar mensagem avisando você. Anna teve o bebê no sábado.

— É mesmo? Uau. Parabéns. Quase um mês antes. Como ela está?

— Bem.

— Menino, certo? Correu tudo bem?

— Sim. Sawyer Evan. Dez dedos nas mãos e dez nos pés, e os pulmões da mãe.

Ela sorriu calorosamente.

— Ótimo. Estou feliz por eles. Vou ligar para ela na semana que vem. A genética Parker dominou, como de costume? Sawyer se parece com você e Anna?

— Acho que sim. — Chase olhou para mim pedindo uma confirmação.

Considerando que os dois me olhavam, não tive escolha, a não ser responder. Queria matar Chase. Assenti.

— Sim, parece muito.

Sam olhou para mim e para ele e assentiu com um sorrisinho.

— Vou deixar você se instalar. Nos vemos em breve.

Assim que ela estava fora do alcance, acertei Chase com meu caderno.

— Está brincando comigo?

— O que foi? — Ele quase parecia não saber do que eu estava falando.

— Você está de pé, na minha sala, colado em mim, e acabou de dizer à vice-presidente de recursos humanos que fui com você ao hospital ver a sua irmã. Por que você não manda um e-mail para a empresa e anuncia que estamos dormindo juntos?

— Não sei o que me deu. Desculpa.

— Pois é. Fez isso intencionalmente — gritei.

Ele franziu a testa.

— Na verdade, não. Mas qual é o problema? Sam e eu somos amigos. Ela não vai se importar.

— Não é sobre ela, Chase. É sobre mim. *Eu* me importo. Não quero que as pessoas saibam, porque isso vai me deixar desconfortável *quando* não estivermos mais juntos.

A mandíbula de Chase se flexionou. Ele estava aborrecido.

— Não quero estragar algo que você tem tanta certeza que vai acontecer.

— Chase...

— Vou deixar você trabalhar.

Pelo resto do dia, me senti um lixo. Chase passou pela reunião de marketing no almoço e, através das janelas de vidro da sala de reuniões, fitou Travis sentado a meu lado, mas nem se preocupou em parar.

No fim da tarde, eu não conseguia me concentrar. Depois que Chase expôs nosso relacionamento como algo mais do que chefe-funcionária para Sam de manhã, agi de forma intencionalmente agressiva. Sabia que dizer a expressão *quando* terminássemos o deixaria irritado. Isso o aborreceu da outra vez, quando falei sem perceber.

Tentei me colocar no lugar dele. E se ele dissesse algo semelhante em um contexto diferente? Como eu me sentiria se ouvisse um amigo perguntando se ele queria experimentar um novo bar de solteiros e Chase respondesse "estou saindo com alguém, mas talvez depois que a gente terminar...". Afe.

Nas últimas semanas, estive preocupada com as consequências de algo que, com base em meu histórico, eu sentia ser inevitável. Estava com medo de acreditar que talvez, apenas talvez, um término *não* fosse a conclusão inevitável da história.

Mas eu certamente não queria que terminássemos. E Chase nunca tinha insinuado que queria isso. Era o oposto: ele estava confiante e seguro sobre nós desde que as coisas começaram – nada a ver com meu romance no escritório anterior. Então, por que eu estava tão inclinada a me convencer que acabaria mal?

Estava olhando a tela do notebook quando a resposta me atingiu. Era tão óbvio que não sei como não havia percebido antes. Era *óbvio* que eu estava me apaixonando por Chase.

O pensamento me aterrorizou, mas reconhecer isso também me deu uma nova perspectiva. E eu devia a Chase tanto uma desculpa quanto uma conversa adulta sobre o assunto de tornar as coisas públicas entre nós. Não tinha certeza de estar pronta para isso, mas pelo menos deveríamos discutir o assunto, não seguir com a decisão unilateral decorrente de minhas inseguranças.

Segurando um arquivo para que parecesse que minha visita estava relacionada a negócios, entrei na sala de Chase. A secretária estava saindo.

— Chase já encerrou o dia?

— Não. Ele só deu uma saída. — Ela olhou o relógio. — Mas deve voltar logo. Quer que eu diga que você esteve aqui?

— Hummm... Na verdade, vou deixar esse material e um bilhete para ele, se você não se importar.

— Sem problemas. — Sorrindo, ela voltou para a mesa onde o telefone estava tocando. Na sala vazia de Chase, escrevi um bilhete rápido e estava prestes a sair quando mudei de ideia sobre a minha abordagem.

Meia hora mais tarde, me sentei para responder a um e-mail de Josh, quando decidi clicar no nome de Chase. A luz que estava vermelha havia algum tempo, indicando que ele não estava on-line, agora estava verde. Digitei.

Para: Chase Parker
De: Reese Annesley
Assunto: Achados e perdidos
Temos uma seção de achados e perdidos aqui?
A propósito, sinto muito por ter sido uma idiota de manhã.

Esperei alguns minutos, até a notificação de um novo e-mail soar.

Para: Reese Annesley
De: Chase Parker
Assunto: Venha aqui
Não que eu saiba.
Desculpas aceitas. Era questão de tempo. Venha agora para minha sala.

Inquieta na cadeira só com o tom dominante do e-mail, digitei de volta.

Para: Chase Parker
De: Reese Annesley

Assunto: Você realmente precisa de uma
Sem achados e perdidos, itens errados podem acabar em qualquer lugar. Sua sala? Há algo que você precise de mim?

Imaginei os olhos cor de chocolate de Chase escurecendo quando ele pensou na resposta.

Para: Reese Annesley
De: Chase Parker
Assunto: De que eu preciso
O que você perdeu?
Preciso de muitas coisas de você, começando com sua boca ao redor do meu pau.

Meu lado sensato provavelmente deveria estar preocupado se o departamento de TI rastreasse ou lesse os e-mails. Mas meu lado apaixonado pelo chefe perdeu a cabeça havia mais ou menos meia hora. Respondi com cinco palavras no campo do assunto.

Verifique sua gaveta superior esquerda.

A porta de minha sala estava fechada, e eu esperava que ela fosse aberta uma vez que Chase encontrasse minha calcinha na mesa. Em vez disso, meu e-mail soou.

Para: Reese Annesley
De: Chase Parker
Assunto: Duro
Ela tem um cheiro incrível. Venha. Aqui. Agora.

A caminho do escritório de Chase, passei no banheiro. Decidi que ele ia conseguir exatamente o que queria: minha boca ao redor de seu pau gloriosamente grosso. Olhando no espelho, encontrei minhas bochechas já coradas. Remexi o cabelo para dar volume, abri o botão superior da camisa para mostrar um pouco de decote, passei o brilho labial com sabor de Dr. Pepper e bochechei com um pouco de Listerine antes de me dirigir à sala do chefão.

Chase estava ao telefone quando entrei, mas ele não precisava dizer nada para revelar o que estava pensando. Seus olhos seguiram meus passos. Mesmo que ele não se movesse, me senti uma presa sendo caçada.

Meus mamilos endureceram. Que talento extraordinário desse homem: a capacidade de estimular só com o olhar.

Caminhei para o painel de controle escondido e apertei o botão para cobrir o vidro com as persianas eletrônicas. Os olhos de Chase queimaram enquanto ele continuava a conversa, sua voz soando mais alta e mais rouca à medida que as persianas se moviam, a cada centímetro bloqueando mais o mundo exterior. Quando tranquei a porta, ele acelerou quem quer que estivesse ao telefone.

A chamada terminou, dei passos lentos e deliberados em direção à mesa, um pé de salto alto à frente do outro. Assim que cheguei ao canto, houve duas batidas rápidas na porta, e alguém tentou abri-la.

Olhei para Chase. Nenhum de nós disse nada, ambos esperando que qualquer um que estivesse do outro lado da porta desaparecesse.

— Chase? — Samantha chamou enquanto batia pela segunda vez.

Sem sorte.

Ele baixou a cabeça e resmungou antes de se levantar.

— Não se mova. Vou me livrar dela.

A missão não foi tão fácil quanto ele pensou. Chase abriu a porta, mas tentou bloquear a passagem. Isso só deixou Sam mais interessada no que estava lá dentro.

— O que você está fazendo aí?

— Trabalhando.

— Está sozinho?

— Não é da sua conta.

Ela se abaixou para olhar por debaixo do braço de Chase e me viu lá dentro.

A voz de Chase indicava que sua paciência estava se esgotando.

— O que você quer, Sam?

— Ia ver se você queria sair para comer hoje, não amanhã à noite.

— Tenho planos para hoje à noite.

— Com Reese?

Ele hesitou, e Sam decidiu a resposta por ele.

— Foi o que pensei. Vou me juntar a vocês. Às seis?

Chase resmungou algo e soltou um suspiro frustrado.

— Tudo bem. — Ao fechar a porta, ele se virou para mim, balançando a cabeça. — Desculpe.

Tentei não parecer em pânico.

— Ela sabe. O que vamos dizer?

De repente, ele ficou sério enquanto olhava em meus olhos.

— Você me diz.

27

Reese

Eu não tinha ideia do que diria se Samantha perguntasse na lata.

Nós a encontramos em um restaurante, lugarzinho italiano a poucos quarteirões do escritório, ao qual eu nunca tinha ido antes. Claramente, Chase já estivera lá. O gerente, Benito, o cumprimentou pelo nome e nos mostrou a "mesa *romântica* especial do Chase". Ficava nos fundos, em um canto escuro, ladeada por uma grande lareira de tijolos rústicos.

Chase puxou a cadeira para mim.

— Percebi que você já esteve aqui antes.

Ele se sentou enquanto o garçom arrumava um terceiro lugar. Chegamos um pouco mais cedo que Samantha.

— Sam adora esse lugar. Com certeza, Benito acha que somos um casal. Ela gosta de se sentar junto à lareira.

Fiquei quieta, e com certeza a dúvida transpareceu em meu rosto.

Chase se encostou na cadeira.

— Ela é minha amiga. E não há muito o que ela possa fazer se não gostar disso, de qualquer maneira.

Fiz uma careta.

— É muito fácil para você.

Ele se inclinou.

— É isso que você acha?

— Você é o chefe. Ninguém vai olhá-lo de forma diferente, nem pensar que suas ideias foram aceitas por causa de quem dormiu com você.

— Certo. Posso entender isso. Então, se você decidir manter as coisas entre nós em segredo, eu aceito. — Chase se aproximou. — Mas não pense que isso é fácil para mim. Você é a primeira mulher que significa algo mais que uma t...

Ele parou de dizer o que estava prestes a colocar para fora.

— Mais que um *relacionamento* casual. Em *sete anos*. E estamos sentados em um restaurante, prestes a jantar com a melhor amiga de minha ex-noiva, que também é vice-presidente de recursos humanos da empresa de que sou dono. Uma empresa em que eu a incentivei a escrever políticas que quero violar a cada droga de vez que vejo você, como não *transar no escritório*.

Chase desviou o olhar. Eu o encarei. Nunca me ocorreu quão difícil seria para ele confessar tudo para Samantha. Para mim, erros estúpidos do passado formavam meus medos. Para ele, era muito mais. Ele simplesmente fez tudo *parecer* tão fácil. *Nossa*, às vezes eu era uma idiota egoísta.

Antes de me desculpar e desanuviar o clima entre nós, Samantha estava na mesa. Chase ficou de pé, até ela se sentar.

— Prazer em vê-la, Reese. — Seu rosto era amigável e caloroso quando ela me cumprimentou.

— O prazer é meu.

O garçom rapidamente apareceu para tirar os pedidos de bebida. Samantha olhou para a carta de vinhos e fez algumas perguntas. Olhei para Chase e fui pega em seu olhar perturbado. Ele parecia ferido, irritado e chateado. E eu odiava que tivesse feito ele se sentir desse jeito.

Nossos olhos ficaram presos um ao outro quando Samantha terminou de falar com o garçom, então ela olhou para nós.

— Então, o que há entre vocês dois?

Tomando uma decisão, estendi a mão para ela.

— Nada demais, além do fato de Chase e eu estarmos juntos.

~

Sam recebeu a novidade de um modo melhor do que eu esperava, e uma vez que o jantar terminou, Chase e eu decidimos ir para minha casa. Quando chegamos, fiquei surpresa ao encontrar o novo sistema de alarme instalado. Aparentemente, enquanto eu estava ocupada agindo como uma rancorosa e trabalhando no escritório metade do dia, Chase estava lá, instalando um sistema de segurança, porque queria fazer algo para diminuir meus medos. Minhas desculpas mais cedo naquele dia não seriam suficientes para fazer as pazes com ele.

Fui lavar o rosto e encontrei Chase sentado na cama, com as costas contra a cabeceira. Ajoelhando na cama, engatinhei até ele, e dei um beijo em seus lábios. Quando me mexi para me afastar, ele me deteve, segurando o meu rosto.

Olhando diretamente em meus olhos, ele disse:

— Obrigado.

Sabia o que ele queria dizer, mas fiz que não.

— Eu nem te dei nada para agradecer. *Ainda*.

Ele sorriu, mas continuou com um tom sério:

— Fico feliz que você tenha contado a Sam.

— Pois é. Percebi que não era para ela que eu estava com medo de contar.

— Não?

Balancei a cabeça.

— Depois dos erros idiotas que cometi no passado, é claro que a ideia de um relacionamento com alguém no trabalho me assusta. Mas acho que o que realmente me deu medo foi sentir algo forte o suficiente para estar disposta a assumir um risco proposital. — Sorri. — Tendo a ser avessa ao risco, caso você não tenha notado.

Ele tentou esconder o sorriso.

— Não tinha notado.

— Obrigada novamente pelo alarme. Foi muito gentil. — Eu o beijei outra vez. Inclinando a testa contra a dele, sussurrei: — Estamos realmente fazendo isso, né? Namoro meu antigo caso do colegial, que também é meu primo de segundo grau e meu chefe?

Ele empurrou uma mecha de cabelo para trás de minha orelha.

— Isso é bastante coisa. E se eu chamasse você de minha mulher?

— Sua mulher, hein?

Seu olhar percorreu meu rosto.

— Sim. Nós dois lutamos por diferentes motivos. Mas você foi minha desde que a vi no corredor escuro do restaurante.

— Você quer dizer quando me chamou de esnobe? Não acho que foi assim que me ganhou. Foi um pouco depois, eu diria.

— Talvez para você. Mas fiquei louco desde o primeiro minuto em que coloquei os olhos em você. Queria saber o que a fazia vibrar.

Levantei a cabeça.

— E você descobriu? O que me faz vibrar?

Ele me virou de costas e se juntou a mim. Sua mão percorreu minha lateral, fazendo com que eu me arrepiasse.

— Estou descobrindo. Talvez devêssemos jogar aquele joguinho que você me apresentou uma vez.

— Que jogo?

— Ser vista se masturbando ou ver alguém se masturbar?

— Ah... estamos jogando *O que você prefere*?

Chase respondeu esfregando o nariz ao longo de meu pescoço.

— Estamos falando de eu ver você se masturbando... ou outra pessoa? — Ele endureceu e se inclinou para trás para olhar para mim.

— Calma. Eu estava brincando. — Dei um selinho em seus lábios. — Ver você. Acho que gostei disso.

Seu rosto relaxou um pouco. Então, continuei o jogo com uma pergunta de verdade. Arranhando as costas dele, perguntei:

— Memorando de escritório ou demonstração pública de afeto?

A resposta foi rápida.

— Demonstração pública de afeto.

— Que tipo?

Ele deslizou os lábios docemente nos meus.

— Assim.

— Hummm, mostre de novo.

— Esse está se tornando meu jogo favorito.

— O meu também.

Eu poderia passar o dia todo nisso, mas havia algo mais urgente a fazer.

Quando o beijo terminou, perguntei:

— Dar ou receber primeiro?

Ele sorriu, mas não teve chance de responder. Em vez disso, abaixei minha cabeça em seu corpo.

Receber.

28

Reese

Chase não era exatamente bom em seguir o roteiro.

No dia seguinte, fomos para o escritório juntos, como vinha se tornando costume. Só que, dessa vez, depois de pegar o café, subimos lado a lado para a Parker Industries. Eu estava consciente da mão dele em minhas costas quando saímos do elevador.

Ainda que fosse confortável e natural ele me tocar, fazer isso no escritório parecia estranho. E não era nada demais, de qualquer jeito. Na verdade, nessa manhã, discutimos o fato de evitar exibições públicas de carinho até depois de eu falar com Josh. Então, eu tinha certeza de que Chase não estava encostando em mim intencionalmente.

Eu devia ao chefe certo respeito e queria deixá-lo saber o que estava acontecendo antes que Chase e eu saíssemos do armário, por assim dizer. O plano era que eu conversaria com Josh de manhã, e então Chase e eu sairíamos para almoçar sozinhos. Poderíamos ser amigáveis, de maneira mais íntima que em um relacionamento típico chefe-empregado, mas não haveria demonstração pública de afeto. Ou assim pensei.

Depois de me instalar, Travis me encontrou na sala de descanso preparando cereal para o café da manhã.

— Bom dia, gata.

Abri o micro-ondas, peguei a tigela e mexi.

— Oi, Travis.

— Quando você vai me deixar fazer café da manhã para você?

Estendi a tigela para ele.

— Quer mexer meu Quaker Oats?

— Na minha casa. Na manhã seguinte. Faço ovos mexidos.

— Acho que você precisa melhorar as cantadas.

Travis inclinou o quadril contra o balcão junto a mim.

— Ah, é? Me diga do que você gosta. Vou melhorar.

— Bem, para começar, não gosto que assuma que quero transar com você. Então, começar com uma cantada sobre a manhã seguinte é definitivamente péssimo.

— Então, qual é uma boa chegada?

— Que tal algo real? Completando algo que você gosta sobre a pessoa.

Os olhos de Travis caíram em meus seios, e ele sorriu.

— Posso fazer isso.

Revirei os olhos.

— Não. Assim, não. Um elogio de que não seja de natureza sexual.

— Isso não me deixa com muitas partes do corpo. — Ele me olhou de cima a baixo, se afastou do balcão e ajeitou sua postura. — Seu esmalte sempre combina com a sua roupa. Eu gosto disso.

— Muito bem. Mostra que você presta atenção aos detalhes e não o faz parecer um pervertido.

— Consegui. Então, vou deixar passar que realmente quero chupá-los.

Claro, Chase entrou bem naquele momento. Por sua expressão, imaginei que havia pego pelo menos a última parte da frase de Travis. *Realmente quero chupá-los.*

— Travis... — alertou Chase.

Travis levantou as mãos para se render.

— Eu sei, eu sei... sem confraternização.

Chase pegou duas garrafas de água da geladeira.

— Na verdade, estamos reescrevendo essa política.

— É mesmo? Já mencionei o quanto amo trabalhar aqui? — disse Travis.

Os olhos de Chase semicerraram para Travis enquanto caminhava até mim, oferecendo uma garrafa de água gelada. Peguei, mas Chase não o soltou e falou com Travis enquanto olhava para mim.

— Se você gosta tanto de trabalhar aqui, talvez devesse passar mais tempo trabalhando e menos assediando as mulheres que namoram.

— Que namoram...? Quem está namorando? — murmurou Travis.

Em vez de responder à pergunta, Chase se inclinou e me beijou nos lábios. Com um sorriso atrevido, acrescentou:

— Almoço ao meio-dia, Docinho?

Sutilezas e demonstrações públicas de afeto.

Pensei que Sam seria a pessoa que não aceitaria bem a notícia. Eu não esperava que fosse Josh.

— Isso me coloca em uma posição desconfortável, você percebe? — Ele me olhou sério.

— Eu... sinto muito. Não pretendia que algo acontecesse entre nós. Na verdade, era a última coisa que eu queria que acontecesse em meu novo emprego. Eu realmente gosto de trabalhar aqui. Gosto de trabalhar para você.

Josh suspirou.

— Estou na Parker Industries há cinco anos. Comecei onde você está e trabalhei para chegar até aqui. Chase é um homem inteligente. Tenho certeza de que você sabe disso. Ele questiona tudo e é determinado na gestão de cada parte desse negócio. Demorou muito tempo para eu construir um relacionamento de confiança com ele – um em que ele confia em minha experiência, mesmo que não concorde necessariamente com minha decisão. Não quero que você enfraqueça isso.

Fiquei chocada.

— Não vou. Não faria isso.

Ele franziu a testa.

— Espero que não.

Nós nos encaramos seriamente.

— Sam sabe?

— Sabe, sim.

Depois de alguns segundos, Josh assentiu, com hesitação.

— Aprecio que você tenha falado comigo, pelo menos.

— Claro.

Ele voltou a colocar os óculos de leitura, sinalizando que a conversa havia acabado.

— Por que você não termina de compilar os resultados dos grupos focais para discutirmos durante o almoço? Meu assistente pede algo para comermos.

De jeito nenhum eu mencionaria que já tinha planos para o almoço. Planos com o *chefe dele*. Eu cancelaria com a outra pessoa.

Minha mensagem contando para Chase que as coisas não tinham ido tão bem quanto eu esperava com Josh ficou sem resposta, assim como a seguinte, em que informei que precisava cancelar o almoço. Eu podia ver que tinha sido lida, mas nem um rápido "tá" eu recebi. Imaginei que ele deveria estar ocupado e foquei em compilar os últimos dados que Josh e eu revisaríamos no almoço.

Estava claro que prejudicara meu relacionamento com meu chefe imediato e que levaria algum tempo para repará-lo. Embora trabalhássemos juntos durante o almoço e boa parte da tarde, as coisas entre mim e Josh pareceram tensas. Era como se ele tivesse erguido um muro de profissionalismo que não existia antes. Esperava que o tempo derrubasse aquele muro, uma vez que ele percebesse que eu não tinha intenção de prejudicá-lo de nenhuma maneira.

Enquanto arrumávamos a papelada espalhada por toda a mesa em seu escritório, Josh disse:

— Por que você não atualiza a apresentação com os slogans finais e as escolhas de embalagens e me manda por e-mail? — Ele chamou a minha atenção. — Vou encaminhá-lo para Chase dar uma olhada.

Assenti.

Pouco antes de sair do escritório, ele acrescentou:

— Gostaria de manter a comunicação de maneira direta no futuro. Também falei com Chase sobre isso hoje de manhã.

Assenti com a cabeça de novo.

Embora eu achasse desnecessário, não podia culpá-lo por se sentir daquele jeito. Fiquei curiosa em saber como havia sido a conversa com Chase mais cedo. Normalmente, eu ouvia ou via Chase pelo escritório algumas vezes durante o dia. Mas as persianas e a porta da sala dele estavam fechadas todas as vezes em que passei por lá hoje. A ausência dele era perceptível, e, no fim do dia, comecei a me sentir ansiosa.

Esperei até que o escritório começasse a esvaziar – depois que Josh, especificamente, foi embora – antes de fazer outra visita à sala do chefe. Assim que virei no corredor, a porta de Chase se abriu, e ele saiu com uma mulher. Nunca a tinha visto no escritório. Ela era atraente, com o cabelo loiro preso em um rabo de cavalo que combinava com seu visual casual de negócios. Eles apertaram as mãos, e eu assumi que tinha sido uma espécie de reunião... Até que ela colocou a outra mão em cima das mãos juntas. Era um gesto pequeno, porém íntimo. Ela disse algo que não pude ouvir, e senti como se estivesse me intrometendo enquanto caminhava até eles, mas não consegui retornar.

Os dois me olharam, percebendo ao mesmo tempo que havia alguém no corredor. Meu coração começou a bater um pouco mais rápido.

— Oi... Hummm... Pensei em falar com você antes de ir embora, já que não o vi o dia todo.

A mulher olhou para mim e para ele.

— É melhor eu correr. Foi bom vê-lo de novo.

Chase assentiu.

Estranhamente, me senti ainda mais desconfortável depois que a mulher partiu. No entanto, na batalha interna entre desconfortável e curiosa, a curiosidade ganhou.

— Quem era? — perguntei, tentando parecer natural.

Em vez de responder, Chase falou bruscamente:

— Tenho muito trabalho ainda.

Minha inquietação aumentou.

— Certo. Falo com você amanhã, então? Acho?

Ele não olhou para mim enquanto assentia, e estremeci com o som da porta do escritório batendo atrás dele. *Que merda está acontecendo?*

Senti um aperto na boca do estômago. Fosse o que fosse, estava prestes a me machucar.

29

Reese

Chase não apareceu no trabalho no dia seguinte. Meu desconforto se transformou em um desmoronamento geral, e meu estômago estava dolorido porque eu sabia que algo havia mudado. Não fazia ideia se tinha a ver com a mulher que saíra do escritório de Chase no dia anterior à noite ou com a reação que Josh teve com a notícia de que éramos um casal, mas minha ansiedade estava me matando.

Ele não respondeu à mensagem de texto, e, ainda que o celular estivesse configurado para produzir um som sempre que uma nova mensagem chegasse, fiquei de olho nele a cada dois minutos.

Estava perdendo rapidamente o foco para trabalhar. Uma voz baixa em minha cabeça sussurrou: *Viu? Isto é o que você consegue por ter um caso no escritório. Você não aprendeu a lição?*

Tentei ignorá-la. No fim do dia, parei na mesa da secretária de Chase e tentei soar natural.

— Sabe quando o chefe volta?

— Ele não disse. Acabei de receber um e-mail dizendo que ele não viria. — Ela franziu as sobrancelhas e deu de ombros. — Achei estranho.

Fiquei no escritório até as sete. Ainda sem sinal de Chase, peguei o telefone e liguei antes de sair. Deu caixa postal direto. Passando de ansiosa para preocupada, enviei outra mensagem. A segunda não mostrou nem a notificação de entrega. Seja lá o que estava acontecendo, o celular estava desligado, e ele não queria ser encontrado. Eu estava aflita pensando sobre o que fazer depois.

Aparecer na casa dele sem avisar? Tínhamos um relacionamento. Era normal que eu estivesse preocupada com a falta de notícias dele, certo?

Então, novamente, se ele quisesse falar comigo, já teria ligado. Ao contrário dele, eu estava bem onde deveria estar. E acessível de várias maneiras: mensagem de texto, voz, e-mail, telefone do escritório. Ele podia me encontrar.

A menos que.

A menos que algo estivesse errado.

Puta merda. Algo estava errado.

O que eu estava fazendo sentada no escritório?

Praticamente correndo para o metrô, subi no primeiro trem e segui para o outro lado da cidade. Toquei a campainha, mas as luzes da casa de Chase estavam apagadas. A correspondência parecia não ter sido recolhida havia um dia... talvez até dois. Não sabendo mais o que fazer, depois de um tempo, fui para minha casa com relutância. Logo pela manhã, se ainda não tivesse sinal dele, eu ia falar com Sam.

Virei de um lado para o outro a noite inteira. Por fim, tomei banho e me arrumei, mesmo que fossem só cinco da manhã. Meu celular estava carregando e, quando abri as mensagens que havia mandado para Chase, notei que as da noite passada haviam sido lidas recentemente. No entanto, não houve resposta. Ele deve ter carregado o celular em algum lugar. Possivelmente em casa?

Minhas emoções estavam à flor da pele. Ele, obviamente, estava em algum lugar em que conseguia ligar o celular, então poderia ter me ligado para me dizer que estava bem. No entanto, talvez não estivesse. Talvez precisasse de alguém. Talvez esse alguém fosse eu.

Então, voltei para aqueles lados. O sol acabara de subir quando cheguei à estação. Desta vez, na casa dele, havia uma luz acesa. E a caixa de correio estava vazia.

Toquei a campainha e esperei, ansiosa. Depois de alguns minutos, a porta se abriu. Respirei fundo e esperei que Chase falasse.

Mas ele não fez isso. Ainda mais doloroso, porém, foi que ele também não abriu a porta e me convidou para entrar. Em vez disso, saiu para a varanda. Mantendo certa distância entre nós, ele olhou para o outro lado do quarteirão, só para não me encarar.

— Chase? — Dei um passo à frente, mas parei quando senti seu cheiro. Ele exalava álcool. Foi então que percebi que vestia a mesma camisa e a mesma calça que da última vez em que o vi no escritório. Estava amassada e faltava a gravata, mas definitivamente era a mesma roupa.

Ele não respondeu nem olhou para mim.

— Chase? O que está acontecendo? Você está bem?

O silêncio era doloroso. Parecia que alguém havia morrido, e ele não podia dizer em voz alta, não podia enfrentar.

Meu Deus. Alguém morreu?

— Anna está bem? O bebê?

Ele fechou os olhos.

— Eles estão bem.

— O que está acontecendo? Onde você estava?

— Eu precisava de um tempo sozinho.

— Isso tem algo a ver com a mulher que estava no escritório na outra noite?

— Não tem nada a ver com você.

— Então tem a ver com o quê? — Minha voz saiu alta e frágil, mas se tornou um sussurro. — Não entendo.

Finalmente, Chase olhou para mim. Quando nossos olhares se encontraram, eu vi muito em seus olhos: dor, tristeza, raiva. Suspirei. Não tanto porque me assustou, mas porque eu podia sentir a dor que ele estava experimentando. Meu peito se apertou, e um nó cresceu em minha garganta.

Mesmo que sua linguagem corporal não fosse nada acolhedora, estendi a mão, querendo oferecer conforto. Ele se afastou, como se meu toque queimasse.

— Chase?

Ele balançou a cabeça.

— Sinto muito.

Esfreguei a testa, me recusando a entender.

— Está arrependido? Por quê? O que houve?

— Você estava certa. Trabalhamos juntos. Nada deveria ter acontecido entre nós.

Parecia que alguém tinha me atingido no rosto.

— O quê?

Ele olhou para mim de novo, seus olhos se encontraram com os meus, mas eu sentia como se ele ainda não me visse. Por que ele parecia *tão* perdido?

— Espero que você continue lá. Josh admira muito o seu trabalho.

— Isso é uma piada? O que aconteceu? Não estou entendendo.

A expressão de Chase passou de vazia para dolorida e, de repente, eu queria ver mais disso em seu rosto. Me senti usada e insignificante. *Envergonhada*. E odiei o fato de ele ter me feito sentir assim. Era ele quem deveria ter vergonha de como estava agindo.

Ele baixou a cabeça, sem me encarar, como um covarde.

— Sinto muito.

— Sente muito? Não entendo nem pelo que você sente muito.

— Não sou o homem certo para você.

Dei um passo à frente, fazendo com que ele me encarasse.

— Sabe de uma coisa? Tem razão. Porque o homem certo para mim teria coragem de, pelo menos, me dizer a verdade. Não tenho ideia do que aconteceu, mas não mereço isso.

Vi um relance de algo em seus olhos, e, por meio segundo, parecia que ele se aproximaria de mim. Mas não. Em vez disso, deu um passo para trás, como se precisasse de distância para evitar me tocar.

Comecei a me virar, querendo sair dali para desaparecer com algum fragmento de minha dignidade intacto, mas depois me virei.

— Sabe o que é pior? Você foi a primeira pessoa que me fez sentir segura desde que eu era criança.

30

Chase (dois dias antes)

— Detetive Balsamo está aqui para ver você.

O rosto da secretária era cauteloso quando ela entrou em meu escritório. Eu tinha uma reunião às onze horas e já estava atrasado depois que meu diretor de marketing interrompeu minha manhã para me dizer o que ele achava de meu novo relacionamento.

O dia só melhorava.

— Pode ligar para a R&D e avisar que vou reagendar?

— Para mais tarde?

— Não. Deixe em aberto por enquanto.

Ela assentiu.

— Devo mandar a detetive entrar?

— Me dê cinco minutos, então ela pode entrar.

Fechei as persianas eletrônicas e abri uma mensagem de texto da Reese, cancelando nosso almoço. O dia podia ficar ainda pior?

Talvez não devesse ter pensado nessa possibilidade, porque podia.

Nora Balsamo era a principal detetive no caso de Peyton. Ela tinha trinta e poucos anos, era magra, atraente, com um cabelo loiro que estava sempre preso em um rabo de cavalo. Quando nos conhecemos, olhei para ela e pedi ao responsável um detetive mais experiente. Nunca lhe dei uma chance.

Aqueles primeiros dias definitivamente não foram meus melhores. Olhando para trás, queria que todos os que estavam por perto pagassem pelo que tinha acontecido, em especial os policiais. Eu os culpei por não ajudarem Eddie. A intervenção precoce poderia ter mudado tudo. Hoje, apesar de Peyton nunca ser assunto fácil de tratar, eu estava melhor, aceitando como o passado tinha moldado quem eu era. Eu tinha certeza de que meu terapeuta estava dirigindo um Range Rover graças às horas que passou trabalhando meu luto há alguns anos.

Fiquei de pé para cumprimentar a detetive Balsamo quando ela entrou e caminhou até a minha mesa.

— Bom ver você, detetive.

Ela sorriu.

— É mesmo? Tenho certeza de que você tem me evitado nas duas últimas semanas.

Eu tinha me esquecido que ela implicava comigo.

Eu ri.

— Talvez estivesse. Tenho certeza de que você é uma ótima pessoa, então não leve a mal, mas nunca espero suas visitas.

Ela sorriu, e eu gesticulei para a área de estar perto das janelas.

— Aceita algo para beber? Água?

— Não, obrigada. — Ela se sentou no sofá. — Como você tem passado?

— Bem. Muito bem, na verdade.

Peguei a cadeira em frente a ela e a vi olhar por cima de meu ombro pela janela. Era impossível não notar o rosto gigante de Peyton ainda pintado no prédio em frente. Seus olhos se voltaram para mim, sem que ela fizesse a pergunta – pelo menos, verbalmente. A mulher tinha uma capacidade furtiva de me oferecer mais do que eu sempre quis.

— Estamos planejando uma nova campanha de marketing — falei.

Ela assentiu e continuou me olhando, pensativa. Provavelmente era paranoia, mas, perto de policiais, sempre senti como se estivesse sendo observado.

— Então, a que devo a visita, detetive?

Ela respirou fundo.

— Tenho algumas notícias sobre a investigação da senhorita Morris.

No começo, depois que Peyton foi morta, eu precisava falar sobre o caso dela. Tanto que eu aparecia com frequência na delegacia para falar coisas que me lembrava ou exigir uma atualização. Depois que comecei a beber muito, as visitas se tornaram diárias e foram mais como reclamações de uma pessoa irritada. Eu não dormia, não comia, bebia álcool com cereais no café da manhã e, muitas vezes, me esquecia de adicionar o cereal.

Por fim, detetive Balsamo apareceu em minha casa às cinco da manhã um dia, esperando me pegar sóbrio, e me disse para não ir mais à delegacia.

Não a escutei por muito tempo.

Quando finalmente o fiz, ela prometeu que, se tivesse notícias sobre o caso de Peyton, se certificaria de que eu fosse o primeiro a saber. Nesta manhã, foi a primeira vez que eu a ouvi dizer essas palavras.

Ela limpou a garganta.

— Há duas semanas, uma mulher foi atacada ferozmente. Esfaqueada no peito. — Nossos olhos estavam presos um no outro. — Aconteceu em um acampamento para sem-teto.

— O mesmo?

— Não, outro. Arredores diferentes. É por isso que os detetives que pegaram o caso não fizeram a conexão no início. A mulher ficou em coma por alguns dias, mas, quando acordou, descobrimos que era garçonete. Que ela costumava parar no acampamento improvisado após seu turno e levava restos de comida do lugar onde trabalhava. Era voluntária.

— Como Peyton.

Ela assentiu.

— Quando ouvi isso na reunião que fazemos todas as manhãs, algo me chamou atenção. Então, fiz o legista comparar fotos do ferimento do novo caso com os do arquivo do caso da srta. Morris.

— E combinava?

— Sim. A lâmina da faca tinha um pequeno entalhe, então fez uma marca distinta.

— Esses garotos ainda estão nisso? Já faz sete anos.

— Essa foi a suposição original, de que a mesma gangue de garotos que procuramos durante sete anos ainda estava aterrorizando os acampamentos para sem-teto e outra vítima fora pega no fogo cruzado. Mas conseguimos conversar com a vítima e descobrimos que não tinha sido coisa de gangue.

Era *isso* que ela precisava me dizer pessoalmente, que era tão importante que ela precisou aparecer no escritório sem avisar. Ela sabia que era algo que eu queria ouvir. Precisava ouvir. A raiva que senti por tanto tempo depois de perder Peyton estava de volta, percorrendo as minhas veias.

Minha mão tremeu e apertei meu punho para estabilizá-la.

— Quem foi?

Ela respirou fundo.

— Sinto muito em dizer, Chase. Mas foi... Eddie.

Fazia mais de duas horas. Fiz a detetive repassar tudo isso comigo, repetidas vezes. Andei de um lado para o outro como um leão enjaulado tentando planejar um ataque.

De alguma forma, tinha sido mais fácil imaginar que um grupo de adolescentes viciados e sem grana fosse responsável por algo tão violento. O mundo era um lugar muito mais fodido quando um sem-teto que ela passara anos tentando ajudar era culpado. Eu não conseguia acreditar.

— Onde ele está? — perguntei.

— Quem? Eddie? Está sob custódia.

— Preciso vê-lo.

— Não é uma boa ideia. Eu sabia que não seria fácil para você ouvir isso. Mas espero que saber que o caso está encerrado e que o assassino ficará preso pelo resto da vida ajude você a seguir em frente.

Eu *tinha* começado a seguir em frente. E... isso fazia parecer que me roubaram a luz que eu começava a ver depois de anos caminhando no escuro.

Zombei e, então, comecei a rir de forma maníaca.

— Seguir em frente. Eu estava seguindo em frente.

A boca da detetive Balsamo se abriu.

— Eu... eu não sabia. Sinto muito.

— Por quê? Por que ele quis machucar a Peyton?

Ela engoliu em seco e olhou para os pés. Quando seus olhos se levantaram para encontrar os meus, sua voz era baixa.

— Ele estava apaixonado por ela. Aparentemente, quando soube que estava noiva, fez o que fez. Ele não é estável.

— Ele está apto a ser julgado?

— Conseguimos dois psiquiatras para avaliá-lo. Os dois disseram que ele é capaz de distinguir o que é certo e errado. Ele tem problemas mentais, mas está dentro dos parâmetros para ser submetido a julgamento.

— Ele confessou?

— Sim. Não foi perfeito – precisamos de doze horas de interrogatório com respostas de uma e duas palavras. Mas deve servir.

— E se não servir?

— Com o testemunho da vítima, ele vai ser acusado de lesão corporal dolosa ou tentativa de assassinato da garçonete. Para o caso da srta. Morris, o promotor diz que há provas físicas suficientes para condená-lo sem confissão. Ele foi encontrado com a faca, e conversamos com os voluntários do abrigo. Alguns o viram usar a faca para cortar comida e se lembraram disso. Aparentemente, era uma antiguidade, um canivete raro de nogueira.

Nogueira.

Congelei.

— Tinha iniciais gravadas?

— Por quê? Sim, tinha. Como você sabia?

Ignorei a pergunta, precisando de minha própria resposta imediatamente. Meu coração batia a mil por hora. Parecia que minha caixa torácica ia quebrar e explodir, tamanha era a pressão.

A detetive Balsamo me olhou, com as sobrancelhas arqueadas. Ela teria a explicação depois que eu confirmasse uma coisa. Eu *precisava disso*.

— Quais eram as iniciais? — perguntei.

Parecendo sentir a urgência, ela enfiou a mão no bolso e tirou o bloco de anotações. Ela folheou as páginas por um tempo, e fiquei parado, completamente imóvel. Todos os meus músculos estavam tensos. Por fim, ela parou e apontou para o bloco.

— As iniciais eram S. E.

31

Chase (sete anos antes)

Vinte e sete pontos na cabeça. Peyton segurou a mão de Eddie o tempo todo, mesmo que eu não pudesse chegar perto nem meio metro. De alguma forma, ela quebrou uma barreira invisível que Eddie impunha às pessoas e conseguiu se aproximar dele.

Olhando para ela, acho que não deveria ter me surpreendido. Peyton era linda e afável, doce e convidativa. Que homem, em pleno juízo, rejeitaria o seu toque?

O médico da emergência que havia suturado a cabeça de Eddie pediu para falar comigo do lado de fora da sala de exames.

— Ele tem uma série de cicatrizes recentes no rosto e na cabeça. Esta com certeza foi feita com uma lâmina. O pedaço de pele foi cortado com uma borda serrilhada. Provavelmente, uma faca de cozinha. Se o corte tivesse sido um pouquinho para direita, ele teria perdido o olho.

Olhei de volta para o quarto. Os pontos que Eddie tomou iam da testa ao queixo. Seu olho direito estava fechado de tão inchado dos golpes que levara na noite anterior.

— Eddie não fala muito — expliquei. — Mas achamos que foi um grupo de adolescentes. Aparentemente, é um jogo deles. Ganham pontos por danos causados a pessoas sem-teto.

— Ouvi sobre isso no noticiário. Me deixou assustado pelo futuro da sociedade. — O médico balançou a cabeça. — Ele foi à polícia?

— Peyton tentou levá-lo. E ela foi algumas vezes por conta própria, tentou fazer um boletim de ocorrência em seu nome. Eles não parecem se importar.

— Você pode levá-lo a um abrigo?

— Ele vai a um para fazer as refeições. Foi assim que Peyton o conheceu. Ela é voluntária no lugar onde ele geralmente come. Mas Eddie não dorme lá. Quando as mesas para o jantar estão cheias, ele pega a comida e come sentado na esquina, longe de todos. Ele não consegue lidar com as camas tão próximas umas das outras no abrigo. Ele não gosta de pessoas tão perto.

— Se isso continuar, ele vai acabar morrendo. Precisa ao menos se proteger. Ele não tem ferimentos de defesa nas mãos nem nos braços.

— Ele não está se protegendo?

— Parece que não. Ou ele é o agressor, ou fica encolhido no canto, enquanto alguém o chuta repetidamente.

— Ele não é o agressor.

— Então você pode tentar falar com ele sobre se defender. Senão, ele vai acabar com o crânio rachado.

Fiquei mal por Eddie – mesmo. Mas, para ser sincero, essa não foi a razão pela qual visitei o abrigo na tarde seguinte. Fui por Peyton. Tudo bem, e também por mim. Eu precisava que a situação melhorasse.

Havia uma equipe de construção abrindo paredes para expandir meu novo espaço no escritório, uma sessão de fotos em um estúdio improvisado no laboratório de pesquisa, e eu acabara de contratar dois novos funcionários nesta manhã. O interesse em novos produtos mantinha a recepcionista ocupada o dia todo. Estava me afogando em trabalho, mas lá ia eu conversar com um sem-teto sobre autodefesa.

Eu sabia que Peyton tinha uma audição e não estaria no abrigo. Imaginando que Eddie prestaria mais atenção ao que eu tinha a dizer se não houvesse distrações, cheguei pouco antes do início do jantar e esperei lá fora. Ele mancou pelo quarteirão, bem no horário.

— Ei, Eddie. Podemos falar um minuto?

Ele olhou para mim, mas não disse nada. Seria uma conversa rápida de verdade, com só um de nós falando.

— Vamos lá. Vamos pegar algo para comer antes que fique cheio lá dentro e podemos conversar durante o jantar.

Deixei Eddie escolher onde queria se sentar. Obediente, com a bandeja na mão, fui até o canto mais distante do refeitório. Eu não me sentei em frente a ele, inseguro da proximidade com que ele se sentiria confortável. Em vez disso, me sentei na diagonal, apesar de não ter mais ninguém ao redor.

— Peyton se preocupa muito com você — eu disse a ele.

Senti que era uma boa maneira de lidar. Eddie fez contato visual, algo que ele raramente parecia fazer. Como tive sua atenção, segui.

— Ela fica muito chateada quando você se machuca. Por que não se protege, Eddie? Você não pode deixar esses garotos chutarem você, machucarem você.

Ele remexeu a comida. Aparentemente, a menção de Peyton era digna de toda a sua atenção. Então, usei isso.

— Peyton quer que você se proteja.

Novamente, isso o ajudou a se concentrar em mim.

— Ela quer que você cubra a cabeça quando apanhar. Ou saia quando eles vierem. Você pode fazer isso por ela, Eddie?

Ele olhou para mim.

— Você tem alguma coisa para se proteger? Você é um cara grande. Talvez um pedaço de metal? Um cano? Algo que você possa manter no bolso para assustá-los?

Fui pego de surpresa quando ele falou:

— Faca.

— Sim. — Olhando seus novos pontos, assenti. — Eles pegaram você de jeito, não foi?

— Faca — repetiu.

— É por isso que você precisa se proteger. O médico disse que você nem está levantando as mãos. Não está se protegendo da faca.

Ele repetiu novamente:

— Faca.

Ocorreu-me, então, que ele não estava me dizendo o que aconteceu, estava me pedindo ajuda.

— Você quer uma faca? É isso?

Levei um baita susto quando ele colocou o braço sobre a mesa, com a palma aberta.

— Faca.

— Não tenho uma faca. — Olhei para as mãos dele. Estavam sujas e com cicatrizes. Até as mãos haviam sido golpeadas.

— Espere. Na verdade, eu tenho.

Colocando a mão no bolso da frente, tirei o pequeno canivete que eu levava comigo desde sempre. Era um canivete suíço do Exército, com cabo de nogueira. Comprei em um bazar quando tinha mais ou menos doze anos. Estavam gravadas na madeira as iniciais S. E. e havia uma pequena fenda ao lado do E que fazia um X perfeito, do mesmo tamanho que as iniciais. A coisa era antiga, e a lâmina tinha uma lasca. Basicamente, eu tinha comprado porque parecia estar escrito SEX.... e eu tinha doze anos.

Ao longo dos anos, costumava usá-lo como abridor de garrafas. Olhei para Eddie e depois para o canivete, hesitando. Algo sobre oferecê-lo não pareceu certo. Mas era o mínimo que eu podia fazer.

Ele me deixou colocá-lo na palma da mão e a fechou.

— Seja cuidadoso. Não use isso para nada além de proteção. Ok, Eddie?

Ele nunca concordou.

32

Chase (agora, duas semanas após Reese)

Eu me tornei o Barney.

Lembra? O cara do bar na manhã do funeral de Peyton, que estava muito bêbado para levantar a cabeça?

— Esse é o Barney — disse o barman quando perguntei sobre ele.

Esse é o Chase.

Eu, o único cliente do bar às dez e quinze da manhã. Matando meu primeiro Jack com Coca-cola, a ficha caiu. O barman estava muito ocupado recebendo a entrega de um barril para perceber que eu precisava de outra dose. O motorista da Budweiser olhou ao redor enquanto o barman assinava a nota fiscal. Seus olhos pousaram em mim, ele franziu a testa e forçou um sorriso triste.

Sim, está certo. Eu sou o Barney. Vá se foder, amigo.

Por volta das quatro, eu estava sozinho outra vez. Alguns clientes antigos haviam entrado e saído ao longo do dia. Mas quase não apareceu ninguém. O que foi bom. Jack foi minha única escolha de companhia por duas semanas, de qualquer maneira.

Carl, o barman, tentou iniciar uma conversa depois de retornar ao bar com uma caixa cheia de copos molhados. Nas últimas semanas, todas as minhas respostas foram curtas. Pensei que a essa altura ele já teria parado de tentar.

— Poucas pessoas vêm cedo e pagam com nota de cem dólares. — Ele secou os copos com um pano de prato e os empilhou sob o bar.

— Vou trazer meu cofrinho amanhã. Pago com trocados, assim me encaixarei melhor.

Ele semicerrou os olhos, me encarando.

— Você poderia fazer a barba e cortar o cabelo, se quer saber, mas suas roupas são bonitas.

— Fico feliz de seguir as regras de vestimenta. — Olhei ao redor do bar vazio. — Você deveria se livrar disso. Pode angariar alguns negócios. — Dei um gole em minha bebida.

Carl balançou a cabeça.

— Tem um bom trabalho?

— Sou dono de uma empresa.

— O que você é, um pomposo que trabalha com ações?

— Não exatamente.

— Advogado?

— Não. Você tem esposa? — perguntei.

— Sim. Mildred. Panela velha, mas ainda em forma.

— Minha empresa faz cera de depilação indolor para mulheres. E algumas outras coisas. Mildred é mais minha cliente que você.

Seu rosto se contorceu.

— Cera de depilação? O que é isso?

— Remove os pelos em lugares que as mulheres não querem. Área do biquíni, pernas... — Tirei um bolo de dinheiro do bolso e joguei uma nota de cem no bar. — Algumas mulheres gostam de não ter pelos lá em baixo, se é que você me entende.

— Está me sacaneando?

Por algum motivo, essa pergunta me lembrou de Reese e da noite em que nos conhecemos, de como ela tinha lidado com minhas histórias malucas. De repente, não conseguia mais ficar naquele bar.

— Não. — Bati duas vezes no balcão. — Mesma hora, amanhã?

— Estarei aqui.

Em casa, não tinha Coca-Cola, então peguei um copo, com a intenção de tomar só Jack. Fiquei pensando: *Por que eu precisava de um copo se não ia misturar essa merda?* Dei um grande gole na garrafa e caí no sofá.

A dor em meu peito que eu geralmente conseguia entorpecer no bar voltou quando meus olhos pousaram no violão de Peyton. Então, dei outro gole. E mais uma vez olhei o violão.

Isso levou a outro gole...

Talvez dois.

Como meus olhos eram aparentemente incapazes de ver qualquer outra coisa, eu os fechei, apoiando a cabeça no braço do sofá. Uma imagem de Reese encheu a escuridão. Ela parecia tão linda abaixo de mim, sorrindo com grandes íris azuis. Então, abri os olhos novamente e dei outro gole da garrafa enquanto olhava para o violão.

Quando engoli, meus olhos se fecharam de novo. Reese se inclinou sobre minha mesa, olhando para mim enquanto mordia nervosamente o lábio e esperava que eu a erguesse.

Outro gole.

Devo ter desmaiado, porque acordei com o feixe de luz do dia na janela e o som da campainha tocando várias vezes.

A única coisa que poderia ter sido pior que as duas mulheres que encontrei em pé do outro lado da porta às seis da manhã era se minha mãe estivesse com elas.

Hesitei, e Anna, a minha irmã, gritou:

— Vi você olhar pelo olho mágico, idiota. Abra!

Resmungando, abri a porta com raiva. Tentei impedir a entrada, mas as duas passaram por mim.

— Entrem — resmunguei, com sarcasmo.

Sam estava com as mãos no quadril. Anna me entregou uma xícara de café gigante.

— Toma. Você vai precisar.

— Podemos fazer isso mais tarde?

— Não queríamos que você tivesse a chance de estar bêbado. — Anna se inclinou, me deteve e fungou. Agitando a mão em frente ao rosto, ela falou: — Você ainda está bêbado da noite passada?

Balancei a cabeça, voltei para a sala de estar e me acomodei no sofá. Minha cabeça estava doendo, e a última coisa que eu precisava ouvir era o que as duas queriam me dizer.

Elas me seguiram. Foi um erro me sentar no meio. Pelo menos, se eu me sentasse perto de um dos braços, não seria o meio de um sanduíche de estrogênio.

Sam começou.

— Essa droga precisa parar.

— Você está demitida.

— Você teria que ser meu chefe para me despedir. Agora você está agindo mais como um garotinho.

— Vá se foder, Sam.

— Vá se foder também.

Anna se juntou a ela.

— Foram duas semanas. Agora chega.

— Como você vai me impedir de tirar mais tempo livre, se eu quiser?

Sam cruzou os braços.

— Fizemos um cronograma.

— Para quê?

— Para cuidar de você. Até você voltar a trabalhar e se juntar à terra dos vivos, uma de nós vai ser sua babá.

— Preciso de ibuprofeno.

Fiquei de pé e fui para a cozinha. Para minha surpresa, minhas sombras não me seguiram. Uma vez que a cozinha estava vazia e não tinha duas mulheres nela, bebi alguns copos de água e tentei colocar os pensamentos em ordem.

Minha paz não durou muito. Elas se sentaram à mesa e olharam para mim. Anna começou o discurso.

— Deixamos as coisas irem longe demais quando Peyton morreu. Você perdeu anos que não vai recuperar fazendo merdas assim. Demos a você duas semanas para sofrer sua perda novamente, mas é isso. Chega.

— Sou adulto.

— Então aja como um.

— Você não tem um filho para cuidar?

— Aparentemente, tenho dois. — Anna se levantou e caminhou até mim. Meus braços estavam cruzados, mas ela estendeu a mão e tocou o meu ombro. Sua voz estava baixa. — Foi uma coisa boa. Eles pegaram o cara. Sei que você se sente traído de novo, descobrindo que era um homem em quem Peyton confiava, que ela estava tentando ajudá-lo, mas é o encerramento de que você precisava, Chase. Pode apostar.

Não era verdade. Se tivessem pego os adolescentes que pensávamos ser culpados, talvez fosse. Droga, até mesmo descobrir que era Eddie teria sido difícil, mas acho que eu poderia eventualmente aceitar. No entanto, descobrir que o que aconteceu com Peyton foi minha culpa? Que dei ao assassino a faca que ele usou para matar a minha noiva? Eu duvidava que fosse superar isso.

— Não consegui encerrar, Anna. Você não sabe do que está falando. Se soubesse, me deixaria em paz.

— Então, me conte. Me diga o que é que está jogando você no fundo do poço quando pensei que você finalmente estava feliz pela primeira vez em anos.

Olhei nos olhos de minha irmã. Tudo o que vi foi determinação. Havia apenas uma maneira de quebrá-la.

— Quer mesmo saber?

— Claro que sim. É por isso que estou aqui. Quero ajudá-lo.

Eu me virei, abri o armário onde mantinha as bebidas e tirei a primeira garrafa que alcancei. Pegando três copos de outro armário, levantei o queixo em direção à mesa da cozinha.

— Sentem-se.

Oito horas depois, chamei um carro para levar Anna e Sam para casa. Ninguém estava bem para pegar o transporte público. Passamos o dia de luto por Peyton, e, depois que souberam da parte da faca, acreditei que teriam entendido por que eu precisava de mais tempo.

— Te amo, irmãozinho. — Minha irmã me abraçou.

— Também te amo, sua mala sem alça. — Beijei o topo de sua cabeça.

Sam esperou na frente da escada enquanto Anna se agarrava a mim. A última vez que realmente nos abraçamos assim foi antes do velório. Me certifiquei de que as duas entraram no carro e observei enquanto se afastavam.

Embora eu estivesse bebendo o dia todo, não me sentia bêbado. Para mudar a dinâmica, entrei na cozinha e comecei a arrumar as coisas. Quando a campainha tocou de novo, cinco minutos depois, fiquei surpreso ao encontrar Anna e Sam de volta à porta.

— O que vocês esqueceram?

Elas estavam de braços dados e não tentaram entrar.

— Nada — disse Sam. — Só queríamos lembrá-lo de que nós o amamos e dizer que nos vemos amanhã.

— Amanhã?

— O que você compartilhou hoje foi horrível. Mas não mudou nada. Não vamos deixar você se afundar de novo e beber até entrar em coma.

Meu maxilar apertou. Sabia que elas queriam o melhor, mas eu realmente precisava de tempo.

— Não façam isso comigo.

— Não vamos — disse Anna. — Vamos fazer isso *por* você. Porque nós o amamos.

Olhei para elas até que se despediram e desceram os degraus.

Sam se virou quando chegou lá em baixo.

— Ah, e o último dia de Reese é sexta-feira. Ela pediu demissão. Então, o que quer que você tenha ferrado com ela, conserte essa merda também.

33

Reese

Olhei para a tela. Foi a primeira vez em mais de duas semanas que vi ou ouvi uma palavra de Chase, e ele escolheu meu último dia no trabalho para reaparecer.

Você pode vir a minha sala ao meio-dia, por favor?

Li essa frase estúpida repetidamente. A cada vez, fiquei mais furiosa. Comecei o meu luto ridículo pela perda de Chase assim que ele me abandonou. Para sorte dele, fiquei presa no estágio dois: com raiva.

Hoje era meu último dia. Não tinha mais nada a perder. Então, digitei de volta:

Vá à merda.

Isso me fez sentir muito melhor. Também me fez querer comer. Pegando a bolsa na gaveta, bati para fechá-la e fui ao escritório de Travis.

— Ainda quer me levar para almoçar em meu último dia?

— Com certeza.

— Lindsey também vai. Não é um encontro.

Ele ficou de pé.

— É um pré-encontro. Assim que você perceber como sou encantador fora do trabalho, vai ceder.

Fingi querer convidar Abbey, secretária do Chase, então eu teria uma desculpa para passar pelo escritório do chefe, mesmo que soubesse que ela não estaria lá naquele dia. As persianas estavam abertas quando passamos. Morri de vontade de olhar para dentro, mas não daria essa satisfação a Chase. Eu nem tinha certeza se ele estava lá, até que Travis e eu estivéssemos quase na mesa vazia da Abbey, e a voz profunda dele me parasse.

— Reese.

Fechei os olhos, temendo me virar. Mas não havia como fazer cena. Eu não me rebaixaria a esse nível. Cometi o erro de me envolver com alguém do trabalho *de novo*, mas pelo menos saí com a cabeça erguida diante de meus colegas.

Com todo o profissionalismo que pude, me virei.

— Sim?

O que vi quebrou a parede que construí ao redor de meu coração. Chase parecia péssimo. Sua pele normalmente bronzeada estava pálida, e seu rosto, abatido. Ele tinha olheiras e parecia... triste. Tive que me impedir de ir até ele, pois minha reação imediata era querer oferecer-lhe conforto. Então, lembrei. Onde *ele* estava para me oferecer conforto nas últimas semanas, que eu estava sofrendo? Ainda assim, era contra minha natureza chutar alguém que estava mal.

— Podemos falar por um momento? — Ele inclinou a cabeça em direção à porta da sala.

Olhei para Travis de pé ao lado e depois me virei para Chase.

— Temos planos para o almoço. Pode ser na volta?

Ele assentiu, desamparado.

— Certo.

Nossos olhos ficaram presos por alguns segundos, e eu me forcei a desviar o olhar.

— Pronto, Travis?

Durante o almoço, o retorno do chefe foi o tema da conversa.

Lindsey começou com as fofocas.

— Você viu que Chase voltou? Parece que ele foi atropelado por um trem de carga.

Travis respondeu:

— Acho que está doente ou algo assim.

Eu disse a Travis que Chase estava brincando quando me beijou naquele dia na sala de descanso e que, na verdade, éramos apenas velhos amigos. Ele pareceu acreditar.

Há duas semanas, um memorando foi emitido no escritório, dizendo que Chase viajaria para resolver negócios inesperados por um período de tempo desconhecido. Ele poderia estar cansado da viagem, mas parecia mais que isso. Talvez estivesse doente. *Ah, porra.* Essa hipótese me deixou mal.

Ao longo do almoço, Travis e Lindsey conversaram, mas não pude tirar a imagem de Chase da cabeça. E se ele estivesse doente? Talvez ele tivesse terminado as coisas para poupar meus sentimentos. O que exatamente ele tinha dito para mim?

Não sou o homem certo para você.

Tão vago e desprendido. Pensando nisso, foi a explosão paradoxal que fez nosso término doer. Enquanto eu tinha me apaixonado por ele, ele não teve consideração nem para explicar o que acontecera. *Trabalharmos juntos* parecia pretexto desde o início. Ele certamente nunca aceitou essa desculpa quando eu usei.

Mais de duas semanas depois, a dor no meu peito ressurgira como uma vingança. Tentei afastá-la no caminho de volta ao escritório depois do almoço, mas não adiantou. Sabendo como eu estava, quão obsessiva poderia ser, decidi que precisava ver Chase uma última vez antes de ir embora. Talvez ele tivesse as respostas que eu procurava.

As persianas estavam fechadas em seu escritório quando me aproximei. Pensando no que aconteceu na última vez que estive lá dentro com tudo aquilo fechado, hesitei em encará-lo de novo e pensei em ir embora. Infelizmente, Chase saiu e me pegou no corredor antes que eu mudasse meu caminho.

Mais uma vez, congelei.

Ele olhou para mim e parecia saber que eu estava lutando com esse dilema.

— Por favor. Só um minutinho.

Concordando, passei por ele e entrei no escritório. Ele fechou a porta e a trancou.

— Não acho que seja necessário trancá-la. *Não mais*.

A voz de Chase estava baixa.

— Não era nisso que eu estava pensando. Só queria um pouco de privacidade para conversarmos. Sam costuma entrar.

Fiquei no meio do escritório, me sentindo estranha. O pensamento de me acomodar e me sentir confortável era terrivelmente angustiante. Chase caminhou até a área de estar, não para a mesa.

Quando ele se virou e percebeu que eu estava no meio da grande sala, me chamou:

— Reese.

— Não diga meu nome.

Não tinha ideia do porquê, mas aquilo me incomodou. Provavelmente porque eu gostava do jeito que soava quando saía de sua boca, e eu não queria gostar de nada a respeito dele.

Ele me olhou.

— Tudo bem. Quer se sentar um pouco? Não vou dizer seu nome.

Com raiva, eu me sentei. Era infantil, mas eu não olhava para ele. Mesmo quando limpou a garganta, olhei para as minhas unhas, fingindo estar interessada nelas.

— Não quero que você vá embora. Você é boa em seu trabalho e estava feliz aqui.

— *Estava* é a palavra-chave. Observe o tempo verbal. Faz toda a diferença.

— Não consigo desfazer o que aconteceu entre nós. Gostaria de poder, então eu não machucaria você.

Parecia que ele havia me dado uma bofetada. *Ele desejou que nunca tivéssemos acontecido?*

— Vá se foder.

— O que foi? Eu só estava tentando me desculpar.

— Não quero suas desculpas. Também não quero saber sobre o seu arrependimento a meu respeito.

— Não quis dizer isso.

— Que seja. — Balancei a mão. — Terminou?

— Quis dizer que me arrependo de ter magoado você. Não que me arrependo de termos ficado juntos.

— Era só isso?

Ele suspirou.

— Você pode me olhar? Só por um minuto.

Puxei cada centímetro de raiva e o fuzilei com os olhos. Mas, vendo como estava, me desarmei em cinco segundos.

Meus olhos suavizaram, junto com a minha voz.

— Você está doente?

Ele balançou a cabeça e sussurrou:

— Não.

— Então, o que é? — Odiava o desespero em minha voz. Odiava o fato de que bastava um olhar triste dele para que eu suavizasse.

Ele olhou em meus olhos por mais tempo. Havia tanta emoção, tanta coisa de partir o coração e tanto sofrimento. No entanto, eu poderia jurar que havia algo mais... o mesmo que sentia por ele, no fundo. O homem ainda tinha meu coração, mesmo que agora estivesse quebrado em suas mãos.

Quanto mais ele me olhava, mais eu conseguia ver dentro dele, e aquilo crescia em mim novamente. *Esperança*.

Eu tinha desistido. Porém, de alguma forma, esse sentimento encontrou o caminho de volta.

Fale comigo, Chase. Me diga o que houve.

Esperança. Que coisa maravilhosa. Ela cresce dentro de você como uma videira e envolve seu coração, fazendo com que ele se aqueça.

Até que alguém pisa nela. Então, aquela videira pressiona com força, e o sangue já não bombeia, e o seu coração morre rapidamente.

Chase desviou o olhar quando, por fim, falou:

— Não sou o homem certo para você. — Abruptamente, ficou de pé. Sua voz mudou para fria e distante. — Mas fique. Sei que o trabalho significa muito para você.

Lágrimas começaram a se formar, e senti o gosto salgado nas passagens nasais enquanto tentava engoli-las. Eu precisava sair dali.

— Vá se foder.

A porta do escritório bateu.

Arrumar as coisas de um escritório em que me instalei havia menos de dois meses não era difícil. Todos os pertences pessoais cabiam na bolsa. Dei uma volta, me despedindo das pessoas de que fiquei amiga. Eu tinha dito a todos que surgira uma oportunidade irrecusável. Josh fez umas perguntas, e eu lhe disse que ia começar meu próprio negócio com alguém com quem trabalhei antes. Era mais fácil que dizer que eu estava saindo sem nada em vista.

Estava quase na porta da recepção quando Sam me pegou.

— Reese? Você tem um minuto?

— Hummm... claro.

Ela fez um gesto para que eu entrasse em uma sala de reunião e fechasse a porta.

— Tenho muitos contatos. Se eu puder ajudá-la a encontrar algo...

Eu não tinha dito a ela nada diferente do que havia dito aos outros. No entanto, ela parecia saber que eu não ia começar meu próprio negócio. Assumi que Chase tinha falado algo.

— Obrigada.

Ela hesitou, então me olhou nos olhos.

— Ele se preocupa com você. Sei que é verdade.

— Ele tem um jeito curioso de demonstrar.

— Eu sei. Mas ele está sofrendo agora.

— Por quê?

Sam parecia triste.

— Não é meu papel contar, mas achei que era importante que você soubesse. Quando ele estava com você, foi a primeira vez que o vi feliz em anos. Eu tinha esperança.

Eu também.

— Você é uma boa amiga para ele — falei. — Sei disso. E fico feliz que ele tenha você por perto se está mal. Mas, se ele não consegue dividir comigo o motivo de seu sofrimento, não consigo ficar por perto.

Sam assentiu. Ela me puxou para um abraço.

— É sério. Se precisar de alguma coisa, você tem o meu número.

— Obrigada, Sam. — Engoli em seco. — Cuide bem de Chase.

34

Reese

Finalmente saí com um cara gato.

Pelo menos eu achava meu irmão bonito. Depois de uma semana de autopiedade por todos os meus erros com caras estúpidos, aceitei um convite para jantar com o único homem em quem eu confiava.

Comemos no Village e pegamos o metrô de volta para minha casa. Embora eu lhe dissesse que era completamente desnecessário me levar até lá, ele sempre insistia.

Quando subimos as escadas do metrô, meu celular tocou. Havia cinco chamadas perdidas, todas de um número de fora do estado. Imaginando que era para vender alguma coisa, ignorei. Até que tocou de novo enquanto virávamos em meu quarteirão.

Meu coração acelerou quando o interlocutor disse que era da empresa de segurança e que o alarme tinha sido acionado. Foi então que notei que havia um carro de polícia fora do prédio. A empresa de alarme me colocou em espera e confirmou com a polícia, que disse que estavam no andar de cima e que era seguro entrar.

Dois oficiais uniformizados conversavam com meu vizinho de corredor quando saí do elevador.

Eles se viraram para mim.

— Srta. Annesley?

— Sim.

— Sou o oficial Caruso, e este é o oficial Henner. Atendemos à chamada da empresa do alarme, já que não conseguimos falar com você para saber se as coisas estavam bem.

— O que aconteceu?

— Parece que era alarme falso. O edifício ficou sem energia por alguns minutos e, quando a energia retornou, pode ter enviado um sinal falso. Não é incomum. Seu apartamento ainda está trancado, e não há sinais de arrombamento nem de invasão.

Senti Owen endurecer perto de mim quando o policial disse *arrombamento* e *invasão*. Seu braço estava em meu ombro quando o oficial falou, e ele me puxou para si, de forma protetora.

Me virei para ele.

— Entendeu tudo?

O oficial franziu a testa.

— Meu irmão é deficiente auditivo — expliquei. — Ele estava acompanhando por leitura labial.

O oficial Caruso assentiu.

— Se você concordar, gostaríamos de dar uma olhada, só para ter certeza de que tudo está bem.

Eles não tinham ideia do quanto eu concordava com isso. O oficial pegou minhas chaves e nos pediu para aguardar enquanto faziam uma busca. Poucos minutos depois, eles abriram a porta.

— Está tudo certo aqui. Como dissemos, é comum que picos de energia desestabilizem esses alarmes. Só precisamos preencher um relatório e pedir para você assinar, então iremos embora.

— Obrigada.

Em casa, apesar de os oficiais terem inspecionado o local, eu ainda precisava fazer a minha própria busca. Enquanto eles se sentavam na cozinha e preenchiam o relatório, fiz a rotina habitual de forma discreta. Eu era boa em disfarçar, escondi isso de todos os caras que levei para casa. Exceto Chase.

Tirei o sapato como desculpa para abrir o armário do corredor, depois me fechei no banheiro e abri a água para disfarçar a verificação na cortina do box. Encontrando tudo certo no quarto, voltei para a sala assim que Owen abriu a porta da frente.

Chase estava no corredor, se apoiando contra a parede enquanto seu peito arfava. Ele olhou para Owen e depois me viu por cima do ombro.

— Chase. O que está fazendo aqui? — perguntei.

— Está tudo bem? — Ele estava realmente sem fôlego.

— Sim. Por quê? O que está acontecendo?

— A empresa de alarme me ligou. Eles não conseguiram falar com você, e eu estou listado como contato. Pedi que chamassem a polícia e vim o mais rápido que pude. Tem certeza de que tudo está bem?

Abri mais a porta para que ele visse a polícia na cozinha atrás de mim.

— A polícia inspecionou; eles acham que foi alarme falso, causado por uma sobrecarga de energia. O prédio é antigo, e a luz às vezes acaba. Tem gerador, mas leva alguns minutos para a energia voltar e, aparentemente, isso pode causar um falso alarme.

— Quer que eu cheque para você?

Eu lhe dei um sorriso reconfortante, mesmo que não me sentisse muito certa daquilo naquele momento. Sua presença estava fazendo meu coração já acelerado palpitar.

— Estou bem.

Chase olhou para Owen e para mim. Seu maxilar estava rígido.

— Se precisar de mim, é só ligar.

Era bom que ele ficasse em dúvida, então não mencionei que o homem que ele estava olhando era meu irmão.

Em vez disso, falei:

— Vamos ficar bem. Mas obrigado por vir. Eu agradeço.

E assim, ele se foi.

Depois que Owen e a polícia partiram, passei a noite me revirando na cama, tentando descobrir o que o aparecimento de Chase significava. Não era nada. Ele provavelmente se sentia responsável, porque era meu contato na empresa de alarme. Ele teria feito isso com qualquer um, eu tinha certeza. No entanto, não havia dúvida do ciúme em seus olhos quando olhou para Owen.

Ele queria uma explicação.

Eu não achava que ele merecia uma.

Como minha cabeça estava girando e eu não conseguia dormir, decidi tirar meu traseiro preguiçoso da cama. Eu não ia para a academia havia semanas, e o sol já tinha nascido mesmo.

Depois de uma rápida xícara de café, prendi o cabelo em um rabo de cavalo e vesti uma calça de ioga e uma camiseta de treino cortada. Peguei um moletom com zíper no armário da sala.

Meus olhos observaram a rua antes de sair do prédio. A noite passada me fez sentir hiperconsciente do ambiente ao redor. Caso contrário, talvez eu não tivesse visto isso.

Visto ele.

Sentado nos degraus, três edifícios à esquerda e do outro lado da rua, não era outro senão Chase Parker.

Ele virou a cabeça quando percebeu que o vi, mas eu reconhecia aquele rosto em qualquer lugar. Assim que caminhei em sua direção, ele ficou de pé. O ar estava frio, então vesti o moletom enquanto atravessava.

— Chase, o que está fazendo aqui?

— Só queria ter certeza de que você estava bem. Não esperava que saísse tão cedo.

Percebendo que suas roupas eram familiares, eu estava confusa.

— Você... você ficou aqui a noite toda?

Seu olhar respondeu por ele.

— Por quê?

— Achei que você ficaria nervosa. Queria ter certeza de que não precisava de nada.

Minha reação instintiva foi dizer *estou bem*. Mas ele não estava errado, e suas ações, não importa o quanto eu o detestasse pelo modo como as coisas terminaram, foram muito bem planejadas.

Contive minha ironia e, em vez disso, falei:

— Obrigada.

Ele assentiu, e seus olhos caíram na barriga exposta pela camiseta cortada. Foi breve, mas percebi, e ele viu que eu o peguei olhando.

— Seu acompanhante foi embora logo depois da polícia.

— É isso o que você estava fazendo? Me espionando? Você não tem o direito de...

— Não. Não queria que você ficasse sozinha. Queria estar por perto, no caso de você precisar de alguém.

Semicerrei os olhos para ele e fui recebida com sinceridade.

— Bem, novamente, obrigada.

Tanto quanto queria ficar, dizer a ele que *não* queria estar sozinha, pedir que ele ficasse comigo, eu sabia que precisava ir. Olhei para meus pés, tentando pensar em uma razão para ficar. Então, fiz um último esforço.

— Por que você não é o homem certo para mim?

Ele me olhou e fez o que fazia toda vez que eu tentava arrancar a verdade. Desviou o olhar.

— Tenha um bom dia, Chase. — Sorri com tristeza e me afastei dele. Mais uma vez.

Naquela noite, eu estava exausta, mas outra vez tive problemas para dormir. Minha ansiedade e minha movimentação constante haviam feito Tallulah sair da cama e encontrar outro lugar para dormir. Por volta das duas da manhã, fui fazer chá de camomila e encontrei a gatinha feia enrolada no peitoril da cozinha. Eu a levantei e comecei a acariciá-la sem pensar enquanto olhava para fora. Quase a deixei cair quando o vi. *No mesmo lugar*. Ele não estava lá quando entrei na mercearia. Que diabos estava fazendo?

Apaguei a luz da cozinha e peguei o celular. Digitando no escuro, olhei para ver se ele responderia.

Reese: O que você está fazendo aí fora?

Chase enfiou a mão no bolso e pegou o celular. Ele olhou para cima, bem na janela, e me afastei do campo de visão, respirando fundo, como se isso o impedisse de me ver. Me inclinei o suficiente para bisbilhotar o que ele estava fazendo. Depois de um minuto, sua cabeça estava inclinada, e eu olhei para a tela para encontrar os pequenos pontos piscando.

Chase: Só ficando de olho.

Por que ele se importava? Uma noite depois da ligação da empresa de alarme e conhecendo meu medo, eu poderia entender. Mas de novo? Não fazia sentido.

Reese: Por quê?

Observei enquanto ele olhava para a janela por um longo tempo antes de baixar a cabeça para digitar.

Chase: Durma um pouco. Estarei aqui até o sol nascer.

Voltei para o quarto com a gatinha feia e deitei debaixo das cobertas. Coloquei o celular no carregador e apaguei a luz. Depois de um minuto, acendi a luz e digitei no aparelho.

Reese: Por que você não é o homem certo para mim?

Um minuto depois, o som de notificação soou.

Chase: Boa noite, Docinho.

Dormi como um bebê. Eram mais de oito horas da manhã seguinte quando meus olhos se abriram. A primeira coisa que fiz foi ir à janela. Senti um vazio no peito quando encontrei as escadas da rua vazias.

Mas não precisaria esperar muito para que meu guarda-costas reaparecesse. Ele estava lá na noite seguinte, quando o sol se pôs. E na noite depois disso, e na seguinte, e na outra.

A cada noite, trocávamos uma mensagem ou duas. Elas ficaram cada vez mais amigáveis com o passar dos dias. Mas o papo sempre terminava da mesma maneira: comigo perguntando por que ele não era o homem certo para mim. E ele não me deu resposta.

Depois de uma semana, decidi que precisava de respostas e, se ele não ia me dar, eu as conseguiria em outro lugar.

35

Reese

Ele murmurou para mim com aqueles grandes olhos cor de chocolate que me fizeram derreter e partiram meu coração. Sawyer parecia o tio. Bem, tecnicamente, ele parecia com a mãe. Só que a mãe era a cara do irmão. Não precisava dizer que os três foram abençoados pela genética.

— Ele é tão lindo, Anna.

Ela pegou Sawyer de meus braços e o posicionou para mamar.

— Ele se parece muito com Chase. Espero que ele tenha o cérebro do tio, mas não seu temperamento.

Nos encontramos em um pequeno restaurante grego a uma curta distância do apartamento de Anna e Evan. Eles deviam frequentar o lugar, porque o dono pegou Sawyer dos braços de Anna e o sufocou com beijos no momento em que ela entrou. O restaurante também enviou meia dúzia de pratos sem que tivéssemos pedido.

Eu tinha me questionado se deveria procurar Sam ou Anna, mas me decidi por Anna. Sam ficava trancada como um cofre de banco quando se tratava de Chase. Trabalhando para ele e sendo a melhor amiga de Peyton, a lealdade era profunda. Isso não queria dizer que Anna não era extremamente leal a Chase. No entanto, eu tinha a sensação de que ela faria o que achava ser melhor para o irmão, não importava o que fosse – mesmo que significasse contar uma história que ele talvez não quisesse que fosse contada.

— Espero que você não se importe por eu ter te chamado.

— Imagine! Pode me ligar todos os dias. Adoro esse rapazinho, mas estou começando a falar com voz de bebê mesmo quando converso com adultos. Eu estou precisando mesmo de desculpas para sair com mais frequência, tirar o pijama e lavar o cabelo antes das oito da noite.

Conversamos um pouco sobre o bebê, planos para o outono e até mesmo sobre alguns dos produtos em que a Parker Industries estava trabalhando. Achei que teria que trazer à tona um assunto que nos deixaria desconfortável, mas Anna se adiantou.

— Posso perguntar algo pessoal?

— Claro.

— Meu irmão fez algo que a magoou? É por isso que vocês não estão mais juntos?

— Fez, sim.

— Imaginei. O que o idiota fez?

Fiquei séria.

— Terminou comigo.

Ela parecia chocada.

— Por quê?

— Não faço ideia. Essa é parte da razão pela qual eu queria falar com você. Ele terminou comigo, mas tem ficado sentado do lado de fora do meu apartamento todas as noites.

Anna contorceu o rosto.

— O quê?

Contei a história toda. E, mesmo falando tudo em voz alta pela primeira vez, parecia que faltavam partes. O que me deu ainda mais certeza de que várias partes eram... importantes.

Quando terminei, o bebê pegara no sono e Anna gentilmente o colocou no carrinho. Fiquei surpresa ao ver lágrimas em seus olhos quando se sentou de volta na cadeira.

— Tudo faz sentido agora.

— O quê?

Grandes gotas deslizaram por suas bochechas.

— Ele sente que não conseguiu manter Peyton segura, e sua maior preocupação é a segurança. Ele não se sente digno, mas não pode deixar para lá.

A porteira se abriu depois disso. Anna me contou tudo o que estava faltando, sobre a detetive Balsamo, a faca de cabo de nogueira de Chase e sobre Eddie. Quando terminou, nós duas estávamos chorando. Meu coração estava partido. Era ruim o suficiente ter perdido alguém que ele amava, mas descobrir que foi com a própria faca – uma faca que ele voluntariamente dera ao homem que a matou – fez com que Chase se sentisse responsável pela morte de Peyton. Como se ele não a tivesse protegido. *Caramba.*

Anna e eu caminhamos de braços dados enquanto empurrávamos o carrinho de volta ao apartamento dela.

— Quer entrar? Tomar uma taça de vinho? — perguntou.

— Eu adoraria. Mas outro dia, talvez?

Ela assentiu.

— Vou cobrar.

— Não vai precisar. Vou manter contato, não importa o que aconteça.

Nos abraçamos como amigas de muito tempo.

— O que você vai fazer? — perguntou.

— Não sei. Preciso pensar. É muita informação para processar agora.

— Entendo.

— Poderia me fazer um favor? Quando falar com seu irmão, não diga que me contou. Ainda tenho a esperança de que ele mesmo me conte. Acho que fiz o caminho errado para que ele se abrisse.

— Claro. Espero que tudo se resolva entre vocês. De verdade.

— Obrigada, Anna. Por tudo.

Eu me afastei, finalmente entendendo por que Chase *achava* que não era o homem para mim. Agora eu só precisava que ele percebesse que ele *era.*

Chase chegou às nove da noite. Me perguntei se ele não estava mais indo trabalhar. Ele passava a noite toda, todas as noites, guardando meu prédio. Ele não conseguiria trabalhar durante o dia todo.

Deixei-o lá por uma hora enquanto preparava as coisas e, em seguida, desci as escadas.

Quando me aproximei, ele ficou de pé.

— Tudo certo?

— Eu... só não estava tendo uma boa noite. Se importa se eu me juntar a você um pouco? — Estendi o prato. — Fiz *cookies*.

Ele procurou meu rosto, sem entender o que eu estava fazendo. Encontrando sinceridade no fato de que eu estava tendo uma noite ruim, assentiu.

— Claro.

Nossa conversa foi lenta no início, pois nenhum de nós sabia o que dizer. Perguntei a ele sobre o trabalho e contei sobre minhas perspectivas de emprego. Dei algumas respostas vagas sobre considerar opções e, eventualmente, trouxe à tona o assunto a tratar. Houve uma pausa na conversa, e eu respirei fundo e exalei audivelmente.

— Não sei se tranquei a porta.

— Hoje?

Balancei a cabeça.

— Não. Quando o apartamento foi arrombado. A chave ficava em uma fita longa e vermelha que eu gostava de usar ao redor do pescoço. Fui a última a sair e deveria trancar a porta. Mas não consigo me lembrar se tranquei. É por isso que sempre checo três vezes antes de sair de casa.

— Você era criança.

— Eu sei. E o bairro teve uma dúzia de invasões nas semanas que antecederam a nossa. Algumas não tinham sinais de arrombamento. Outros tiveram janelas e portas quebradas. Provavelmente não faria diferença. Eles ainda estariam lá dentro quando chegamos. A polícia disse que, se quisessem entrar, teriam conseguido de uma forma ou de outra. — Dei de ombros. — Mas hoje eu estava tentando lembrar novamente se eu tinha trancado. Eu costumava repassar meus movimentos daquele dia várias vezes em minha cabeça.

Chase me envolveu com o braço e me puxou para perto.

— O que eu posso fazer?

— Nada. Só falar com você me fez sentir melhor, na verdade.

Ele me apertou.

— Desça quando quiser. Estou aqui entre o pôr e o nascer do sol.

Ouvi o sorriso em sua voz e me virei, querendo vê-lo. Sentia tanta falta disso. Por um segundo, pela maneira como ele me olhou, vi que tudo o que ele sentia por mim ainda estava lá. Ele só havia enterrado bem fundo. Eu podia ver alguns lampejos antes de saírem de alcance de novo.

Constatando que o tinha pressionado o suficiente por uma noite, me forcei a me levantar.

— Vou para a cama. Obrigada por me ouvir, Chase.

— Quando quiser.

— Vou deixar o prato. Acho que, se policiais ganham donuts, o mínimo que eu poderia fazer é dar a meu guarda-costas alguns cookies.

Segui para casa e me virei. Fiquei tão animada em pegar seus olhos em minha bunda que quase esqueci o que ia dizer.

— Por que você não é o homem certo para mim, Chase?

Algum dia, eu o faria me contar. Hoje, não.

Continuamos por mais uma semana. Eu levava um lanche, e nós nos sentávamos e conversávamos por uma ou duas horas nos degraus de algum prédio qualquer do outro lado da rua em que eu morava. Todas as manhãs, quando acordava, o prato que deixava com ele estava do lado de fora da porta de meu apartamento.

Embora fosse ótimo para meu sono – nunca dormi tão bem, sabendo que alguém estava me vigiando como um falcão –, comecei a pensar que nunca seguiria em frente. Chase parecia satisfeito com a amizade recém-descoberta. Eu, não tanto. Então, decidi pressionar um pouco mais.

Era uma noite enevoada, e fiz cupcakes para ele. Saí para lhe oferecer seu lanche diário. Ele estava de moletom de capuz, e a loucura de estar sentado do lado de fora, na chuva, proporcionava a oportunidade perfeita.

Abri meu guarda-chuva de tamanho gigante e o segurei sobre nós enquanto me sentava nos degraus molhados.

— Ei.

— Está ruim aqui fora nesta noite — falei.

— Tinha que acontecer em algum momento. O tempo estava bom nas últimas semanas.

Uma brisa intempestivamente quente pegou o cheiro de seu perfume e me lembrou de nossas noites juntos. Seu peito brilhou com suor e o perfume que ele colocou naquela manhã chegou à superfície. Eu queria me inclinar e respirar fundo. Mas não pude. Era frustrante.

Perdi a paciência e meu convite saiu diferente do que planejei:

— Entre logo — exclamei. — Não precisa ficar sentado aqui a noite toda.

Pareceu que minha sugestão era completamente inesperada. Chase só me olhou. Ele conseguia ser tão cego? Achou que continuaria sentado para sempre na frente do meu apartamento a noite toda comigo levando comida?

Ele demorou para dizer qualquer coisa, e eu me repeti.

— Entre, que bobagem. Está chovendo e tenho uma casa perfeitamente seca a poucos passos. Você pode vigiar do sofá a noite toda, se quiser. Só entre.

O rosto agradável e amigável que eu esperava nas visitas noturnas se transformou, e foi substituído pelo ar inflexível e distante que ele usara quando me abandonou. Eu sabia o que estava por vir e não aceitaria mais.

— Não acho que seja uma boa ideia, Reese.

Fiquei de pé.

— Bem, eu acho que é.

— As coisas entre nós estão bem. Não quero dar uma ideia errada.

Ele não acreditava de fato nessa porcaria, né?

— As coisas entre nós estão bem? O que nós somos, Chase? Diga-me.

Sua mandíbula flexionou.

— Somos amigos.

Eu podia vê-lo se fechar, não me importava. Minhas emoções estavam confusas nos últimos tempos, e eu precisava de uma saída. Infelizmente, quem sairia seria Chase.

— Não quero que sejamos amigos! — gritei. — Nunca fomos amigos.

Eu não tinha planejado dar um ultimato a ele naquela noite, mas, de alguma forma, foi o que fiz.

Já era tempo.

— Não posso oferecer mais nada a você, Reese. Já falei isso.

— Talvez. Mas suas palavras e suas ações se contradizem, e sempre me ensinaram a acreditar no que as pessoas mostram, não no que dizem.

Chase passou os dedos pelo cabelo molhado.

— Você quer algo que não posso lhe dar.

— O que eu quero é *você*. É isso. Não preciso de alguém aqui fora para me proteger e ser meu amigo. Preciso de alguém para *estar* comigo.

— Não posso.

— Não pode ou não quer?

— Tem diferença? No fim, dá na mesma.

— É isso mesmo que você quer? Ficar sentado aqui, noite após noite? O que vai acontecer quando eu começar a trazer para casa os homens com quem planejo transar? — Podia ver a raiva em seus olhos e pensei que talvez isso o dobrasse. — Como vai funcionar, exatamente? Você vai apertar a mão dele e perguntar a que horas ele vai terminar para que você possa fazer uma pausa?

— Pare, Reese.

Eu estava completamente frustrada por não o entender.

— Sabe de uma coisa? Vou parar. Cansei. Você não me quer, tudo bem. Mas não diga que não o avisei. Fique por aqui por muito mais tempo, e vou trazer um homem para passar a noite comigo. — Me inclinei mais perto e dei o golpe final. — Vou deixar a janela aberta para você ouvir.

36

Chase

Até mesmo *stalkers*, uma hora ou outra, estabelecem uma rotina.

Depois que Reese saía pelas manhãs, eu ia correr. Ela morava a quase sete quilômetros de minha casa, e eu costumava correr metade disso, alimentado pela frustração de vê-la ir embora.

Os lanches noturnos pararam havia uma semana. Ela nunca mais olhou em minha direção. Eu deveria ter ficado grato por ela dar *apenas* o tratamento de gelo. Ultimamente, eu só pensava na ameaça que ela fizera. O que eu faria se a visse entrar no prédio com outro homem e ele não saísse? O pensamento me fez correr mais rápido.

Quanto tempo demoraria?

Porra.

Não demoraria muito.

Embora eu normalmente executasse a mesma rota entre a cidade, hoje não fiz isso. Não era uma escolha consciente. Meus pés me levaram pelo caminho enquanto minha mente estava ocupada com pensamentos sobre Reese.

Quando entrei na rua Amsterdã, percebi o quanto estava longe. E aonde meu subconsciente me levou. Little East Open Kitchen.

O abrigo em que Peyton trabalhava como voluntária.

Onde Eddie comia todos os dias.

Eu não passava por essa região havia quase sete anos.

Olhei para a janela por um longo tempo, meus olhos deslizaram dali para o local vazio onde com frequência encontrávamos Eddie sentado. O lugar tinha envelhecido, mas não mudara muito.

Odiava a visão daquele lugar. Isso me irritou e trouxe de volta aquele sentimento de desamparo que senti com o último telefonema de Peyton. Implacável e fraco. Isso *me* fez sentir como vítima.

No entanto, entrei, sem saber o que estava procurando. Era cedo, e o lugar estava praticamente vazio. Apenas um casal e dois filhos tomavam café da manhã. Alguns voluntários continuavam ocupados indo e voltando, carregando bandejas metálicas de comida da cozinha e colocando-as em seus lugares.

Olhando ao redor, eu não tinha ideia de o que estava fazendo ali. Então, as imagens emolduradas na parede me chamaram atenção. Quando o interior foi redecorado anos atrás, cada voluntário doou um cartaz com uma citação inspiradora. Peyton não chegou a me mostrar a dela. Caminhei pelo salão, lendo alguns.

Você não precisa subir a escada toda. Basta dar o primeiro passo.

Você tem duas mãos – uma para se ajudar e outra para ajudar os outros.

O seguinte me fez pensar.

Se você não mudar de direção, pode terminar no lugar para onde está indo.

Para onde eu estava indo? Graças a minhas melhores amigas, eu não estava mais sentado em um bar do amanhecer ao anoitecer. Em vez disso, estava sentado do lado de fora do apartamento de uma mulher, desde o anoitecer até o amanhecer. Eu era dono de uma empresa de sucesso, à qual eu não ia fazia semanas, e perdi a mulher que era a melhor coisa que tinha acontecido comigo havia anos. Talvez *perder* não fosse exatamente a palavra certa. *Abandonar*, infelizmente, era mais próximo.

Minha raiva estava atrelada ao arrependimento. Eu odiava me sentir tão indigno de tudo o que tinha e, por isso, sabotava as coisas que mais significavam para mim. Mas eu não tinha ideia de como mudar. Certas ou erradas, as emoções eram reais.

— Eu olho para este todas as manhãs quando entro aqui. — Nelson, o gerente do abrigo, me deu um tapinha nas costas enquanto parou a meu lado. — Como tem passado, Chase?

— Indo — *Por um fio*. — E você?

— Não tão mal. Não tão mal. Sinto muito, cara. Que loucura a polícia descobrir depois de todo esse tempo sobre o Eddie, hein?

Eu estava tenso, mas de alguma forma acenei com a cabeça.

— Infelizmente, muitos dos frequentadores têm problemas de saúde mental. — Ele apontou o queixo em direção à família terminando o café da manhã. — As famílias que estão sem sorte porque alguém perdeu emprego são uma pequena parte hoje. A cada dia, vemos mais e mais pessoas que deveriam receber tratamento de saúde mental. Mas, mesmo quando recebem, elas são liberadas depois de alguns dias de observação porque o seguro não vai pagar por mais ou porque não têm plano de saúde.

— Como alguém poderia se sentir seguro aqui?

— Aqui *é* seguro. É quando eles saem daqui que não conseguem controlar a mente. Perdemos uma dúzia de facas e meia dúzia de garfos toda semana. Questiono o que fazem com isso na rua.

Olhei para ele. Ele não tinha como saber que a faca que Eddie usara era minha. Detetive Balsamo veio até mim *depois* de ter entrevistado os voluntários do abrigo. Além disso, se houvesse algo que eu sabia a respeito dela, era que ela não contava nada que não fosse necessário por aí.

— Nelson! — um homem chamou da cozinha.

— Tenho que terminar o café da manhã. Bom ver você, Chase. Não suma.

Ele me deu um tapinha nas costas e se afastou. Se virando, falou para mim:

— Temos uma foto de Peyton emoldurada nos fundos. Acho que vou pendurá-la ao lado de sua citação.

Ele levantou o queixo na direção do cartaz pendurado em minha frente. O de Peyton era o último na fila de citações inspiradoras, a única que eu não tinha lido.

Não se concentre no que poderia ser. Concentre-se no que é.

Naquela tarde, eu me sentia um estranho aparecendo em meu próprio escritório, como se eu devesse ter avisado as pessoas que iria para lá, embora fosse o dono e não respondesse a ninguém além de mim mesmo. No começo, as pessoas hesitaram em se aproximar, o que foi bom, já que eu realmente não desejava jogar conversa fora.

Eu levaria uma semana para responder à pilha de mensagens e e-mails que encontrei. Deixei as persianas baixas de propósito, para atrair a menor atenção possível enquanto trabalhava, mas, claro, isso não foi um obstáculo para Sam. A mulher era um cão de caça que farejou meu perfume.

— Você está um lixo.

Ela devia ter me visto antes de tomar banho e fazer a barba.

— Prazer em vê-la, Sam.

— Voltou de vez?

— Estou trabalhando em algo à noite. Não sei quando vou terminar.

— É? Um novo produto?

Anos de encontro me ensinaram a arte de mudar de assunto quando necessário.

— Já encontrou alguém para o cargo de diretor de TI?

— Tenho alguns candidatos. Mas estive ocupada, tentando preencher uma *vaga de marketing*.

Ela podia forçar o quanto quisesse. Eu não ia cair nessa. Não hoje.

— Ótimo. Fico feliz em ouvir isso. Não pago seu salário para você ficar sentada à toa o dia todo.

— Não posso acreditar que vou dizer isso, mas gosto mais do sóbrio desagradável que do Chase bonzinho e bêbado.

Conversamos por mais dez minutos. Sam me passou algumas coisas sobre pessoal e taxas que estava negociando com uma nova operadora de seguros. Quando meu celular vibrou, vi a hora. Estaria atrasado para Reese, se não me apressasse. Me surpreendendo, Sam pegou a dica quando desliguei o computador e arrumei alguns arquivos. Assumi que ela ia tentar mais uma abordagem sobre minha vida pessoal.

— Bem, vou deixar você ir.

— Obrigado, Sam. Estou com pressa para sair daqui.

Ela deu alguns passos em direção à porta e depois voltou.

— Ah, outra coisa.

Lá vem.

— O que foi?

— A Pink Cosmetics quer uma referência de ex-funcionário. Pediram para falar com você pessoalmente. John Boothe, da Canning & Canning, é o VP agora.

— Sei. Cara legal. Claro, vou ligar para ele.

— Vou mandar o número por mensagem.

— Obrigado. Eles ficam em Chicago, certo?

— Sim. Downtown.

— Quem saiu de Nova York e se mudou para Chicago?

— Ninguém... *ainda.*

Nós nos encaramos. Meus olhos fizeram a pergunta, apesar de eu já saber a resposta.

Naquela noite, me sentei nos degraus do outro lado da rua do prédio de Reese. O sol quente de um dia de verão indiano tardio desaparecera, mas o calor ainda era opressivo. Estava úmido, quente, e meu coração batia acelerado. Antes de hoje, eu estava revoltado com pena de mim mesmo e sentindo culpa, mas desde que Sam me disse que Reese pensava em deixar Nova York por causa de um emprego, uma nova emoção havia assumido: *medo.*

Odiei isso. Pensei em parar na loja de bebidas no caminho para aliviar a ansiedade. Mas de jeito nenhum eu beberia em serviço. Ainda que fosse a missão insana que eu mesmo criei e que Reese não me quisesse mais aqui.

Já havia passado cerca de uma hora do turno quando um homem que me pareceu familiar se aproximou do prédio e entrou. Demorou um minuto para me lembrar de onde o conhecia. Meus punhos se fecharam quando percebi que era o cara que esteve em seu apartamento na noite em que o alarme disparou.

Um segundo encontro.

Eu sabia como meus segundos encontros sempre terminavam.

Merda.

Merda.

Merda.

Quinze minutos depois, os dois saíram do prédio. Reese usava um vestido frente única e sandálias de salto alto. Seu cabelo estava solto, e a umidade o tornou mais cheio e sexy. Ela estava ainda mais linda que nunca. Parando quando chegaram à calçada, Reese ergueu a mão e abanou o rosto. Estava muito calor. A dor no meu peito ficou quase insuportável quando a alça minúscula escorregou, revelando um bom pedaço do decote e as costas quase nuas.

Gotas de suor escorreram de minha sobrancelha enquanto observei tudo bem de perto. Que inferno. Ele ficou atrás dela e pegou o suéter de seus braços. Meu coração se apertou, mas eu não podia correr e dizer a ele para tirar as mãos de cima dela. Então, me sentei e não fiz nada além de roer a unha.

Não tinha o direito de impedir nada. Embora ele parecesse pegar algo meu. Algo a que eu tinha direito.

Observando-os caminhar pela rua, congelei até eles chegarem à esquina. Então, resmunguei uma série de xingamentos e me levantei para segui-los. *Novas obrigações adicionadas ao trabalho de segurança.* Aparentemente, eu estava levando essa coisa de andar atrás dela bem a sério.

Caminhei do outro lado da rua por quatro quarteirões, mantendo uma distância segura atrás deles enquanto focava na linguagem corporal. Caminhavam perto um do outro, como duas pessoas que tinham certo nível de intimidade, mas não se inclinaram nem se tocaram. Quando passaram por um pequeno restaurante italiano, pensei ter que esperar uma hora ou duas antes da continuação do show. Sorte minha, a recepcionista os sentou bem na janela da frente.

Depois de alguns minutos, não tinha certeza se era uma bênção ou uma maldição vê-los a noite toda. Independentemente disso, me acomodei em uma porta do outro lado da rua. Isso me escondeu, mas ainda permitiu uma visualização confortável.

Eles pediram vinho e entradas, e parecia não faltar conversa. Toda vez que Reese ria, eu ficava feliz ao ver seu lindo sorriso. Então, um sentimento esmagador acabou com aquela alegria momentânea quando lembrei que não era eu quem proporcionava aquele riso.

Assisti em câmera lenta quando o cara se aproximou e tocou seu rosto. Sua mão segurou sua bochecha em um gesto íntimo, e, por um segundo, pensei que ele se debruçaria sobre a mesa para beijá-la.

Merda, eu não aguento mais.

Desviei o olhar.

Apoiei a cabeça nas mãos e tentei descobrir como seguir adiante. Como poderia deixá-la sair de minha vida? Eu precisava me libertar dela.

Estava tentando por semanas, mas algo me impedia.

De repente, isso me atingiu.

Era o meu coração.

Ela já estava dentro da porcaria do meu coração.

Eu poderia me afastar fisicamente dela, mas ela estava dentro de mim. A distância não mudaria isso. Ela estaria em meu coração, mesmo que não estivesse em minha vida.

Como poderia tudo estar tão claro, quando havia cinco minutos eu não podia ver nada disso? A ameaça de perdê-la. Até agora, eu realmente não acreditava que ela seguiria em frente. Mas ver isso com meus próprios olhos foi um despertar.

Agora era uma questão sobre o que eu ia fazer a respeito.

E se estivéssemos juntos e algo acontecesse com ela? E se *eu* não estivesse lá para protegê-la? E se eu falhasse com ela? Falhasse conosco? E se... ela me deixasse um dia, como Peyton havia feito?

Eu queria as respostas. Desejei saber como as coisas acabariam.

Pensei por mais tempo, indo e voltando entre todas as razões pelas quais eu deveria implorar para ela me aceitar de volta e todas as razões pelas quais eu deveria deixá-la ir.

E se eu falhasse com ela? E se ela precisasse de alguém mais forte do que eu? E se... ela já estivesse começando a seguir em frente?

Olhei para cima assim que Reese jogou a cabeça para trás com uma risada por algo que o idiota sentado em frente a ela tinha dito. Quando fechei os olhos, sentindo um mal-estar físico, brilhou em minha memória a frase emoldurada que Peyton havia escolhido para o abrigo. Durante sete anos, não estive no Little East Open Kitchen. Por que justo hoje, de todos os dias, decidi passar lá? Tinha que ser um sinal.

Bem, *foi* um sinal. Agora eu só tinha que entender o sentido figurativo.

Não se concentre no que poderia ser. Concentre-se no que é.

37

Reese

Eu o pressionei demais.

Vendo os degraus vazios do outro lado da rua quando virei a esquina, a tristeza tomou conta de mim. Meu coração apertou minha garganta, deixando em meu peito um vazio. Na semana passada, eu tinha dado a Chase um ultimato e ameacei seguir em frente sem ele. Esperava que me ver dormindo com outro homem poderia sacudi-lo. Se ele realmente se importasse comigo, sentisse uma fração do que eu sentia por ele, não haveria como evitar isso.

Quando outra semana passou, e ele continuou sentado do outro lado da rua sem sinal de voltar para mim, pensei que talvez a realidade pudesse atingi-lo se me visse sair em um encontro. Foi por isso que, quando Owen me convidou para jantar e assistir a um filme à noite, vi a oportunidade perfeita. Chase não fazia ideia de que o homem alto e bonito de trinta anos era meu irmão.

Infelizmente, meu plano falhou. Meu segurança se foi.

Durante toda a caminhada pela rua, não parei de olhar para os degraus. Quando ele estava lá, tinha esperança. Agora que estava vazio, aquela luz de esperança estava extinta. Os degraus eram uma metáfora de como eu me sentia vazia.

O pensamento de voltar para o apartamento e dormir na cama em que passamos noites fazendo amor me deixou com medo de ir para casa.

Passei o braço no de meu irmão enquanto caminhávamos. Ele ainda estava usando seus óculos especiais para o filme que tínhamos visto depois do jantar. Quando o cinema IMAX começou a exibir filmes que poderiam ser apreciados por deficientes auditivos com óculos especiais de *closed-caption* que projetavam o diálogo, comprei um para ele. Os óculos pareciam um cruzamento entre óculos típicos de filmes em 3-D e modelo aviador. No entanto, ninguém parecia reparar enquanto caminhávamos pela rua à meia-noite em Nova York.

Não me incomodei em dizer a Owen que não era necessário me acompanhar. Ele sempre tinha feito isso – e também faria a inspeção do interior para mim. Chase era a única pessoa, além de meu irmão, que sabia o quanto isso era importante para mim e insistia em lidar com isso. Suspirei audivelmente no elevador ao pensar nisso. A noite não seria fácil. Parecia que, agora que ele tinha saído dos degraus, eu estava perdendo Chase novamente.

Saí do elevador com passos pesados, com Owen ao lado. Mas congelei assim que me virei, deixando meu irmão tropeçar em mim.

O coração, que estava preso na garganta, deslizou até meu peito e começou a bater de novo. E parecia compensar o tempo perdido, tão acelerado que estava.

— Chase?

Ele estava encostado na parede ao lado da porta do apartamento, olhando para baixo. Quando olhou para cima, respirei fundo para me estabilizar. Mesmo cansado e abatido, ele ainda era o homem mais bonito que eu já tinha visto. Seus olhos estavam vidrados, e eu me perguntava se estava bêbado. *É por isso que ele está aqui? Apareceu só porque está bêbado?*

Esqueci que Owen estava atrás de mim até sentir sua mão apertar meu ombro. Aparentemente, Chase percebeu o homem atrás de mim, porque assisti a seus olhos se levantarem sobre meu ombro e sua mandíbula apertar.

— O que está fazendo aqui? — perguntei, ainda sem me mover, deixando um estranho espaço entre nós.

— Podemos conversar? — perguntou Chase.

— Hummm... claro. — Demorou alguns segundos antes de eu descobrir como fazer meus pés se moverem. Então, hesitante, dei alguns passos.

Quando cheguei à porta, Chase chamou minha atenção.

— Sozinho — esclareceu.

Enfiando a mão na bolsa, tirei as chaves e ofereci a ele, inclinando a cabeça em direção à porta.

— Vá em frente. Me dê alguns minutos.

Por um segundo, ele olhou para Owen, e pensei que algo feio aconteceria. Mas, eventualmente, ele assentiu, destrancou a porta e entrou.

Levei alguns minutos para garantir a meu irmão mais velho que ficaria bem. Já havia contado a ele sobre Chase, mas, sendo superprotetor, ele achou difícil ir embora. Dei um beijo em sua bochecha e prometi mandar mensagem em uma hora. Caso contrário, ele garantiu que voltaria.

Quando estava sozinha no corredor, levei um tempo para criar coragem. Por fim, ajeitei o vestido, respirei fundo e entrei no apartamento.

Chase estava sentado no sofá. Assim como uma criatura de hábitos, imediatamente me virei para o armário da entrada e tirei o suéter, apesar de não guardá-lo.

— Já fiz isso. Duas vezes. — Ele ofereceu um sorriso, mas pude ver a tristeza.

Nossa, por favor, não parta o meu coração. Não de novo.

— Quer uma taça de vinho? — Fui até a cozinha servir um pouco para mim. *Até a borda. Talvez até bebesse da garrafa.*

— Não, obrigado.

Senti seus olhos em mim enquanto andei. Ao terminar, ofeguei antes de escolher onde me sentar. Decidindo pela cadeira, não pelo sofá, ao lado de Chase, me sentei e tomei um gole do vinho.

Ele esperou com paciência até que eu lhe desse atenção.

— Venha aqui.

Fechei os olhos. Não havia lugar em que eu preferiria estar senão bem a seu lado, mas, ao mesmo tempo, eu precisava saber por que ele estava aqui. O que significava.

— Por quê? — Tomei mais um gole, então tive uma desculpa para desviar o olhar.

— Porque preciso de você perto de mim.

Olhei para ele. Ainda me debatendo, incerta.

— Porque sinto *saudade*. Sinto muito sua falta, Reese.

Tive que engolir em seco, porque lágrimas de felicidade ameaçavam cair. No entanto, ainda estava com medo. Havia algo que ele precisava fazer. Não conseguiria recomeçar, a menos que ele me desse tudo. Era tudo ou nada para mim.

Mudei para o sofá, e Chase tirou o vinho de minha mão, colocando-o sobre a mesa. Ele envolveu seus braços em mim e apertou meu corpo contra o dele. Eu mal conseguia respirar, ele me segurou forte. Era tão bom estar de volta em seus braços. Tão certo.

— Sinto muito, Reese. Me desculpe por magoar você — murmurou Chase, em meu cabelo.

Depois de um longo tempo, ele se afastou para que nos encarássemos. Seus olhos encontraram os meus, procurando por algo. Garantia, talvez?

Ao encontrar o que precisava, ele limpou a garganta e falou, suavemente:

— Quando eu tinha doze anos, comprei um canivete suíço do Exército em um brechó. Andei com ele por anos. — Ele fez uma pausa e olhou para baixo. Pegando minha mão direita, passou o polegar pela cicatriz repetidamente. Quando olhou de volta para mim, havia lágrimas em seus olhos. — Eu o dei a Eddie, o sem-teto que Peyton ajudava. — Sua voz falhou. — Pensei que Eddie poderia usá-lo para se defender em uma emergência.

A dor em sua voz era insuportável. Queria fazer algo para acalmá-lo, confortá-lo, mas eu sabia que ele precisava desabafar. Não era apenas um obstáculo para *nosso* relacionamento, era um passo monumental para *sua* cura. E eu queria isso mais que qualquer coisa. Apertei sua mão e assenti.

— Todos esses anos, achamos que um grupo de jovens que batia em pessoas sem-teto havia matado a Peyton, que ela teria sido pega no fogo cruzado de um ataque contra Eddie. — Ele respirou profundamente e soltou o ar com força. — Não foi. Foi Eddie. — Ele olhou para baixo e apertou minha mão, então seus olhos voltaram para os meus. — Com o canivete que dei a ele. Foi meu canivete que a matou.

Talvez esse não tenha sido o único corte, mas eu ainda sentia destruída. As lágrimas escorreram por meu rosto.

— Deixei a porta aberta, e hoje meu irmão não pode ouvir.

Chase limpou minhas lágrimas com os polegares enquanto segurava meu rosto.

— Não é culpa sua.

Olhei nos olhos dele.

— Também não é sua.

Horas depois, eu estava física e emocionalmente exausta. Uma vez que a rolha saiu da garrafa, Chase se abriu por completo. Conversamos mais sobre Peyton e Eddie, e eu contei detalhes sobre a noite em que Owen e eu entramos na casa que estava sendo roubada. Admiti coisas para ele que mal havia admitido a mim mesma, como a culpa me afetara e como eu havia passado por crises de depressão. Era importante que ele soubesse que não estava sozinho, que eu não esperava que ele se curasse de uma hora para outra.

Tinha acabado de ir ao banheiro e atendi a uma chamada de vídeo pelo FaceConnect; era o meu irmão, a quem eu tinha esquecido de enviar uma mensagem. Voltei para me sentar no sofá. Antes que minha bunda atingisse o assento, Chase me agarrou e me puxou para seu colo. Seu sorriso era lindo e real.

Ele apertou os lábios, depois inclinou a testa contra a minha.

— Você realmente ia para Chicago?

— Chicago? Para quê?

— Pink Cosmetics, o trabalho a que você se candidatou...

Franzi o cenho.

— Não tenho ideia do que você está falando. Não mandei currículo para a Pink. Na verdade, não mandei para lugar nenhum. Tenho dinheiro guardado e decidi tirar um período sabático antes de tomar decisões profissionais. Estou pensando em começar a minha própria empresa de marketing com a Jules, aquela amiga que você conheceu. No ano passado, antes que eu saísse da Fresh Look, falamos sobre isso, mas eu não estava pronta. Agora meio que pareceu o momento certo. — Fiz uma pausa. — O que fez você pensar que eu me mudaria para Chicago?

— Eles pediram uma referência.

— Que estranho.

Chase fechou os olhos e riu, balançando a cabeça.

— Sam.

— Sam?

— Não cheguei a falar com eles. Hoje, quando eu estava indo embora, Sam me disse que eles pediram uma referência.

— Não entendi.

— Ela estava jogando comigo. Sabia que isso ia me impulsionar a superar problemas.

— Ahhh... E eu aqui pensando que meu encontro quente tinha feito você tomar uma decisão.

— Quase perdi a cabeça no restaurante italiano, vendo ele colocar a mão em seu rosto.

Arregalei os olhos.

— Você me seguiu?

— Só hoje. Fiquei louco ao ver você sair com esse cara de novo. Você se lembra do que me disse na semana passada, antes de parar de falar comigo?

Claro que sim.

— O quê?

— Que você ia trazer um cara para casa e abrir a janela para eu ouvir. — Ele deu um tapa em minha bunda de brincadeira. — Você tem um lado cruel, Docinho.

Gargalhei e logo me vi levantada no ar e depois apoiada em suas costas. Chase pairava sobre mim, agarrando minhas mãos e prendendo-as acima de minha cabeça.

— Acha isso engraçado?

— Acho, sim.

Ele esfregou o nariz contra o meu e sussurrou:

— Você não teria realmente dormido com ele, não é?

— Definitivamente, não. Mas não tem nada a ver com você.

Chase afastou a cabeça para trás e fez beicinho. Era adorável.

— Não é porque você está tão apaixonada por mim que não poderia tocar outro homem?

— Bem, é verdade. Mas meu encontro, nesta noite, foi com o meu irmão, Owen.

Chase baixou a cabeça e riu.

— Está falando sério?

— Estou. O que você viu no restaurante italiano? Ele tocando meu rosto? Eu estava cantarolando uma música.

— Bem, então acho que eu não tinha com que me preocupar — sussurrou Chase contra meus lábios. — Embora nunca se saiba. Você está prestes a transar com o seu primo favorito.

— Ah, estou?

A confiança normal de Chase voltou, mas de repente vacilou.

— Você me perdoa? — perguntou. — Prometo não afastar você de novo e fazer tudo o que estiver a meu alcance para protegê-la.

— Só tem uma coisa que preciso que você proteja.

— Fale.

— Você tem o meu coração. Prometa que vai mantê-lo seguro.

— Só se você prometer nunca devolver o meu.

Meu coração vinha batendo seu nome desde aquela primeira noite no restaurante. Ele nunca teria que se preocupar que eu pudesse devolver seu coração porque percebi que, em algum lugar lá no fundo, ele me pertencia, mesmo quando eu ainda não havia descoberto isso.

— Faça amor comigo, Chase.

Ele tirou a camisa com uma das mãos.

— Sim, mas não agora. Prometo fazer amor com você, doce e devagar, mais tarde. Mostrar com meu corpo como me sinto. Mas, agora, toda essa conversa sobre você me deixar e estar com outro homem me faz sentir possessivo.

Ele ficou de joelhos e olhou para mim. A maneira como seus olhos deslizaram por meu corpo era realmente a preliminar que eu precisava.

— Quero gozar dentro de você. Posso, Reese?

Engoli em seco.

— Sim, estou tomando pílula.

— Ótimo. Não quero mais nada entre nós. Nem o passado nem segredos nem mesmo a droga de um pedaço de látex.

— Tudo bem.

Ele deslizou os dedos pela lateral de meu corpo, sobre o vestido, seguindo minhas curvas languidamente.

— Primeiro, vou enterrar meu rosto naquela boceta de que senti tanta saudade, até você gozar.

Ele alcançou a pele nua de minhas coxas, e sua mão desapareceu sob o vestido. Ofeguei quando o senti me tocar entre as pernas.

— Depois vou comer você rápido e intensamente, vou me enterrar de forma tão profunda que meu gozo não vai sair daí por dias.

Ele levantou o vestido, empurrou a calcinha para o lado e passou dois dedos dentro de mim. Ele gemeu.

— Tão molhada.

Observei-o enquanto ele olhava, hipnotizado quando um dedo escorregou para dentro de mim. Depois de entrar e sair algumas vezes, ele adicionou outro dedo e o movimentou cada vez mais rápido. Quase gozei quando ele umedeceu os lábios.

— Não aguento mais.

Quando seus dedos me deixaram e ele os levou à boca, lambendo e sugando, meu corpo vibrou.

— Chase...

De repente, ele se abaixou, e sua boca estava em mim. Apoiando minhas pernas em seus ombros, levantou minha bunda para me posicionar onde ele queria. Eu gemi quando ele esticou a língua e lambeu até meu clitóris. Quando ele sugou com força e quase me fez chegar ao fim, mesmo que mal tivéssemos começado, me afundei, tentando afastá-lo daquele lugar.

Chase agarrou minhas coxas, me segurando enquanto ele me devorava, me levando em seu próprio ritmo, alternando entre a língua dentro de mim e sugando meu clitóris com força. O orgasmo me atingiu com tanta força que vi tudo preto quando ele se apoderou de mim.

Quando minha visão reapareceu, Chase estava de joelhos, desabotoando a calça. Seu pênis estava inchado contra o tecido, dificultando a abertura do zíper. Foi minha vez de lamber os lábios.

Ele enterrou a cabeça em meu pescoço e começou a sugar a pele sensível abaixo de minha orelha, imitando o que acabara de fazer em meu clitóris.

— Vou me desculpar agora, porque isso não vai ser fácil — disse ele. — Não tenho nenhuma restrição quando se trata de você.

— Faça. Quero assim. Tudo o que eu sempre quis foi você. Tal como é.

Chase não precisava que eu pedisse duas vezes. Ele alinhou a cabeça incrivelmente inchada em minha abertura e cobriu minha boca com a dele enquanto entrava em mim. Beijando-me como se eu fosse o ar de que ele precisava para respirar, ele se acomodou fundo em mim. Podia sentir seu corpo estremecer enquanto esperava que meus músculos relaxassem ao redor dele. Então, ele começou a se mover. Entrando e saindo quase completamente, sem parar.

Minhas unhas cravaram nas costas dele enquanto meu corpo se apertava de forma ávida. A cada vez que ele saía de mim, eu o queria mais, até que meu corpo implorasse pelo clímax.

— Porra, Reese. — Ele recuou o suficiente para me olhar. — Quero preencher seu corpo com meu gozo. Cada parte sua. Sua boceta, sua boca, sua bunda. Quero tudo.

Fiquei indefesa quando o prazer me atravessou. Me ouvi chamá-lo, mas era mais como uma experiência fora do corpo enquanto eu vibrava ao redor. Distante, ouvi Chase resmungar uma série de palavrões quando ele afundou em mim profundamente. Então, senti seu corpo incrível estremecer quando gozou.

Depois, minha cabeça descansou em seu peito e eu ouvi seus batimentos cardíacos. Ele acariciou meu cabelo enquanto estávamos deitados contentes e saciados.

— Realmente sinto muito pelas últimas semanas — disse ele. — Agi como um completo idiota.

Olhei para ele, descansando o queixo na mão que apoiei sobre seu coração.

— Agiu mesmo. Mas está tudo bem. Eu perdoo você. Bem, vai ter que me compensar por bastante tempo. Mas meu coração já absolveu seus pecados.

Eu estava brincando, é claro, mas Chase respondeu com seriedade:

— Obrigado.

Bocejei.

— Então, foi o bom e velho ciúme fora de moda que fez você recuperar a razão, hein? Se soubesse disso, teria levado Owen para um encontro há semanas e evitado tanta dor de cabeça.

— Na verdade, vê-la com outro homem pode ter me dado o empurrão final, mas foi outra coisa que me fez perceber o que você significava para mim.

— Ah? E o que foi?

— Um cartaz. Dizia: "Não se concentre no que poderia ser. Concentre-se no que é".

— Significa que você tem que focar naquilo que tem, não no que poderia ter tido?

Ele assentiu.

— Exatamente.

Dei um beijo diretamente sobre seu coração, nervosa em fazer a pergunta, mas precisando saber a resposta.

— O que *nós temos*, Chase?

Ele me puxou para que olhássemos um nos olhos do outro.

— Tudo.

Epílogo

Reese (mais ou menos um ano depois)

Imaginei se Chase sabia que dia era hoje.

Ele não me viu imediatamente ao entrar no restaurante. Eu estava sentada no canto do bar, meio escondida por um casal sentado em uma mesa. Tirei o momento para apreciar a beleza daquele homem sem que ele soubesse que eu estava olhando. *Meu homem.* Achava que nunca me costumaria com o quanto ele era lindo.

Sabe como, depois de algum tempo, até as coisas mais incríveis se tornam familiares e você começa a esquecer que uma vez elas tiraram seu fôlego? As coisas perdem o brilho, mesmo que ainda sejam espetaculares? Sim, bem, isso nunca aconteceu comigo e Chase Parker. Mesmo depois de um ano, ele ainda tirava meu fôlego e brilhava a cada momento.

Vi seus olhos afiados observarem o salão. Por um segundo, pensei em me mexer no banco, só para tirar mais tempo e apreciá-lo a fundo. Meu quase futuro marido é o retrato perfeito do moreno, alto e lindo. E tem consciência disso. Sua atitude arrogante e segura de si só somava à lista de coisas que o tornavam atraente. Com os fatores rico, brilhante e excepcional na cama (para não mencionar no escritório, no carro, no chão da cozinha, em cima da máquina de lavar roupa e, mais recentemente, na mesa da sala de reuniões de meu novo escritório), não era de admirar que a recepcionista babasse enquanto disputava sua atenção.

Ao me encontrar no outro lado do salão, seu rosto deslumbrante suavizou, e ele me deu o sorriso sexy e com covinhas que eu sabia que era só para mim. Ele atravessou o restaurante, focado no alvo. Meus braços se arrepiaram enquanto eu observava seu rosto determinado. Ao me alcançar, ele não disse nada, só me cumprimentou do jeito que costumávamos fazer quando passávamos mais de um dia sem nos vermos. Segurando meu cabelo, ele deu um puxão suave e capturou minha boca em um beijo profundo, que não era muito apropriado para um bar de restaurante, embora isso nunca fosse impedi-lo.

Eu ainda estava tonta quando ele se afastou e falou com a voz tensa:

— Da próxima vez, vou com você.

— Você poderia ter ido. Eu falei isso.

— Você também me disse que ficaria fora por dois dias, não cinco.

Eu tinha acabado de voltar da Califórnia naquela tarde. Jules e eu esperávamos ficar em San Diego por duas noites para fechar com um novo cliente. Mas, depois que assinamos essa nova conta, o vice-presidente de marketing nos ofereceu uma reunião com uma empresa associada em Los Angeles, então a viagem de dois dias acabou sendo de cinco.

— Não posso evitar que as pessoas nos queiram.

— As pessoas querem você aqui. Sou o primeiro da fila.

O barman veio para pegar nosso pedido de bebidas assim que um casal mais velho se aproximou.

— Os lugares estão vagos? — perguntou o homem.

Havia dois lugares a meu lado no bar.

Chase respondeu:

— Todo seu. Vou ficar de pé, assim fico mais perto dela.

A mulher mais velha lhe deu um sorriso que dizia que ele acabara de derreter seu coração. Eu sabia, porque me sentia assim também.

Ela se sentou à minha esquerda, e o marido, ao lado dela.

— Eu sou Opal, e este é meu marido, Henry.

— Prazer em conhecê-los. Eu sou Reese. Este é Chase.

— Hoje é nosso quadragésimo aniversário de casamento.

— Uau. Parabéns. Quarenta anos. Isso é maravilhoso — falei.

— Há quanto tempo vocês dois estão casados?

— Ah, não estamos...

Chase interrompeu.

— ...casados há tanto tempo quanto vocês. Mas hoje também é nosso aniversário. Cinco anos de felicidade conjugal.

Olhei para ele com incredulidade, embora não tivesse certeza de por que me surpreendi. Eu sabia da propensão que ele tinha para inventar histórias, e hoje era nosso aniversário. Há um ano nos sentamos juntos neste restaurante. Só que, da última vez, meu encontro era com Martin Ward, e Chase havia sido o destruidor de encontros. Parece que foi há uma vida. Assim como fiz naquela fatídica noite, coloquei os cotovelos sobre a bancada, cruzei as mãos e apoiei o queixo sobre elas.

— Sim. Há cinco anos. Você deveria contar a eles a história de como você fez o pedido, querido. É muito boa. — Sorri com doçura e pisquei.

Claro, Chase, sendo Chase, não estava espantado por eu tê-lo colocado na berlinda. Em vez disso, parecia satisfeito.

Ele ficou atrás de mim e apertou meus ombros.

— A sra. Parker é sentimental, então eu a levei ao lugar que nos encontramos pela primeira vez para jantar. Estava planejando pedi-la em casamento havia um tempo, mas ela estava ocupada com a nova empresa, então o momento certo nunca chegava. Tínhamos acabado de descobrir que ela estava grávida, e decidi que, sendo a hora ou não, eu ia fazer o pedido.

Minha boca se abriu. Não porque ele estivesse inventando mais uma história louca, mas porque ele não podia saber a ironia da narrativa inventada. Na tarde anterior à partida para a Califórnia, descobri que *estava* grávida. Eu simplesmente não tinha tido a chance de lhe dizer ainda, e aqui estava ele, inventando isso como parte da história doida. Decidi que eu tinha que adicionar algo. Seria divertido mais tarde, quando ele descobrisse que *minha* adição não era ficção. Pegando a mão dele, apoiei em minha barriga.

— Na verdade, estamos esperando outro filho agora.

Chase sorriu, satisfeito por eu brincar, e esfregou a minha barriga enquanto continuava.

— Pois é. Quando ficamos juntos pela primeira vez, ela me fez manter segredo porque eu era seu chefe. Sou um pouco possessivo quando se trata dela, e isso nunca me caiu bem. Então ela foi embora e desistiu de mim – essa é outra história – e começou sua própria empresa bem-sucedida. Eu achei que uma declaração pública de amor seria uma boa ideia. Enquanto ela não estava prestando atenção, fiz com que todos os nossos amigos e familiares aparecessem no restaurante. Veja só, naquela época, antes que os dois primeiros filhos chegassem, ela ainda estava focada em mim. As pessoas podiam ir e vir, e ela não percebia a maior parte do tempo quando estávamos juntos.

Opal sorriu.

— Não acho que isso tenha mudado. Vejo o jeito que ela olha para você agora. Sua mulher ainda está bastante apaixonada.

Chase olhou para mim.

— Sou um homem de sorte.

— Então você fez o pedido na frente de todos os amigos e os familiares, no restaurante em que se conheceram? Isso é lindo. — disse Opal. — Henry não era tão romântico. Estava prestes a entrar no ônibus para ir para a segunda missão no Exército e me perguntou se eu aceitava me casar com ele. Nem tinha anel.

— Considerando que foram quarenta anos, acho que, de qualquer modo, deu certo. — Olhei para Chase. — Não é o pedido que é importante. É o homem com quem você passa os quarenta anos seguintes. Eu ficaria feliz com qualquer pedido desse homem louco.

Chase resmungou.

— Agora que você me diz isso.

A recepcionista veio dizer a Opal e Henry que sua mesa estava pronta e disse que a nossa estaria também, em alguns minutos.

— Foi um prazer conhecê-los, Opal e Henry — disse a eles. — Espero que tenham um ótimo aniversário.

— Você também, querida.

Depois que eles desapareceram, Chase me beijou de novo.

— Senti sua falta — gemeu em minha boca.

— Também senti.

— Você deveria voltar a trabalhar para mim. Gosto de ter você no escritório todos os dias.

— Você quer dizer que gosta de me ter na mesa.

— Isso também. Mas o lugar não é o mesmo sem você.

— Vi o seu *outdoor* quando passei. Ficou ótimo.

Uma semana depois de voltarmos, Chase tinha mandado pintar o anúncio da Parker Industries que ficara no prédio do outro lado da rua do escritório dele por anos. Nunca falamos sobre isso, mas eu sabia que era importante que ele tivesse se livrado do anúncio com Peyton. Nessa semana, enquanto eu estava fora, a foto da nova campanha publicitária finalmente havia sido colocada ali.

Embora eu não fosse a pessoa que criou o anúncio, fiz parte do *brainstorming* inicial daquela campanha, e isso me fez saber que um pedaço de mim estava lá agora, onde ele podia ver do escritório. Ele estava seguindo em frente.

É por isso que, quando arrumávamos sua casa para abrir espaço para algumas coisas minhas e percebi que o violão de Peyton fora empacotado, insisti para que ele o deixasse onde estava. Ela era parte da vida dele, parte do homem que Chase era hoje. E eu não queria substituir essas memórias. Queria criar novas lembranças com ele, fazer parte dos sonhos que o libertaram dos pesadelos.

Eventualmente, a recepcionista apareceu e nos disse que a mesa estava pronta e a seguimos de volta para o salão de jantar.

— Essa é a mesa certa? — perguntou quando chegamos ao mesmo local em que nos sentamos há um ano.

Chase olhou para mim.

— É, sim. Certo, Docinho?

Fiquei tocada por ele realmente se lembrar.

— Você lembrava que nos sentamos aqui exatamente há um ano?

— Sim.

Ele puxou minha cadeira antes de se sentar. Nos acomodamos onde tínhamos nos sentado naquela primeira noite.

— Você lembra em qual mesa eu estava antes de me mudar para a sua? — perguntou Chase.

— Sim. — Meus olhos olharam ao redor restaurante, e eu apontei. — Você e sua *acompanhante* estavam sentados bem ali... — Pisquei, pois com certeza meus olhos estavam pregando uma peça em mim. — Espere. É isso? Meu Deus. Owen?!?

Meu irmão sorriu, ergueu uma taça de champanhe e inclinou-a em minha direção, com um aceno de cabeça.

Chase não se virou.

— É, sim.

Não houve surpresa em sua voz. Olhei para ele, confusa. Ele sorriu com malícia.

— Está vendo mais alguém que você conhece?

Olhei direito ao redor do salão, e foi como se todos os rostos de repente entrassem em foco. Meus pais estavam à esquerda. A irmã de Chase, Anna, e sua família, à direita. Na verdade, o restaurante estava cheio de família e amigos.

Meu antigo chefe, Josh, e sua nova esposa, Elizabeth.

Minha melhor amiga e sócia, Jules, e seu namorado, Christian.

Travis, Lindsey e todo o departamento de marketing da Parker Industries.

Chase se inclinou e sussurrou:

— É realmente o aniversário de minha tia Opal e meu tio Henry. Essa parte foi apenas coincidência.

Eu estava confusa. Por que todos estavam aqui?

E por que todos estavam sorrindo e olhando para mim?

Não entendi nada. Eu não poderia nem somar dois mais dois e perceber que todos estavam lá por mim.

Até que...

Chase ficou de pé.

O restaurante, que estava com um ruído estridente, de repente se acalmou.

Tudo depois disso aconteceu em câmera lenta. Nossa família e nossos amigos desapareceram quando o homem que amo ficou de joelhos. Não vi nem ouvi nada além dele.

— Eu tinha tudo o que eu ia dizer planejado em minha cabeça, mas, no momento em que vi seu rosto, esqueci todas as palavras. Então, começo daqui. Reese Elizabeth Annesley, desde a primeira vez que coloquei os olhos em você, naquele ônibus escolar, fiquei louco.

Sorri e balancei a cabeça.

— A parte do louco é verdade.

Chase pegou minha mão e percebi que ele estava tremendo. Meu chefe arrogante e sempre confiante estava nervoso. Se era possível, fiquei um pouco mais apaixonada por ele naquele momento. Apertei sua mão, oferecendo tranquilidade, e ele se estabilizou. Isso é o que fazíamos um para o outro. Eu era o equilíbrio para sua insegurança. Ele era a coragem para meu medo.

Ele continuou.

— Talvez não fosse um ônibus escolar nem uma escola, mas me apaixonei por você no corredor, tenho certeza. Desde o momento em que vi seu rosto bonito iluminar aquele corredor escuro há um ano, fui pego. Não me importava que estivéssemos em encontros com outras pessoas, só precisava estar mais perto de você. Desde então, você me distraiu todos os dias, estando perto de mim ou não. Você me trouxe de volta à vida, e não há nada que eu queira fazer mais que construir uma vida com você. Quero ser o homem a olhar debaixo de sua cama todas as noites e acordar perto de você nela todas as manhãs. Você me transformou. Quando estou com você, sou eu mesmo, mas uma versão melhor, porque você me faz querer ser melhor. Quero passar o resto da vida com você e quero que ela comece ontem. Então, por favor, diga-me que você será minha mulher, porque esperei por você e não quero esperar mais.

Encostei minha testa na dele enquanto lágrimas escorriam por meu rosto.

— Sabe que vou ficar ainda mais louca quando morarmos juntos e, provavelmente, ainda pior quando tivermos nossa família. Três trancas podem virar sete, e checar aquela casa grande vai levar muito tempo. Pode virar um hábito velho e cansativo. Não sei se um dia conseguirei mudar isso.

Chase chegou por trás de mim e segurou meu cabelo junto com minha nuca.

— Não quero que você mude. Nada disso. Amo tudo em você. Não há nada que eu queira diferente. Bem, exceto seu sobrenome.

Lista de músicas

"Angel", Sarah McLachlan; Arista, 1997
"Beat this heart", Tim Chaisson; Sony Music, 2012
"Broken"; Jake Bugg, Crispin Hunt; Mercury, 2012
"Bruce's Philosophers Song" ("Bruce's Song"), Eric Idle; Virgin Records, 1973
"Bullet in the gun", Paul Oakenfold, Ian Masterson, Jake Williams; Perfecto, 1999
"Dead in the water", Fin Dow-Smith, Ellie Goulding; Cherrytree Records/Interscope, 2012
"Feels like home", Randy Newman; Columbia/Sony Music, 1999
"Home", Jade Castrinos, Alex Ebert; Universal Music Canada/ Vagrant, 2009
"How country feels", Vicky McGehee, Wendell Mobley, Neil Thrasher; Stoney Creek Records, 2013
"I don't want this night to end", Rhett Akins, Luke Bryan, Dallas Davidson, Ben Hayslip; Capitol/EMI/Liberty, 2011
"Season of love", Tim James Auringer, Chad Petree; Motown, 2008
"See you again", David Hodges, Hillary Lindsey, Carrie Underwood; Arista 2012
"Small bump", Ed Sheeran; Asylum/Atlantic, 2011
"Sweet home Alabama", Ed King, Gary Rossington, Ronnie Van Zant; MCA/Universal Distribution, 1974
"Tomorrow is gonna be better", Joshua Radin; Mom + Pop Music, 2012
"You've got the love", John Bellamy, Arnecia Michelle Harris, Anthony Stephens; Universal Republic/Universal / Island,2009

AGRADECIMENTOS

A verdadeira lista de pessoas que eu deveria agradecer por me ajudarem a lançar este livro poderia ser maior que o próprio livro! Em primeiro lugar, obrigada aos leitores – o contínuo apoio e o entusiasmo de vocês por meus livros nunca deixam de me surpreender. Como uma leitora ávida, reconheço que há muitas, muitas escolhas, e fico lisonjeada por me escolherem entre o mar de autores maravilhosos.

A Penélope – mesmo que passemos metade de todos os dias conversando, em geral não digo "muito obrigada" a ela. Então, obrigada por... bem... tudo! Você é minha caixa de ressonância, colunista de conselhos, rainha da gramática, diário humano, parceira de negócios e amiga maravilhosa. Obrigada um milhão de vezes. Tenho certeza de que lhe devo tudo isso até agora.

A Julie – por sua amizade e seu apoio. Para quem mais eu inventaria ideias loucas de negócios?

A Luna – por manter o grupo Vi's Violet ativo, com lindos posts promocionais e animação. Seu entusiasmo é contagiante, e sua amizade e sua lealdade são um presente.

A Sommer – você se superou completamente com a capa original deste livro. Adoro todos os banners deslumbrantes. Não sei como vamos superar este!

A minha agente, Kimberly Brower – por sempre pensar fora da caixa. Você cria maneiras de ajudar um autor a crescer e nunca tem medo de desafiar a tradição e trilhar o próprio caminho.

A Lisa – por organizar a turnê de lançamento e por todo o apoio.

A Elaine e Jessica – por tornarem minha gramática carregada de Nova York apropriada para publicação.

A todos os blogueiros incríveis que me ajudam todos os dias – obrigada por terem tempo para ler meus livros, escrever comentários, compartilhar toques e ajudar a espalhar seu amor pela leitura. Sou grata por todo o apoio. Obrigada! Obrigada! Obrigada!

Com muito amor,

Vi

Leia um trecho de *Cretino Abusado*, de Vi Keeland e Penelope Ward

Me perguntei se a vibração entre as minhas pernas seria gostosa.

O sol bateu na parte cromada de uma Harley Davidson estacionada um pouco mais à frente, fazendo-a brilhar sob o calor sufocante do meio-dia. Esperei até que terminasse de tocar Maroon 5 no rádio, estranhamente hipnotizada pelo brinquedo de duas rodas enquanto procurava o celular na bolsa. A moto era simples – preta e prata, brilhante, com alforjes de couro desgastado decorados com um crânio gravado embaixo das iniciais C. B.

Quão prazeroso seria pilotá-la? O vento soprando nos meus cabelos compridos, meus braços envolvendo um homem com um apelido perigoso, o motor ronronando entre as minhas coxas cobertas pelo jeans. Horse? Drifter? Guns? Espere. Não. Pres. Meu motoqueiro imaginário definitivamente se chamaria Pres. E seria parecido com o Charlie Hunnam.

Olhei para o meu iPhone e vi meia dúzia de novas mensagens do Harrison. Sorri por dentro. Com certeza, ninguém que se chamasse Harrison pilotaria uma Harley. Jogando o telefone de volta na bolsa, desliguei o motor do BMW abarrotado e olhei para o banco de trás. As caixas empilhadas até o teto começavam a fazer com que o carro, de tamanho normal, parecesse claustrofóbico.

Um ônibus cheio de turistas estacionou na entrada. Ótimo. Era melhor entrar para pegar o almoço agora, caso contrário eu nunca sairia dali. Após dez horas de viagem de Chicago a Temecula, na Califórnia, eu estava em algum lugar no meio de Nebraska, e ainda tinha cerca de vinte e poucas horas de estrada pela frente.

Depois de uma espera de quinze minutos por uma Pepsi e um frango frito Popeyes que planejava comer no carro, parei na lojinha de suvenires. Eu estava muito cansada e sem vontade nenhuma de dirigir mais cinco horas antes de encontrar um lugar para dormir. Bocejando, decidi parar e dar uma olhada por alguns minutos. Conferindo algumas bugigangas, acabei pegando uma miniatura do Barack Obama e a sacudi sem pensar, observando seu sorriso louco enquanto a cabeça balançava para cima e para baixo.

— Compre. Você sabe que quer — uma voz profunda e rouca disse atrás de mim. Com o susto, meu corpo reagiu instintivamente, e a miniatura escorregou dos meus dedos e caiu no chão. A cabeça se separou do pescoço de mola e rolou para longe.

A mulher do caixa gritou:

— Sinto muito, senhora. Vai ter que pagar por isso. São vinte dólares.

— Droga! — resmunguei, dirigindo-me para onde a cabeça havia rolado. Quando me abaixei para pegá-la, ouvi novamente a voz atrás de mim.

— E pensar que algumas pessoas dizem que ele tem a cabeça no lugar. — O sotaque parecia ser australiano.

— Você acha isso engraçado, babaca? — perguntei, antes de me virar e olhar pela primeira vez para o dono daquela voz.

Congelei.

Ah. Merda.

— Não precisa bancar a cretina por causa disso. — Sua boca se curvou em um sorriso malicioso quando me entregou o corpo do Obama. — E, só para deixar claro, achei muito engraçado, sim.

Engoli em seco e acho que perdi a habilidade de falar quando vi o Adônis diante de mim. Queria arrancar aquele sorriso arrogante que estampava seu rosto – lindo, esculpido, desalinhado, emoldurado por mechas grossas de cabelo castanho acobreado. Merda. Esse homem era gostoso demais, não o tipo que eu esperava encontrar ali. Estávamos no meio do nada nos Estados Unidos, não no interior da Austrália, pelo amor de Deus.

Limpei a garganta.

— Bom, eu não achei engraçado.

— Então você precisa relaxar e se animar. — Ele estendeu a mão. — Dá aqui, princesa. Eu pago essa droga. — Antes que eu pudesse responder, ele pegou os dois pedaços quebrados, e eu amaldiçoei o arrepio que atingiu minha espinha pelo breve contato de sua mão roçando a minha. Claro, além de tudo, seu cheiro tinha que ser incrível. Eu o segui até o caixa enquanto procurava dinheiro na minha bolsa bagunçada, mas ele foi bem mais rápido e pagou.

Ele me entregou a sacola com a miniatura quebrada.

— O troco está aí dentro. Compre um pouco de senso de humor para você.

HU-MORRR. Ah, esse sotaque!

Meu queixo caiu quando ele se afastou e saiu da loja.

Que bunda!

Do tipo excelente. Uma bunda redonda, grande e suculenta, abraçada com firmeza pela calça jeans. Caramba, eu realmente precisava transar, porque não parecia importar o fato de que esse homem tivesse me insultado na cara dura; minha calcinha estava praticamente molhada.

Depois de ficar olhando uma prateleira de camisetas do Nebraska Cornhuskers por vários minutos, me chutei mentalmente. Minha reação ao incidente provou que o cansaço estava me vencendo. Normalmente eu não era tão temperamental. Era hora de me livrar daquele encontro bizarro e sair dali. Meu estômago estava roncando, e eu estava ansiosa para atacar o frango frito assim que pegasse a estrada. Peguei um pedaço da caixa que estava dentro da bolsa e saí da loja. Parei de mastigar. Ali estava ele, duas vagas depois do meu carro – sentado na moto sobre a qual eu tinha fantasiado.

Aproximei-me lentamente, esperando que ele não me notasse. Não tive essa sorte. Em vez disso, quando me viu, ele abriu um sorriso exagerado e acenou.

Enquanto eu procurava freneticamente as chaves do carro, revirei os olhos e murmurei:

— Você de novo.

Ele riu.

— Acabou comprando senso de humor?

— Não. Usei o troco para comprar boas maneiras para você. Rindo, ele balançou a cabeça para mim. Passando a mão pelos cabelos, colocou o capacete preto e ligou a Harley. O estrondo estremeceu meu interior.

Entrando no carro e batendo a porta, não pude deixar de dar uma última olhada, observando-o como se nunca mais fosse voltar a vê-lo. Ele deu uma piscadinha por dentro do capacete, e o meu coração patético vibrou.

Observei pelo retrovisor enquanto ele começava a se afastar. Esperava que ele saísse voando como um morcego, mas, depois de se deslocar lentamente, ele parou. Continuou tentando ligar a moto para conseguir colocá-la em movimento, mas nada aconteceu. Depois de finalmente desligar o motor, ele tirou o capacete e passou a mão pelo cabelo, frustrado, antes de sair para dar uma olhada na moto. Eu deveria ter ido embora, mas não podia tirar os olhos dele enquanto ele lutava para que a moto funcionasse. Cara, que merda, hein?

Mergulhei um dos pedaços de frango no molho de mostarda e mel e o levei à boca, ainda assistindo àquilo como se fosse um evento esportivo. Então, ele pegou o telefone e fez uma ligação enquanto andava de um lado para o outro.

Ao desligar, ele olhou para mim e me encarou. Pega em flagrante, soltei uma risada nervosa. Não queria rir da situação, mas simplesmente saiu. Ele ergueu a sobrancelha e isso me fez rir ainda mais. Então caminhou lentamente em minha direção, segurando o capacete. Bateu na minha janela e eu a abri.

— Acha isso engraçado, princesa?

— Na verdade, não... talvez. — Bufei.

— Bem, fico feliz por você finalmente ter conseguido encontrar seu senso de humor.

HU-MORRRR.

Caramba, o sotaque dele era sexy.

Acreditamos
nos livros

Este livro foi composto em Fairfield Light e impresso para a Editora Planeta do Brasil em outubro de 2021.